文豪のミステリー小説

山前　譲 編

集英社文庫

目次

琴のそら音《ね》　夏目漱石　9
犬の遠吠の声がおかしい、病気の婚約者に異変があるのではないか。迷信深い婆やに言われて、半信半疑ながら駆けつけてみると……

手　首　大佛次郎　51
始まりは引越しの晩だった。お吉と床を並べて寝ている清兵衛の腕を、冷たい手が握りしめた。氷のような手は、手首だけで、肱までなかった⁉

白　髪　鬼　岡本綺堂　71
「私は幽霊に責められている」青年は何度も弁護士試験を受けるが、いつも失敗する。それは会場に現れる、瘦せて背が高く髪の白い女のせいだと言う。

出来ていた青　山本周五郎　109
花骨牌で遊んでいたマダムが殺された。駆けつけた刑事課長は、卓子の上においてある札に「青」のやくがすでに出来ているのに気がついた。

真昼の歩行者　大岡昇平　151
記憶を失ったという青年は、多額の贋札を持っていた。瓜生博士が無償での治療を申し出て、青年は博士の医院に起居することとなる。

あやしやな　幸田露伴　177
熱病の男が死んだが、医者は病死の証明状を作成しない。探偵が捜査を開始すると……。明治二十二年に発表され、西欧を舞台にした文語文探偵小説。

嫌疑　久米正雄　207
高等学校の寄宿舎に放火があった。「自分だってやりかねない」と彼は思う。明日の試験準備が出来ていない。しかし落第すれば学費が続かないのだ。

イエスの裔《すえ》　柴田錬三郎　227
手塩にかけて育てた孫同様の娘を、なぜ、善良で生真面目な藤助が手にかけて殺したのか。心の闇を探る。直木賞受賞作。

藪の中　芥川龍之介　309
一つの殺人に七つの異なる証言。真相不明を「藪の中」というのは、この短篇が起源である。事件の解決は読者の手にゆだねられるのか⁉

解説　山前譲　327

文豪のミステリー小説

琴のそら音《ね》

夏目漱石

犬の遠吠の声がおかしい、病気の婚約者に異変があるのではないか。迷信深い婆やに言われて、半信半疑ながら駆けつけてみると……

夏目漱石　なつめそうせき

慶応三年（一八六七）～大正五年（一九一六）江戸牛込生れ。東京帝国大学英文科卒業。明治三十三年（一九〇〇）から三年間ロンドンに留学。帰国後に発表した「吾輩は猫である」が好評を得る。「坊っちゃん」「草枕」「三四郎」「こころ」他で、日本文学に大きな足跡を残す。胃潰瘍に苦しみ、「明暗」（未完）執筆中に他界した。

「琴のそら音」は明治三十八年（一九〇五）「七人」に発表された。

「珍らしいね、久しく来なかったじゃないか」と津田《つだ》君が出過ぎた洋燈《ランプ》の穂を細めながら尋ねた。

津田君がこういった時、余ははち切れて膝頭《ひざがしら》の出そうなズボンの上で、相馬焼《そうまやき》の茶碗《ちゃわん》の糸底を三本指でぐるぐる廻しながら考えた。なるほど珍らしいに相違ない、この正月に顔を合せたぎり、花盛りの今日《きょう》まで津田君の下宿を訪問した事はない。

「来《き》よう来ようと思いながら、つい忙がしいものだから――」

「そりゃあ、忙がしいだろう、何といっても学校にいたうちとは違うからね、この頃でもやはり午後六時までかい」

「まあ大概その位さ、家《うち》へ帰って飯を食うとそれなり寝てしまう。勉強どころか湯にも碌々《ろくろく》這入《はい》らない位だ」と余は茶碗を畳の上へ置いて、卒業が恨めしいという顔をして見せる。

津田君はこの一言《いちごん》に少々同情の念を起したと見えて「なるほど少し瘠《や》せたようだぜ、よほど苦しいのだろう」という。気のせいか当人は学士になってから少々肥《ふと》ったように見えるのが癪《しゃく》に障《さわ》る。机の上に何だか面白そうな本を広げて右の頁《ページ》の上に鉛筆で註《ちゅう》が入れてある。こんな閑《ひま》があるかと思うと羨《うらやま》しくもあり、忌々《いまいま》しくもあり、同時にわが身が恨めしくなる。

「君はあいかわらず勉強で結構だ、その読みかけてある本は何かね。ノートなどを入れて大分叮嚀《ていねい》に調べているじゃないか」

「これか、なにこれは幽霊の本さ」と津田君は頗《すこぶ》る平気な顔をしている。この忙しい世の中に、流行《はや》りもせぬ幽霊の書物を澄まして愛読するなどというのは、呑気《のんき》を通り越して贅沢《ぜいたく》の沙汰《さた》だと思う。

「僕も気楽に幽霊でも研究して見たいが、——どうも毎日芝から小石川《こいしかわ》の奥まで帰るのだから研究は愚か、自分が幽霊になりそうな位さ、考えると心細くなってしまう」

「そうだったね、つい忘れていた。どうだい新世帯の味は。一戸を構えると自《おのず》から主人らしい心持がするかね」と津田君は幽霊を研究するだけあって心理作用に立ち入った質問をする。

「あんまり主人らしい心持もしないさ。やッぱり下宿の方が気楽でいいようだ。あれでも万事整頓《せいとん》していたら旦那《だんな》の心持という特別な心持になれるかも知れんが、何しろ真鍮《しんちゅう》の薬缶《やかん》で湯を沸かしたり、ブリッキの金盥《かなだらい》で顔を洗ってる内は主人らしくないからな」と実際のところを白状する。

「それでも主人さ。これが俺《おれ》のうちだと思えば何となく愉快だろう。所有という事と愛惜という事は大抵の場合において伴なうのが原則だから」と津田君は心理学的に人の心を説明してくれる。学者というものは頼みもせぬ事を一々説明してくれる者である。

「俺の家《うち》だと思えばどうか知らんが、てんで俺の家だと思いたくないんだからね。そりゃ名前だけは主人に違いないさ。だから門口《かどぐち》にも僕の名刺だけは張り付けて置いたがね。七円五十銭の家賃の主人なんざあ、主人にしたところが見事な主人じゃない。主人中の属官なるものだあね。主人になるなら勅任主人か少なくとも奏任主人にならなくっちゃ愉快はないさ。ただ下宿の時分より面倒が殖《ふ》えるばかりだ」と深くも考えずに浮気の不平だけを発表して相手の気色《けしき》を窺《うかが》う。向うが少しでも同意したら、すぐ不平の後陣《ごじん》を繰り出すつもりである。

「なるほど真理はその辺にあるかも知れん。下宿を続けている僕と、新たに一戸を構えた君とは自《おのず》から立脚地が違うからな」と言語は頗《すこぶ》る六《む》ずかしいがとにかく余の説に賛成だけはしてくれる。この模様ならもう少し不平を陳列しても差《さ》し支《つかえ》はない。

「先ずうちへ帰ると婆《ばあ》さんが横綴《よことじ》の帳面を持って僕の前へ出てくる。今日《こんにち》は御味噌《おみそ》を三銭、大根を二本、鶉豆《うずらまめ》を一銭五厘買いましたと精密なる報告をするんだね。厄介極《やっかいきわ》まるのさ」

「厄介極まるなら廃《よ》せばいいじゃないか」と津田君は下宿人だけあって無雑作な事を言う。

「僕は廃してもいいが婆さんが承知しないから困る。そんな事は一々聞かないでもいいから好加減《いいかげん》にしてくれというと、どう致しまして、奥様のいらっしゃらない御家《おうち》で、御台所を預かっております以上は一銭一厘でも間違いがあってはなりません、てって頑《がん》として主人のいう事を聞かないんだからね」

「それじゃあ、ただうんうんいって聞いてるふりをしていりゃ宜《よ》かろう」津田君は外部の刺激の如何《いかん》に関せず心は自由に働き得ると考えているらしい。心理学者にも似合しからぬ事だ。

「しかしそれだけじゃないのだからな。精細なる会計報告が済むと、今度は翌日《あす》の御菜《おかず》について綿密なる指揮を仰ぐのだから弱る」

「見計らって調理《こしら》えろといえば好いじゃないか」

「ところが当人見計らうだけに、御菜に関して明瞭《めいりょう》なる観念がないのだから仕方がない」

「それじゃ君がいい付けるさ。御菜のプログラム位訳ないじゃないか」

「それが容易《たやす》く出来る位なら苦にゃならないさ。僕だって御菜上の智識は頗る乏しいやね。明日《あした》の御みおつけの実は何に致しましょうとくると、最初から即答は出来ない男なんだから……」

「何だい御みおつけというのは」

「味噌汁の事さ。東京の婆さんだから、東京流に御みおつけというのだ。先ずその汁の実を何に致しましょうと聞かれると、実になり得べき者を秩序正しく並べた上で選択をしなければならんだろう。一々考え出すのが第一の困難で、考え出した品物について取捨をするのが第二の困難だ」

「そんな困難をして飯を食ってるのは情ない訳だ、君が特別に数奇《すき》なものがないから困難なんだよ。二個以上の物体を同等の程度で好悪《こうお》するときは決断力の上に遅鈍なる影響を与えるのが原則だ」とまた分り切った事をわざわざ六ずかしくしてしまう。

「味噌汁の実まで相談するかと思うと、妙な所へ干渉するよ」

「へえ、やはり食物上にかね」

「うん、毎朝梅干に白砂糖を懸けて来て是非一つ食えッていうんだがね。これを食わないと婆さん頗る御機嫌《ごきげん》が悪いのさ」

「食えばどうかするのかい」

「何でも厄病除《やくびようよけ》のまじないだそうだ。そうして婆さんの理由が面白い。日本中どこの宿屋へ泊っても朝、梅干を出さない所はない。まじないが利《き》かなければ、こんなに一般の習慣となる訳がないといって得意に梅干を食わせるんだからな」

「なるほどそれは一理あるよ、凡《すべ》ての習慣は皆相応の功力があるので維持せらるるのだから、梅干だって一概に馬鹿には出来ないさ」

「なんて君まで婆さんの肩を持った日にゃ、僕はいよいよ主人らしからざる心持になってしまわあ」と飲みさしの巻烟草《まきタバコ》を火鉢《ひばち》の灰の中へ擲《たた》き込む。燃え残りのマッチの散る中に、白いものがさと動いて斜めに一の字が出来る。

「とにかく旧弊な婆さんだな」

「旧弊はとくに卒業して迷信婆々《ばばあ》さ。何でも月に二、三返は伝通院《でんずういん》辺の何とかいう坊主の所へ相談に行く様子だ」

「親類に坊主でもあるのかい」

「なに坊主が小遣取《こづかいと》りに占いをやるんだがね。その坊主がまた余計な事ばかり言うもんだから始末に行かないのさ。現に僕が家《うち》を持つ時なども鬼門《きもん》だとか八方塞《はっぽうふさが》りだとかいって大《おお》いに弱らしたもんだ」

「だって家を持ってからその婆さんを雇ったんだろう」

「雇ったのは引き越す時だが約束は前からして置いたのだからね。実はあの婆々も四谷《よつや》の宇野《うの》の世話で、これなら大丈夫だ独《ひと》りで留守をさせても心配はないと母がいうから極《き》めた訳さ」

「それなら君の未来の妻君の御母《おっか》さんの御眼鏡《おめがね》で人撰《にんせん》に預った婆さんだから慥《たし》かなもんだろう」

「人間は慥かに相違ないが迷信には驚いた。何でも引き越すという三日前に例の坊主の所へ行って見てもらったんだそうだ。すると坊主が今本郷《ほんごう》から小石川の方へ向いて動くのは甚《はなは》だよくない、きっと家内に不幸があるといったんだがね。――余計な事じゃないか、何も坊主のくせにそんな知った風な妄言《もうごん》を吐かんでもの事だあね」

「しかしそれが商売だから仕様がない」

「商売なら勘弁してやるから、金だけ貰《もら》って当り障りのない事を喋舌《しゃべ》るがいいや」

「そう怒っても僕の咎《とが》じゃないんだから埒《らち》はあかんよ」

「その上若い女に祟《たた》ると御負けを附加《つけた》したんだ。さあ婆さん驚くまい事か、僕のうちに若い女があるとすれば近い内貰うはずの宇野の娘に相違ないと自分で見解を下して独りで心配しているのさ」

「だって、まだ君の所へは来んのだろう」

「来んうちから心配をするから取越苦労さ」

「何だか洒落《しゃれ》か真面目《まじめ》か分らなくなって来たぜ」

「まるで御話にも何もなりゃしない。ところで近頃僕の家《うち》の近辺で野良犬が遠吠《とおぼえ》をやり出したんだ。……」

「犬の遠吠と婆さんとは何か関係があるのかい。僕には聯想《れんそう》さえ浮ばんが」と津田君は如何《いか》に得意の心理学でもこれは説明が出来悪《にく》いとちょっと眉《まゆ》を寄せる。余はわざと落付き払って御茶を一杯という。相馬焼の茶碗は安くて俗な者である。もとは貧乏士族が内職に焼いたとさえ伝聞している。津田君が三十匁《め》の出殻《でがら》を浪々《なみなみ》この安茶碗についでくれた時余は何となく厭《いや》な心持がして飲む気がしなくなった。茶碗の底を見ると狩《か》野法眼《のうほうげん》元信《もとのぶ》流の馬が勢《いきおい》よく跳《は》ねている。安いに似合わず活潑《かっぱつ》な馬だと感心はしたが、馬に感心したからといって飲みたくない茶を飲む義理もあるまいと思って茶碗は手に取らなかった。

「さあ飲み給え」と津田君が促がす。

「この馬はなかなか勢がいい。あの尻尾《しっぽ》を振って鬣《たてがみ》を乱しているところは野馬《のんま》だね」と茶を飲まない代りに馬を賞《ほ》めてやった。

「冗談じゃない、婆さんが急に犬になるかと、思うと、犬が急に馬になるのは烈《はげ》しい。それからどうしたんだ」と頻《しき》りに後を聞きたがる。茶は飲まんでも差し支えない事となる。

「婆さんがいうには、あの鳴き声はただの鳴き声ではない、何でもこの辺に変があるに相違ないから用心しなくてはいかんというのさ。しかし用心をしろといったって別段用心の仕様もないから打《う》ち遣《や》って置くから構わないが、うるさいには閉口だ」

「そんなに鳴き立てるのかい」

「なに犬はうるさくも何ともないさ。第一僕はぐうぐう寐《ね》てしまうから、いつどんなに吠えるのか全く知らん位さ。しかし婆さんの訴えは僕の起きている時を択んで来るから面倒だね」

「なるほど如何に婆さんでも君の寐ている時をよって御気を御付け遊《あそば》せともいうまい」

「ところへもって来て僕の未来の細君が風邪《かぜ》を引いたんだね。丁度婆さんの御誂通《おあつらえどおり》に事件が輻輳《ふくそう》したからたまらない」

「それでも宇野の御嬢さんはまだ四谷にいるんだから心配せんでも宜《よ》さそうなものだ」

「それを心配するから迷信婆々《ばばあ》さ、あなたが御移りにならんと御嬢様の御病気がはやく御全快になりませんから是非この月中に方角のいい所へ御転宅遊ばせという訳さ。飛んだ預言者《よげんじゃ》に捕《つら》まって、大迷惑《おおめいわく》だ」

「移るのもいいかも知れんよ」

「馬鹿あ言ってら、この間越したばかりだね。そんなに度々《たびたび》引越しをしたら身代限《しんだいかぎり》をするばかりだ」

「しかし病人は大丈夫かい」

「君まで妙な事を言うぜ。少々伝通院の坊主にかぶれて来たんじゃないか。そんなに人を威嚇《おど》かすもんじゃない」

「威嚇かすんじゃない、大丈夫かと聞くんだ。これでも君の妻君の身の上を心配したつもりなんだよ」

「大丈夫に極《きま》ってるさ。咳嗽《せき》は少し出るがインフルエンザなんだもの」

「インフルエンザ？」と津田君は突然余を驚かすほどな大きな声を出す。今度は本当に威嚇かされて、無言のまま津田君の顔を見詰める。

「よく注意し給え」と二句目は低い声でいった。初めの大きな声に反してこの低い声が耳の底をつき抜けて頭の中へしんと浸《し》み込んだような気持がする。何故《なぜ》だか分らない。細い針は根まで這入《はい》る、低くても透る声は骨に答えるのであろう。碧瑠璃《へきるり》の大空に瞳《ひとみ》ほどな黒き点をはたと打たれたような心持ちである。消えて失《う》せるか、溶けて流れるか、武庫山卸《むこやまおろ》しにならぬとも限らぬ。この瞳ほどな点の運命はこれから津田君の説明で決せられるのである。余は覚えず相馬焼の茶碗を取り上げて冷たき茶を一時にぐっと飲み干した。

「注意せんといかんよ」と津田君は再び同じ事を同じ調子で繰り返す。瞳ほどな点が一段の黒味を増す。しかし流れるとも広がるとも片付かぬ。

「縁喜《えんぎ》でもない、いやに人を驚かせるぜ。ワハハハハハ」と無理に大きな声で笑って見せたが、腑《ふ》の抜けた勢のない声が無意味に響くので、我ながら気が付いて中途でぴたりとやめた。やめると同時にこの笑《わらい》がいよいよ不自然に聞かれたのでやはりしまいまで笑い切れば善《よ》かったと思う。津田君はこの笑を何と聞《きい》たかしらん。再び口を開いた時は依然として以前の調子である。

「いや実はこういう話がある。ついこの間の事だが、僕の親戚《しんせき》の者がやはりインフルエンザに罹《かか》ってね。別段の事はないと思って好加減にして置いたら、一週間目から肺炎に変じて、とうとう一カ月立たない内に死んでしまった。その時医者の話さ。この頃のインフルエンザは性《たち》が悪い、じきに肺炎になるから用心をせんといかんといったが――実に夢のようさ。可哀《かわい》そうでね」と言い掛けて厭《いや》な寒い顔をする。

「へえ、それは飛んだ事だった。どうしてまた肺炎などに変じたのだ」と心配だから参考のため聞いて置く気になる。

「どうしてって、別段の事情もないのだが――それだから君のも注意せんといかんというのさ」

「本当だね」と余は満腹の真面目をこの四文字に籠《こ》めて、津田君の眼の中を熱心に覗《のぞ》き込んだ。津田君はまだ寒い顔をしている。

「いやだいやだ、考えてもいやだ。二十二や三で死んでは実に詰らんからね。しかも所天《おっと》は戦争に行ってるんだから――」

「ふん、女か？　そりゃ気の毒だなあ。軍人だね」

「うん所天は陸軍中尉さ。結婚してまだ一年にならんのさ。僕は通夜《つや》にも行き葬式の供にも立ったが――その夫人の御母《おっか》さんが泣いてね――」

「泣くだろう、誰だって泣かあ」

「丁度葬式の当日は雪がちらちら降って寒い日だったが、御経が済んでいよいよ棺を埋める段になると、御母さんが穴の傍《そば》へしゃがんだぎり動かない。雪が飛んで頭の上が斑《まだら》になるから、僕が蝙蝠傘《こうもり》をさし懸けてやった」

「それは感心だ、君にも似合わない優しい事をしたものだ」

「だって気の毒で見ていられないもの」

「そうだろう」と余はまた法眼元信の馬を見る。自分ながらこの時は相手の寒い顔が伝染しているに相違ないと思った。咄嗟《とっさ》の間に死んだ女の所天《おっと》の事が聞いて見たくなる。

「それでその所天の方は無事なのかね」

「所天は黒木《くろき》軍に附いているんだが、この方はまあ幸《さいわい》に怪我《けが》もしないようだ」

「細君が死んだという報知を受取ったらさぞ驚いたろう」

「いや、それについて不思議な話があるんだがね、日本から手紙の届かない先に細君がちゃんと亭主の所へ行っているんだ」

「行ってるとは？」

「逢《あ》いに行ってるんだ」

「どうして？」

「どうしてって、逢いに行ったのさ」

「逢いに行くにも何にも当人死んでるんじゃないか」

「死んで逢いに行ったのさ」

「馬鹿あいってら、いくら亭主が恋しいったって、そんな芸が誰に出来るもんか。まるで林屋正三《はやしやしようぞう》の怪談だ」

「いや実際行ったんだから、仕様がない」と津田君は教育ある人にも似合ず、頑固《がんこ》に愚《ぐ》な事を主張する。

「仕様がないって――何だか見て来たような事をいうぜ。可笑《おか》しいな、君本当にそんな事を話してるのかい」

「無論本当さ」

「こりゃ驚いた。まるで僕のうちの婆さんのようだ」

「婆さんでも爺《じい》さんでも事実だから仕方がない」と津田君はいよいよ躍起《やっき》になる。どうも余にからかっているようにも見えない。はてな真面目でいっているとすれば何か曰《いわ》くのある事だろう。津田君と余は大学へ入ってから科は違うたが、高等学校では同じ組にいた事もある。その時余は大概四十何人の席末を汚すのが例であったのに、先生は巋然《きぜん》として常に二、三番を下《くだ》らなかったところを以て見ると、頭脳は余よりも三十五、六枚方明晰《がためいせき》に相違ない。その津田君が躍起になるまで弁護するのだから満更の出鱈目《でたらめ》ではあるまい。余は法学士である、刻下の事件をありのままに見て常識で捌《さば》いて行くより外に思慮を廻《めぐ》らすのは能《あた》わざるよりもむしろ好まざる所である。幽霊だ、祟《たたり》だ、因縁《いんねん》だなどと雲を攫《つか》むような事を考えるのは一番嫌《きらい》である。が津田君の頭脳には少々恐れ入っている。その恐れ入ってる先生が真面目に幽霊談をするとなると、余もこの問題に対する態度を義理にも改めたくなる。実をいうと幽霊と雲助《くもすけ》は維新以来永久廃業した者とのみ信じていたのである。然《しか》るに先刻《さっき》から津田君の容子を見ると、何だかこの幽霊なる者が余の知らぬ間《ま》に再興されたようにもある。先刻机の上にある書物は何かと尋ねた時にも幽霊の書物だとか答えたと記憶する。とにかく損はない事だ。忙がしい余に取ってはこんな機会はまたとあるまい。後学のため話だけでも拝聴して帰ろうと漸《ようや》く肚《はら》の中で決心した。見ると津田君も話の続きが話したいという風である。話したい、聞きたいと事が極れば訳はない。漢水《かんすい》は依然として西南に流れるのが千古の法則だ。

「段々聞き糺《ただ》して見ると、その妻というのが夫の出征前に誓ったのだそうだ」

「何を？」

「もし万一御留守中に病気で死ぬような事がありましてもただは死にませんて」

「へえ」

「必ず魂魄《こんぱく》だけは御傍《おそば》へ行って、もう一遍御目に懸りますといった時に、亭主は軍人で磊落《らいらく》な気性だから笑いながら、よろしい、何時《いつ》でも来なさい、戦《いく》さの見物をさしてやるからといったぎり満洲《まんしゅう》へ渡ったんだがね。その後そんな事はまるで忘れてしまって一向気にも掛けなかったそうだ」

「そうだろう、僕なんざ軍《いく》さに出なくっても忘れてしまわあ」

「それでその男が出立《しゅったつ》をする時細君が色々手伝って手荷物などを買ってやった中に、懐《かい》中持《ちゅうもち》の小さい鏡があったそうだ」

「ふん。君は大変詳しく調べているな」

「なにあとで戦地から手紙が来たのでその顚末《てんまつ》が明瞭になった訳だが。――その鏡を先生常に懐中していてね」

「うん」

「ある朝例の如くそれを取り出して何心なく見たんだそうだ。するとその鏡の奥に写ったのが――いつもの通り髭《ひげ》だらけな垢染《あかじみ》た顔だろうと思うと――不思議だねえ――実に妙な事があるじゃないか」

「どうしたい」

「青白い細君の病気に窶《やつ》れた姿がスーとあらわれたというんだがね――いえそれはちょっと信じられんのさ、誰に聞かしても嘘《うそ》だろうというさ。現に僕などもその手紙を見るまでは信じない一人であったのさ。しかし向うで手紙を出したのは無論こちらから死去の通知の行った三週間も前なんだぜ。嘘をつくったって嘘にする材料のない時ださ。それにそんな嘘をつく必要がないだろうじゃないか。死ぬか生きるかという戦争中にこんな小説染《じみ》た呑気《のんき》な法螺《ほら》を書いて国元へ送るものは一人もない訳ださ」

「そりゃない」といったが実はまだ半信半疑である。半信半疑ではあるが何だか物凄《ものすご》い、気味の悪い、一言《いちごん》にしていうと法学士に似合わしからざる感じが起こった。

「尤《もっと》も話しはしなかったそうだ。黙って鏡の裏《うち》から夫の顔をしけじけ見詰めたぎりだそうだが、その時夫の胸の中《うち》に訣別《けつべつ》の時、細君の言った言葉が渦《うず》のように忽然《こつぜん》と湧《わ》いて出たというんだが、こりゃそうだろう。焼小手《やきごて》で脳味噌をじゅっと焚《や》かれたような心持だと手紙に書いてあるよ」

「妙な事があるものだな」手紙の文句まで引用されると是非とも信じなければならぬようになる。何となく物騒な気合《けわい》である。この時津田君がもしワッとでも叫んだら余はきっと飛び上ったに相違ない。

「それで時間を調べて見ると細君が息を引き取ったのと夫が鏡を眺めたのが同日同刻になっている」

「いよいよ不思議だな」この時に至っては真面目に不思議と思い出した。「しかしそんな事があり得る事かな」と念のため津田君に聞いて見る。

「ここにもそんな事を書いた本があるがね」と津田君は先刻《さっき》の書物を机の上から取り卸しながら「近頃じゃ、あり得るという事だけは証明されそうだよ」と落ち付き払って答える。法学士の知らぬ間《ま》に心理学者の方では幽霊を再興しているなと思うと幽霊もいよいよ馬鹿に出来なくなる。知らぬ事には口が出せぬ、知らぬは無能力である。幽霊に関しては法学士は文学士に盲従しなければならぬと思う。

「遠い距離において、ある人の脳の細胞《さいほう》と、他の人の細胞が感じて一種の化学的変化を起すと……」

「僕は法学士だから、そんな事を聞いても分らん。要するにそういう事は理論上あり得るんだね」余の如き頭脳不透明なるものは理窟《りくつ》を承るより結論だけ呑《の》み込んで置く方が簡便である。

「ああ、つまりそこへ帰着するのさ。それにこの本にも例が沢山あるがね、その内でロード・ブローアムの見た幽霊などは今の話しとまるで同じ場合に属するものだ。なかなか面白い。君ブローアムは知っているだろう」

「ブローアム？　ブローアムたなんだい」

「英国の文学者さ」

「道理で知らんと思った。僕は自慢じゃないが文学者の名なんかシェクスピヤとミルトンとその外に二、三人しか知らんのだ」

津田君はこんな人間と学問上の議論をするのは無駄だと思ったか「それだから宇野の御嬢さんもよく注意し玉いという事さ」と話を元へ戻す。

「うん注意はさせるよ。しかし万一の事がありましたらきっと御目に懸りに上りますなんて誓《ちかい》は立てないのだからその方は大丈夫だろう」と洒落《しゃれ》て見たが心の中《うち》は何となく不愉快であった。時計を出して見ると十一時に近い。これは大変。うちではさぞ婆さんが犬の遠吠を苦にしているだろうと思うと、一刻も早く帰りたくなる。「いずれその内婆さんに近付《ちかづき》になりに行くよ」という津田君に「御馳走《ごちそう》をするから是非来給え」といいながら白山御殿町《はくさんごてんまち》の下宿を出る。

我からと惜気《おしげ》もなく咲いた彼岸桜に、いよいよ春が来たなと浮かれ出したのも僅《わず》か二《に》、三日《さんち》の間である。今では桜自身さえ早待《はやま》ったと後悔しているだろう。生温《なまぬる》く帽を吹く風に、額際《ひたいぎわ》から煮染《にじ》み出す膏《あぶら》と、粘り着く砂埃《すなほこ》りとを一所に拭《ぬぐ》い去った一昨日《おととい》の事を思うと、まるで去年のような心持ちがする。それほどきのうから寒くなった。今夜は一層である。冴返《さえかえ》るなどという時節でもないに馬鹿々々《ばかばか》しいと外套《がいとう》の襟《えり》を立てて盲唖《もうあ》学校の前から植物園の横をだらだらと下りた時、どこで撞《つ》く鐘だか夜の中に波を描いて、静かな空をうねりながら来る。十一時だなと思う。――時の鐘は誰が発明したものかしらん。今までは気が付かなかったが注意して聴いて見ると妙な響である。一つ音が粘り強い餅《もち》を引き千切《ちぎ》ったように幾つにも割れてくる。割れたから縁が絶えたかと思うと細くなって、次の音に繋《つな》がる。繋がって太くなったかと思うと、また筆の穂のように自然と細くなる。――あの音はいやに伸びたり縮んだりするなと考えながら歩行《ある》くと、自分の心臓の鼓動も鐘の波のうねりと共に伸びたり縮んだりするように感ぜられる。しまいには鐘の音にわが呼吸を合せたくなる。今夜はどうしても法学士らしくないと、足早に交番の角《かど》を曲るとき、冷たい風に誘われてポツリと大粒の雨が顔にあたる。

極楽水はいやに陰気な所である。近頃は両側へ長家《ながや》が建ったので昔ほど淋《さみ》しくはないが、その長家が左右とも闃然《げきぜん》として空家《あきや》のように見えるのは余り気持のいいものではない。貧民に活動はつき物である。働いておらぬ貧民は、貧民たる本性を遺失して生きたものとは認められぬ。余が通り抜ける極楽水《ごくらくみず》の貧民は打てども蘇《よ》み返《がえ》る景色なきまでに静かである。――実際死んでいるのだろう。ポツリポツリと雨は漸《ようや》く濃《こま》かになる。傘を持って来なかった、殊《こと》によると帰るまでにはずぶ濡《ぬれ》になるわいと舌打をしながら空を仰ぐ。雨は闇の底から蕭々《しょうしょう》と降る、容易に晴れそうにもない。

五、六間先に忽《たちま》ち白い者が見える。往来の真中に立ち留って、首を延してこの白い者をすかしているうちに、白い者は容赦もなく余の方へ進んでくる。半分《ぶん》と立たぬ間に余の右側を掠《かす》める如く過ぎ去ったのを見ると――蜜柑箱《みかんばこ》のようなものに白い巾《きれ》をかけて、黒い着物をきた男が二人、棒を通して前後から担《かつ》いで行くのである。大方葬式か焼場であろう。箱の中のは乳飲子《ちのみご》に違いない。黒い男は互に言葉も交えずに黙ってこの棺桶《かんおけ》を担いで行く。天下に夜中《やちゅう》棺桶を担《にな》うほど、当然の出来事はあるまいと、思い切った調子でコツコツ担いで行く。闇に消える棺桶を暫くは物珍らし気に見送って振り返った時、また行手から人声が聞え出した。高い声でもない、低い声でもない、夜が更《ふ》けているので存外反響が烈しい。

「昨日生れて今日死ぬ奴もあるし」と一人がいうと「寿命だよ、全く寿命だから仕方がない」と一人が答える。二人の黒い影がまた余の傍《そば》を掠めて見る間に闇の中へもぐり込む。棺の後を追って足早に刻む下駄《げた》の音のみが雨に響く。

「昨日生れて今日死ぬ奴もあるし」と余は胸の中《うち》で繰り返して見た。昨日生れて今日死ぬ者さえあるなら、昨日病気に罹って今日死ぬ者は固《もと》よりあるべきはずである。二十六年も娑婆《しゃば》の気を吸ったものは病気に罹らんでも充分死ぬ資格を具えている。こうやって極楽水を四月三日の夜の十一時に上《のぼ》りつつあるのは、ことによると死にに上ってるのかも知れない。——何だか上りたくない。暫らく坂の中途で立って見る。しかし立っているのは、殊によると死にに立っているのかも知れない。——また歩行《ある》き出す。死ぬという事がこれほど人の心を動かすとは今までつい気が付かなんだ。気が付いて見ると立っても歩行いても心配になる、この様子では家《うち》へ帰って蒲団《ふとん》の中へ這入ってもやはり心配になるかも知れぬ。何故《なぜ》今までは平気で暮していたのであろう。考えて見ると学校にいた時分は試験とベースボールで死ぬという事を考える暇がなかった。卒業してからはペンとインキとそれから月給の足らないのと婆さんの苦情でやはり死ぬという事を考える暇がなかった。人間は死ぬ者だとは如何に呑気《のんき》な余でも承知しておったに相違ないが、実際余も死ぬものだと感じたのは今夜が生れて以来始めてである。夜というむやみに大きな黒い者が、歩行いても立っても上下四方から閉じ込めていて、その中に余という形体を溶かし込まぬと承知せぬぞと逼《せま》るように感ぜらるる。余は元来呑気なだけに正直なところ、功名心には冷淡な男である。死ぬとしても別に思い置く事はない。別に思い置く事はないが死ぬのは非常に厭《いや》だ、どうしても死にたくない。死ぬのはこれほどいやな者かなと始めて覚《さと》ったように思う。雨は段々密になるので外套が水を含んで触《さわ》ると、濡れた海綿を圧《お》すようにじくじくする。

竹早町《たけはやちょう》を横《よこぎ》って切支丹坂《キリシタンざか》へかかる。何故切支丹坂というのか分らないが、この坂も名前に劣らぬ怪しい坂である。坂の上へ来た時、ふと先達《せんだつ》てここを通って「日本一急な坂、命の欲しい者は用心じゃ用心じゃ」と書いた張札が土手の横からはすに往来へ差し出ているのを滑稽《こっけい》だと笑った事を思い出す。今夜は笑うどころではない。命の欲しい者は用心じゃという文句が聖書にでもある格言のように胸に浮ぶ。坂道は暗い。滅多に下りると滑って尻餅を搗《つ》く。険呑《けんのん》だと八合目あたりから下を見て覘《ねらい》をつける。暗くて何もよく見えぬ。左の土手から古榎《ふるえのき》が無遠慮に枝を突き出して日の目の通わぬほどに坂を蔽《おお》うているから、昼でもこの坂を下りる時は谷の底へ落ちると同様あまり善《い》い心持ではない。榎は見えるかなと顔を上げて見ると、あると思えばあり、ないと思えばないほどな黒い者に雨の注ぐ音が頻《しき》りにする。この暗闇《まっくら》な坂を下りて、細い谷道を伝って、茗荷谷《みょうがだに》を向《むこう》へ上って七、八丁行けば小日向台町《こびなただいまち》の余が家へ帰られるのだが、向へ上がるまでがちと気味がわるい。

茗荷谷の坂の中途に当る位な所に赤い鮮《あざや》かな火が見える。前から見えていたのか顔をあげる途端に見えだしたのか判然しないが、とにかく雨を透《すか》してよく見える。あるいは屋敷の門口《もんぐち》に立ててある瓦斯燈《ガスとう》ではないかと思って見ていると、その火がゆらりゆらりと盆燈籠《ぼんどうろう》の秋風に揺られる具合に動いた。――瓦斯燈ではない。何だろうと見ていると今度はその火が雨と闇の中を波のように縫って上から下へ動いて来る。――これは提灯《ちょうちん》の火に相違ないと漸く判断した時それが不意と消えてしまう。

この火を見た時、余ははっと露子《つゆこ》の事を思い出した。露子は余が未来の細君の名である。未来の細君とこの火とどんな関係があるかは心理学者の津田君にも説明は出来んかも知れぬ。しかし心理学者の説明し得るものでなくては思い出してならぬとも限るまい。この赤い、鮮かな、尾の消える縄に似た火は余をして慥《たし》かに余が未来の細君を咄嗟《とっさ》の際に思い出さしめたのである。――同時に火の消えた瞬間が露子の死を未練もなく拈出《ねんしゅつ》した。額を撫《な》でると膏汗《あぶらあせ》と雨でずるずるする。余は夢中であるく。

坂を下り切ると細い谷道で、その谷道が尽きたと思うあたりからまた向き直って西へ西へと爪上《つまあが》りに新しい谷道がつづく。この辺はいわゆる山の手の赤土で、少しでも雨が降ると下駄の歯を吸い落すほどに濘《ぬか》る。暗さは暗し、靴は踵《かかと》を深く土に据《す》え付けて容易《たやす》くは動かぬ。曲りくねってむやみやたらに行くと枸杞垣《くこがき》とも覚しきものの鋭どく折れ曲る角でぱたりとまた赤い火に出喰《でく》わした。見ると巡査である。巡査はその赤い火を焼くまでに余の頬《ほお》に押し当てて「悪るいから御気を付けなさい」と言い棄《す》てて擦《す》れ違った。よく注意し給えといった津田君の言葉と、悪いから御気をつけなさいと教えた巡査の言葉とは似ているなと思うと忽《たちま》ち胸が鉛のように重くなる。あの火だ、あの火だと余は息を切らして馳《か》け上る。

どこをどう歩行《ある》いたとも知らず流星の如くわが家《や》へ飛び込んだのは十二時近くであろう。三分心《さんぶしん》の薄暗いランプを片手に奥から駆け出して来た婆さんが頓狂《とんきょう》な声を張り上げて「旦那様！　どうなさいました」という。見ると婆さんは蒼《あお》い顔をしている。

「婆さん！　どうかしたか」と余も大きな声を出す。婆さんも余から何か聞くのが怖《おそろ》しく、余は婆さんから何か聞くのが怖しいので御互にどうかしたかと問い掛けながら、その返答は両方ともいわずに双方とも暫時睨《にら》み合っている。

「水が——水が垂れます」これは婆さんの注意である。なるほど充分に雨を含んだ外套の裾と、中折帽《なかおればう》の庇《ひさし》から用捨なく冷たい点滴が畳の上に垂れる。折目をつまんで抛《ほう》り出すと、婆さんの膝の傍《そば》に白繻子《しろじゅす》の裏を天井へ向けて帽が転《ころ》がる。灰色のチェスターフィールドを脱いで、一振り振って投げた時はいつもよりよほど重く感じた。日本服に着換えて、身顫《みぶる》いをして漸くわれに帰った頃を見計《みはから》って婆さんはまた「どうなさいました」と尋ねる。今度は先方も少しは落付いている。

「どうするって、別段どうもせんさ。ただ雨に濡れただけの事さ」となるべく弱身を見せまいとする。

「いえあの御顔色はただの御色では御座いません」と伝通院の坊主を信仰するだけあっ

て、うまく人相を見る。

「御前の方がどうかしたんだろう。先ッきは少し歯の根が合わないようだったぜ」

「私《わたくし》は何と旦那様から冷かされても構いません。――しかし旦那様雑談事《じょうだんごと》じゃ御座いませんよ」

「え？」と思わず心臓が縮みあがる。「どうした。留守中何かあったのか。四谷から病人の事でも何かいって来たのか」

「それ御覧遊ばせ、そんなに御嬢様の事を心配していらっしゃるくせに」

「何といって来た。手紙が来たのか、使が来たのか」

「手紙も使も参りは致しません」

「それじゃ電報か」

「電報なんて参りは致しません」

「それじゃ、どうした――早く聞かせろ」

「今夜は鳴き方が違いますよ」

「何が？」

「何がって、あなた、どうも宵《よい》から心配で堪《たま》りませんでした。どうしても只事《ただごと》じゃ御座いません」

「何がさ。それだから早く聞かせろといってるじゃないか」

「先達中《せんだつてじゆう》から申し上げた犬で御座います」

「犬？」

「ええ、遠吠《とおぼえ》で御座います。私が申し上げた通りに遊ばせば、こんな事にはならないで済んだんで御座いますのに、あなたが婆さんの迷信だなんて、余《あん》まり人を馬鹿に遊ばすものですから……」

「こんな事にもあんな事にも、まだ何にも起らないじゃないか」

「いえ、そうでは御座いません、旦那様も御帰り遊ばす途中御嬢様の御病気の事を考えていらしったに相違御座いません」と婆さんずばと図星を刺す。寒い刃《は》が闇に閃《ひら》めいてひやりと胸打《むねうち》を喰《く》わせられたような心持がする。

「それは心配して来たに相違ないさ」

「それ御覧遊ばせ、やっぱり虫が知らせるので御座います」

「婆さん虫が知らせるなんて事が本当にあるものかな、御前そんな経験をした事があるのかい」

「ある段じゃ御座いません。昔しから人が烏鳴《からすな》きが悪いとか何とか善《よ》く申すじゃ御座いませんか」

「なるほど烏鳴きは聞いたようだが、犬の遠吠は御前一人のようだが――」

「いいえ、あなた」と婆さんは大軽蔑《だいけいべつ》の口調で余の疑《うたがい》を否定する。「同じ事で御座いますよ。婆やなどは犬の遠吠でよく分ります。論より証拠これは何かあるなと思うと外《はず》れた事が御座いませんもの」

「そうかい」

「年寄のいう事は馬鹿に出来ません」

「そりゃ無論馬鹿には出来んさ。馬鹿に出来んのは僕もよく知っているさ。だから何も御前を――しかし遠吠がそんなに、よく当るものかな」

「まだ婆やの申す事を疑《うたぐ》っていらっしゃる。何でも宜《よろ》しゅう御座いますから明朝《みようあさ》四谷へ行って御覧遊ばせ、きっと何か御座いますよ、婆やが受合いますから」

「きっと何かあっちゃ厭だな。どうか工夫はあるまいか」

「それだから早く御越し遊ばせと申し上げるのに、あなたが余り剛情を御張り遊ばすものだから――」

「これから剛情はやめるよ。――ともかくあした早く四谷へ行って見る事にしよう。今夜これから行っても好《い》いが……」

「今夜いらしっちゃ、婆やは御留守居は出来ません」

「なぜ？」

「なぜって、気味《きび》が悪くって居ても起《た》ってもいられませんもの」

「それでも御前が四谷の事を心配しているんじゃないか」

「心配は致しておりますが、私だって怖《おそろ》しゅう御座いますから」

折から軒を遶《めぐ》る雨の響に和して、いずくよりともなく何物か地を這うて唸《うな》り廻るような声が聞える。

「ああ、あれで御座います」と婆さんが瞳を据え小声でいう。なるほど陰気な声である。今夜はここへ寝る事にきめる。

余は例の如く蒲団の中へもぐり込んだがこの唸り声が気になって瞼《まぶた》さえ合わせる事が出来ない。

普通犬の鳴き声というものは、後《あと》も先も鉈刀《なた》で打《ぶ》ち切った薪雑木《まきざっぽう》を長く継いだ直線的の声である。今聞く唸り声はそんなに簡単な無造作の者ではない。声の幅に絶えざる変化があって、曲りが見えて、丸みを帯びている。蠟燭《ろうそく》の灯《ひ》の細きより始まって次第に福やかに広がってまた油の尽きた燈心の花と漸次に消えて行く。どこで吠えるか分らぬ。百里の遠き外《ほか》から、吹く風に乗せられて微かに響くと思う間に、近づけば軒端《のきば》を洩《も》れて、枕に塞《ふさ》ぐ耳にも薄《せま》る。ウウウウという音が丸い段落をいくつも連ねて家の周囲を二、三度繞《めぐ》ると、いつしかその音がワワワワに変化する拍子、疾《と》き風に吹き除《の》けられて遥《はる》か向うに尻尾はンンンと化して闇の世界に入《い》る。陽気な声を無理に圧迫して陰鬱《いんうつ》にしたのがこの遠吠である。躁狂《そうきょう》な響を権柄《けんぺい》ずくで沈痛ならしめているのがこの遠吠である。自由でない。圧制されてやむをえずに出す声であるところが本来の陰鬱、天然の沈痛よりも一層厭である、聞き苦しい。余は夜着《よぎ》の中に耳の根まで隠した。夜着の中でも聞える、しかも耳を出しているより一層聞き苦しい。また顔を出す。

　暫らくすると遠吠がはたとやむ。この夜半の世界から犬の遠吠を引き去ると動いているものは一つもない。わが家《や》が海の底へ沈んだと思う位静かになる。静まらぬはわが心のみである。わが心のみはこの静かな中から何事かを予期しつつある。去れどもその何事なるかは寸分の観念だにない。性《しょう》の知れぬ者がこの闇の世からちょっと顔を出しはせまいかという掛念《けねん》が猛烈に神経を鼓舞するのみである。今出るか、今出るかと考えている。髪の毛の間へ五本の指を差し込んで無茶苦茶に掻《か》いて見る。一週間ほど湯に入って頭を洗わんので指の股《また》が油でニチャニチャする。この静かな世界が変化したら――どうも変化しそうだ。今夜のうち、夜の明けぬうち何かあるに相違ない。この一秒も待って過ごす。この一秒もまた待ちつつ暮らす。何を待っているかといわれては困る。何を待っているか自分に分らんから一層の苦痛である。頭から抜き取った手を顔の前に出して無意味に眺める。爪の裏が垢《あか》で薄黒く三日月形に見える。同時に胃嚢《いぶくろ》が運動を停止して、雨に逢った鹿皮を天日《てんぴ》で乾《ほ》し堅めたように腹の中が窮窟になる。犬が吠えれば善《よ》いと思う。吠えているうちは厭でも、厭な度合が分る。こう静かになっては、どんな厭な事が背後に起りつつあるのか、知らぬ間《ま》に醸《かも》されつつあるか見当がつかぬ。遠吠なら我慢する。どうか吠えてくれればいいと寝返りを打って仰向けになる。天井に丸くランプの影が幽かに写る。見るとその丸い影が動いているようだ。いよいよ不思議になって来たと思うと、蒲団の上で脊髄《せきずい》が急にぐにゃりとする。ただ眼だけを見張って、慥かに動いておるか、おらぬかを確める。――確かに動いている。平常《ふだん》から動いているのだが気が付かずに今日まで過したのか、または今夜に限って動くのかしらん。――もし今夜だけ動くのなら、只事ではない。しかしあるいは腹工合のせいかも知れまい。今日会社の帰りに池《いけ》の端《はた》の西洋料理屋で海老《えび》のフライを食ったが、ことによるとあれが祟《たた》っているかもしれん。詰らん物を食って、銭をとられて馬鹿々々しい廃《よ》せばよかった。何しろこんな時は気を落ち付けて寐るのが肝心だと堅く眼を閉じて見る。すると虹霓《にじ》を粉《こ》にして振り蒔《ま》くように、眼の前が五色の斑点《はんてん》でちらちらする。これは駄目だと眼を開《あ》くとまたランプの影が気になる。仕方がないからまた横向になって大病人の如く、凝《じっ》として夜の明けるのを待とうと決心した。

横を向いてふと目に入《い》ったのは、襖《ふすま》の陰に婆さんが叮嚀《ていねい》に畳んで置いた秩父《ちちぶ》銘仙《めいせん》の不断着である。この前四谷に行って露子の枕元で例の通り他愛《たわい》もない話をしておった時、病人が袖口の綻《ほころ》びから綿が出懸っているのを気にして、よせというのを無理に蒲団の上へ起き直って縫ってくれた事をすぐ聯想《れんそう》する。あの時は顔色が少し悪いばかりで笑い声さえ常とは変らなかったのに――当人ももう大分好《よ》くなったから明日《あした》あたりから床を上げましょうとさえ言ったのに――今、眼の前に露子の姿を浮べて見ると――浮べて見るのではない、自然に浮んで来るのだが――頭へ氷嚢《ひょうのう》を戴《の》せて、長い髪を半分濡らして、うんうん呻《うめ》きながら、枕の上へのり出してくる。――いよいよ肺炎かしらと思う。しかし肺炎にでもなったら何とか知らせが来るはずだ。使も手紙も来ないところを以て見るとやっぱり病気は全快したに相違ない、大丈夫だ、と断定して眠ろうとする。合わす瞳の底に露子の青白い肉の落ちた頬と、窪《くぼ》んで硝子張《ガラスばり》のように凄い眼がありありと写る。どうも病気は癒《なお》っておらぬらしい。しらせはまだ来ぬが、来ぬという事が安心にはならん。今に来るかも知れん、どうせ来るなら早く来れば好い、来ないかしらんと寝返りを打つ。寒いとはいえ四月という時節に、厚夜着《あつよぎ》を二枚も重ねて掛けているから、ただでさえ寝苦しいほど暑い訳であるが、手足と胸の中《うち》は全く血の通わぬように重く冷たい。手で身のうちを撫《な》でて見ると膏《あぶら》と汗で湿っている。皮膚の上に冷たい指が触るのが、青大将にでも這われるように厭な気持である。ことによると今夜のうちに使でも来るかも知れん。

突然何者か表の雨戸《あまど》を破《わ》れるほど叩《たた》く。そら来たと心臓が飛び上って肋《あばら》の四枚目を蹴《け》る。何かいうようだが叩く音と共に耳を襲うので、よく聞き取れぬ。「婆さん、何か来たぜ」という声の下から「旦那様、何か参りました」と答える。余と婆さんは同時に表口へ出て雨戸を開ける。――巡査が赤い火を持って立っている。

「今しがた何かありはしませんか」と巡査は不審な顔をして、挨拶《あいさつ》もせぬ先から突然尋ねる。余と婆さんはいい合したように顔を見合せる。両方とも何とも答をしない。

「実は今ここを巡行するとね、何だか黒い影が御門から出て行きましたから……」

婆さんの顔は土のようである。何かいおうとするが息がはずんでいえない。巡査は余の方を見て返答を促がす。巡査は余の方を見て返答を促がす。余は化石の如く茫然と立っている。

「いやこれは夜中《やちゅう》甚だ失礼で……実は近頃この界隈《かいわい》が非常に物騒なので、警察でも非常に厳重に警戒をしますので――丁度御門が開《あ》いておって、何か出て行ったような按排《あんばい》でしたから、もしやと思ってちょっと御注意をしたのですが……」

余は漸くほっと息をつく。咽喉《のど》に痞《つか》えている鉛の丸《たま》が下りたような気持ちがする。

「これは御親切に、どうも、――いえ別に何も盗難に罹《かか》った覚《おぼえ》はないようです」

「それなら宜しゅう御座います。毎晩犬が吠えて御八釜《おやかま》しいでしょう。どういうものか賊がこの辺ばかり徘徊《はいかい》しますんで」

「どうも御苦労様」と景気よく答えたのは遠吠が泥棒のためであるとも解釈が出来るからである。巡査は帰る。余は夜が明け次第四谷に行くつもりで、六時が鳴るまでまんじりともせず待ち明した。

雨は漸く上ったが道は非常に悪い。足駄《あしだ》をというと歯入屋《はいれや》へ持って行ったぎり、つい取ってくるのを忘れたという。靴は昨夜《ゆうべ》の雨で到底穿《は》けそうにない。構うものかと薩摩《さつま》下駄《げた》を引掛けて全速力で四谷坂町まで馳けつける。門は開《あ》いているが玄関はまだ戸閉《とじま》りがしてある。書生はまだ起きんのかしらと勝手口へ廻る。清《きよ》という下総《しもうさ》生れの頰《ほっ》ペタの赤い下女《げじょ》が俎《まないた》の上で糠味噌《ぬかみそ》から出し立ての細根大根を切っている。「御早よう、何はどうだ」と聞くと驚いた顔をして、襷《たすき》を半分外しながら「へえ」という。へえでは埒《らち》があかん。構わず飛び上って、茶の間へつかつか這入り込む。見ると御母《おっか》さんが、今起き立の顔をして叮嚀に如鱗木《じょりんもく》の長火鉢を拭《ふ》いている。

「あら靖雄《やすお》さん！」と布巾《ふきん》を持ったままあっけに取られたという風をする。あら、、、、、、、、、あら靖雄さんでも埒があかん。

「どうです、よほど悪いですか」と口早に聞く。

犬の遠吠が泥棒のせいと極《き》まる位なら、ことによると病気も癒《なお》っているかも知れない。癒っていてくれれば宜《よ》いがと御母さんの顔を見て息を呑み込む。

「ええ悪いでしょう、昨日《きのう》は大変降りましたからね。さぞ御困りでしたろう」これでは少々見当が違う。御母さんの様子を見ると何だか驚いているようだが、別に心配そうにも見えない。余は何となく落ち付いて来る。

「なかなか悪い道です」とハンケチを出して汗を拭いたが、やはり気掛りだから「あの露子さんは――」と聞いて見た。

「今顔を洗っています、昨夕《ゆうべ》中央会堂の慈善音楽会とかに行って遅《おそ》く帰ったものですから、つい寝坊をしましてね」

「インフルエンザは？」

「ええありがとう、もう薩張《さっぱ》り……」

「何ともないんですか」

「ええ風邪《かぜ》はとっくに癒りました」

寒からぬ春風に、濛々《もうもう》たる小雨《こさめ》の吹き払われて蒼空《あおぞら》の底まで見える心地である。日本一の御機嫌にて候《そろ》という文句がどこかに書いてあったようだが、こんな気分をいうのではないかと、昨夕《ゆうべ》の気味の悪かったのに引き換えて今の胸の中《うち》が一層朗《ほが》かになる。なぜあんな事を苦にしたろう、自分ながら愚の至りだと悟って見ると、何だか馬鹿々々しい。馬鹿々々しいと思うにつけて、たとい親しい間柄とはいえ、用もないのに早朝から人の家《うち》へ飛び込んだのが手持無沙汰に感ぜらるる。

「どうして、こんなに早く、――何か用事でも出来たんですか」と御母さんが真面目に聞く。どう答えて宜いか分らん。嘘をつくといったって、そう咄嗟《とっさ》の際に嘘がうまく出るものではない。余は仕方がないから「ええ」といった。

「ええ」といった後で、廃せば善かった、――一思いに正直な所を白状してしまえば善かったと、すぐ気が付いたが、「ええ」の出たあとはもう仕方がない。「ええ」を引き込める訳に行かなければ「ええ」を活《い》かさなければならん。「ええ」とは単簡《たんかん》な二文字であるが滅多に使うものでない、これを活かすにはよほど骨が折れる。

「何か急な御用なんですか」と御母さんは詰め寄せる。別段の名案も浮ばないからまた「ええ」と答えて置いて、「露子さん露子さん」と風呂場の方を向いて大きな声で怒鳴って見た。

「あら、どなたかと思ったら、御早いのねえ——どうなすったの、——何か御用なの？」露子は人の気も知らずにまた同じ質問で苦しめる。

「ああ何か急に御用が御出来なすったんだって」と御母さんは露子に代理の返事をする。

「そう、何の御用なの」と露子は無邪気に聞く。

「ええ、少しその、用があって近所まで来たのですから」と漸く一方に活路を開く。随分苦しい開き方だと一人で肚《はら》の中で考える。

「それでは、私《わたし》に御用じゃないの」と御母さんは少々不審な顔付である。

「ええ」

「もう用を済ましていらしったの、随分早いのね」と露子は大《おお》いに感嘆する。

「いえ、まだこれから行くんです」とあまり感嘆されても困るから、ちょっと謙遜《けんそん》して見たが、どっちにしても別に変りはないと思うと、自分で自分の言っている事が如何にも馬鹿らしく聞える。こんな時はなるべく早く帰る方が得策だ、長座《ながざ》をすればするほど失敗するばかりだと、そろそろ、尻を立てかけると

「あなた、顔の色が大変悪いようですがどうかなさりゃしませんか」と御母さんが逆捻《さかねじ》

を喰わせる。

「髪を御刈りになると好いのね、あんまり髭《ひげ》が生えているから病人らしいのよ。あら頭にはねが上っててよ。大変乱暴に御歩行《おある》きなすったのね」

「日和下駄《ひよりげた》ですもの、よほど上ったでしょう」と脊中を向いて見せる。御母さんと露子は同時に「おやまあ！」と申し合せたような驚き方をする。

羽織を干してもらって、足駄《あしだ》を借りて奥に寝ている御父《おと》っさんには挨拶もしないで門を出る。うららかな上天気で、しかも日曜である。少々ばつは悪かったようなものの昨夜《ゆうべ》の心配は紅炉上《こうろじょう》の雪と消えて、余が前途には柳、桜の春が簇《むら》がるばかり嬉しい。神楽坂《かぐらざか》まで来て床屋へ這入る。未来の細君の歓心を得んがためだといわれても構わない。実際余は何事によらず露子の好くようにしたいと思っている。

「旦那髯《ひげ》は残しましょうか」と白服を着た職人が聞く。髯を剃《そ》るといいと露子がいったのだが全体の髯の事か顋髯《あごひげ》だけかわからない。まあ鼻の下だけは残す事にしようと一人で極める。職人が残しましょうかと念を押す位だから、残したって余り目立つほどのものでもないには極っている。

「源さん、世の中にゃ随分馬鹿な奴がいるもんだねえ」と余の顋をつまんで髪剃《かみそり》を逆に持ちながらちょっと火鉢の方を見る。

源さんは火鉢の傍《そば》に陣取って将棊盤《しょうぎばん》の上で金銀二枚をしきりにパチつかせていたが

「本当にさ、幽霊だの亡者《もうじや》だのって、そりゃ御前、昔しの事だあな。電気燈のつく今日そんな箆棒《べらぼう》な話しがある訳がねえからな」と王様の肩へ飛車を載せて見る。「おい由公《よしこう》御前《おめえ》こうやって駒《こま》を十枚積んで見ねえか、積めたら安宅鮓《あたかずし》を十銭奢《おご》ってやるぜ」

一本歯の高足駄を穿いた下剃《したぞり》の小僧が「鮓じゃいやだ、幽霊を見せてくれたら、積んで見せらあ」と洗濯したてのタウエルを畳みながら笑っている。

「幽霊も由公にまで馬鹿にされる位だから幅は利かない訳さね」と余の揉《も》み上《あ》げを米噛《こめか》みのあたりからぞきりと切り落す。

「あんまり短かかあないか」

「近頃はみんなこの位です。揉み上げの長いのはにやけてて可笑しいもんです。——なあに、みんな神経さ。自分の心に恐《こわ》いと思うから自然幽霊だって増長して出たくならあね」と刃についた毛を人さし指と拇指《おやゆび》で拭《ぬぐ》いながらまた源さんに話しかける。

「全く神経だ」と源さんが山桜の烟《けむり》を口から吹き出しながら賛成する。

「神経って者は源さんどこにあるんだろう」と由公はランプのホヤを拭きながら真面目に質問する。

「神経か、神経は御めえ方々にあらあな」と源さんの答弁は少々漠然《ばくぜん》としている。

白暖簾《しろのれん》の懸った座敷の入口に腰を掛けて、先っきから手垢《てあか》のついた薄っぺらな本を見ていた松さんが急に大きな声を出して面白い事がかいてあらあ、よっぽど面白いと一人で笑い出す。

「何だい小説か、『食道楽《くいどうらく》』じゃねえか」と源さんが聞くと松さんはそうよそうかも知れねえと上表紙《うわびょうし》を見る。標題には『浮世心理講義録』有耶無耶道人《うやむやどうじん》著とかいてある。

「何だか長い名だ、とにかく『食道楽』じゃねえ。鎌《かま》さん一体こりゃ何の本だい」と余の耳に髪剃を入れてぐるぐる廻転させている職人に聞く。

「何だか、訳の分らないような、とぼけた事が書いてある本だがね」

「一人で笑っていねえで少し読んで聞かせねえ」と源さんは松さんに請求する。松さんは大きな声で一節を読み上る。

「狸《たぬき》が人を婆化《ばか》すといいやすけれど、何で狸が婆化しやしょう。ありゃみんな催眠術でげす……」

「なるほど妙な本だね」と源さんは烟《けむ》に捲《ま》かれている。

「拙《せっ》が一返《いっぺん》古榎になった事がありやす、ところへ源兵衛村《げんべえむら》の作蔵という若い衆《しゅ》が首を縊《くく》りに来やした……」

「何だい狸が何かいってるのか」

「どうもそうらしいね」

「それじゃ狸のこせえた本じゃねえか——人を馬鹿にしやがる——それから？」

「拙が腕をニューと出している所へ古褌《ふるふんどし》を懸けやした——随分臭《くそ》うげしたよ——……」

「狸のくせにいやに贅沢《ぜいたく》をいうぜ」

「肥桶《こいたご》を台にしてぶらりと下がる途端拙はわざと腕をぐにゃりと卸ろしてやりやしたので作蔵君は首を縊り損《そくな》ってまごまごしておりやす。ここだと思いやしたから急に榎の姿を隠してアハハハハと源兵衛村中へ響くほどな大きな声で笑ってやりやした。すると作蔵君はよほど仰天したと見えやして助けてくれ、助けてくれと褌を置去りにして一生懸命に逃げ出しやした……」

「こいつあ旨《うめ》え、しかし狸が作蔵の褌をとって何にするだろう」

「大方睾丸《きんたま》でもつつむ気だろう」

アハハハハと皆《みんな》一度に笑う。余も吹き出しそうになったので職人はちょっと髪剃を顔からはずす。

「面白《おもしれ》え、あとを読みねえ」と源さん大《おおい》に乗気になる。

「俗人は拙が作蔵を婆化したようにいう奴でげすが、そりゃちと無理でげしょう。作蔵君は婆化されよう、婆化されようとして源兵衛村をのそのそしているのでげす。その婆化されようという作蔵君の御注文に応じて拙がちょっと婆化して上げたまでの事でげす。すべて狸一派のやり口は今日開業医の用いておりやす催眠術でげして、昔からこの手で大分大方《たいほう》の諸君子を胡魔化《ごまか》したものでげす。西洋の狸から直伝《じきでん》に輸入致した術を催眠法とか唱え、これを応用する連中《れんじゅう》を先生などと崇《あが》めるのは全く西洋心酔の結果で拙などはひそかに慨嘆の至《いたり》に堪えん位のものでげす。何も日本固有の奇術が現に伝《つたわ》っているのに、一も西洋二も西洋と騒がんでもの事でげしょう。今の日本人はちと狸を軽蔑し過ぎるように思われやすからちょっと全国の狸どもに代って拙から諸君に反省を希望して置きやしょう」

「いやに理窟《りくつ》をいう狸だぜ」と源さんがいうと、松さんは本を伏せて「全く狸の言う通《とおり》だよ、昔だって今だって、こっちがしっかりしていりゃ婆化されるなんて事はねえんだからな」と頻りに狸の議論を弁護している。して見ると昨夜《ゆうべ》は全く狸に致された訳かなと、一人で愛想《あいそ》をつかしながら床屋を出る。

台町《だいまち》のわが家《や》に着いたのは十時頃であったろう。門前に黒塗の車が待っていて、狭い格子の隙《すき》から女の笑い声が洩《も》れる。ベルを鳴らして沓脱《くつぬぎ》に這入る途端「きっと帰っていらっしゃったんだよ」という声がして障子がすうと明くと、露子が温かい春のような顔をして余を迎える。

「あなた来ていたのですか」

「ええ、御帰りになってから、考えたら何だか様子が変だったから、すぐ車で来て見たの、そうして、昨夕《ゆうべ》の事を、みんな婆やから聞いてよ」と婆さんを見て笑い崩れる。婆さんも嬉しそうに笑う。露子の銀のような笑い声と、婆さんの真鍮《しんちゅう》のような笑い声と、余の銅のような笑い声が調和して天下の春を七円五十銭の借家《しゃくや》に集めたほど陽気である。

如何に源兵衛村の狸でもこの位大きな声は出せまいと思う位である。

気のせいかその後露子は以前よりも一層余を愛するような素振《そぶり》に見えた。津田君に逢った時、当夜の景況を残りなく話したらそれはいい材料だ僕の著書中に入れさせてくれろといった。文学士津田真方《つだまかた》著『幽霊論』の七二頁《ページ》にK君の例として載っているのは余の事である。

手首

大佛次郎

始まりは引越しの晩だった。お吉と床を並べて寝ている清兵衛の腕を、冷たい手が握りしめた。氷のような手は、手首だけで、肱までなかった⁉

大佛次郎　おさらぎじろう

明治三十年（一八九七）〜昭和四十八年（一九七三）横浜市生れ。東京帝国大学政治学科卒業。本名は野尻清彦で、英文学者の抱影は長兄。外務省に勤務するが、退職して作家業に専念。大正十三年（一九二四）から大衆文芸誌「ポケット」に連載した「鞍馬天狗」が好評を得る。昭和三十九年（一九六四）文化勲章受章。

「手首」は昭和四年（一九二九）「改造」に発表された。

その家は牛込《うしごめ》の通寺町《とおりてらまち》にあった。その時分は——はっきり云えば慶應《けいおう》二年の五月だが——まだすぐ裏が畑になっていてそれを通り抜けると、赤城《あかぎ》さまの境内へ、生垣《いけがき》の破れ目を抜けて入ることが出来た。表通りはすぐ隣りの塀《へい》と並んでいるのだし、道について行くと、赤城さまの門前の町家が並んでいる明るいところへ出られるのだから、夜だってそう淋しいことはなかった。それに何と云っても、世間の目をのがれて二人だけの世界を作ろうとしている人たちには庭木は多いし閑静で、外《ほか》からまったく隔離されたような心持でいられそうなのが、第一にこの家が気に入った理由だった。

建物は小さいが、まだ、そう古くない。風通しのいい二階があるし、下は、三間《ま》あって、雨戸をあけると、どの部屋にもよく日が入る。柱は面皮《めんかわ》のものを使ってあるし、建具《たてぐ》も丹念な仕事で、仙台松《せんだいまつ》の廊下などはよく拭き込んで永く閉め込んであったにしては、つやつやとしていた。

清兵衛《せいべえ》もお吉《きち》もこの家にきめるのに異存はなかった。案内して来た三味線屋の手代《てだい》を大家《おおや》へやって家賃を聞かせると、これも世間並の値段だった。

引越の晩は、お吉のいた家の女将から朋輩の女や、清兵衛の取巻連が賑やかに集って料理は亀清《かめせい》から駕籠《かご》で運ばせて、夜遅くまで祝宴を張った。いい家だと、ほめない者はない。女たちは口々にこんなところに好きな旦那と住むようになれたお吉が羨ましいと云うのだった。

しかし、清兵衛とお吉が一番幸福を感じたのは、この連中が駕籠を揃えて引揚げて行って、灯影の映っている庭の繁みの静けさに二人だけで黙って耳を傾けた時だった。その時ほど、二つの心が寄り合っているのを感じたことはなかった。遠い道中をして、やっと落着くところへ着いたと云うようなほっとした心持だった。

『片附けるのは明日の朝でいいよ』

と、下女にも云った。


清兵衛はお吉と床を並べて二階の八畳で寝ていた、まったく初めてのもののような心持で、二人だけの宵を過して、その儘《まま》うとうと睡っていたのである。

搔巻《かいまき》から外へ伸していた腕を、お吉がそっと握りしめたように感じた。お吉の手が、冷たかったので、清兵衛は浅く醒めた、うつつな心持の中にも、あまり冷たいので、気がかりで、寝返りを打ってその手を胸のところへ引寄せた。

はっきり目がさめていた。

ずっと撫でて行くと、その氷のような手は、手首だけで、肱《ひじ》までなかった。切口《きりくち》は蒲《かま》鉾《ぼこ》のように平らだった。

真暗な中に清兵衛は、はね起きていた。気丈《きじよう》な人間だったので、声だけは立てなかった。じんじん耳鳴《みみなり》がして、胸は早鐘のように動悸を打っていた。隣りの床に寝ているお吉の寝息に耳を傾けると、それが、微《かす》かに規則正しく聞こえていたので、ほっとした。夢だったろうと思う傍《そば》から、自分が確かに目を醒していたようにも感じられるのだった。ぞくぞくと背中が寒かった。

灯《ひ》を消してあった行燈《あんどん》をさぐって手を伸すと、お吉の寝息が歇《や》んだ。

『灯《あかり》をつけてくれ』

と、云った。

お吉も起きなおった。

『お煙草？』

『むむ』

清兵衛は、右の手の指を、今握られた左の手首へやっていた。

お吉がつけた行燈の灯影は、大きな夕顔の花のように天井にひろがった。

『夢を見たんだ』

と、清兵衛は、お吉がこちらの顔色に気が付いたようなので、笑いながら、云った。

『夢？　どんな』

『なアに、つまらない』

と、云い濁《にご》らした。

それから、催《もよお》しもしていないのに厠《かわや》へ降りて行った。

気になったのは、照降町《てりふりちょう》の本宅にいる本妻のことだった。お吉はすぐまた睡ったが、清兵衛は朝まで天井の灯影を見て起きていて、お吉の手前は工合悪かったが、午後になったら来るからと云って、朝飯もとらずに外へ出ていた。

白々と明けて来た往来には、河岸帰りの肴屋に邂《あ》うだけだった。本宅では、まだ戸を閉めてあった。小僧を起してあけさせて、女房の寝間へ入って見るまでは気が気でなかった。

夕方になって、新宅へ引返して来た清兵衛は鮒金《ふなきん》の佃煮の折などを手土産にして、

『世帯染みたろう』

と、冗談まで云う好い旦那だった。

『お内《うち》の方、宜しいんですか？』

と、お吉が云うと、

『あけるのが毎日だから、不思議には思っていなかろうさ』

と笑って、附加えた。

『知れるくらいにした方が、いっそ、両方の為だろうと思っている』

女は、旦那の、深い心持を感じて、俯向《うつむ》いた。清兵衛が茶屋遊びに向く気性でもないのに、自分に溺れて来たことだけにも、男の真実を感じ、本妻の方には済まないと、つくづくと感じていながら、自分も引かれて来た女だった。こうして家まで持って見ると、旦那が一層頼もしく、はなれにくいひとに思われるのである。清兵衛は、また、つまらない夢をすぐと本妻に結び付けて考えたのも、自分が、生れて初めての恋の冒険にまだ臆病に後足《あとあし》をひいているせいだと感じていた。万一の場合は世間の義理も捨てられようと信じて来たのだ。

『当分、こっちにいるよ』

と云った。

その夕方は、女中に留守をさせ、まだ足りない道具の類を二人で買いに出た。女は、世帯の、小さい品物にも、あこがれを持っているようだった。

清兵衛がふと前夜のことを思い出したのは、赤城さまの脇から、道が暗くなってからだった。

握られた手首に、氷のような指の感触がまだ残っているようにまざまざとした記憶だった。夢としても、あまり、はっきりしていたからだろうと考えた。

その晩も、同じ二階に寝た。

いつの間にか、それが、決して夢ではなかったように思われて来た。確かに、あの時は目が醒めていたと思うのである。前夜よく睡れなかったところへ、その晩はまた、妙に冴《さ》えて一睡も出来ないで寝返りばかり打っていた。

お吉は、もう、すやすや優しい寝息を聞かせていた。行燈はつけたままになっている。薩摩杉《さつますぎ》の天井に、ぼんやりした灯影が輪を描いている。

清兵衛は商人として堅いと見られていたほかに、子供の時分から剛胆《ごうたん》だと云われて来たし、自分でもそう信じていた。

布団の裾の方に階段が降りている。下の襖をあけると、茶の間で、許されて下女がそこに寝ている。それでいて、清兵衛は、その階段に詰まっている闇を、妙に意識に置いていた。誰れか、その暗がりにそッと影のように蹲《うずく》まっているような気がするのである。

幾たびか寝返りを打ったが、やはり気になる。睡れないのが、そのせいだと思うと、急に立って行って覗いて見ることにした。無論、誰れもいない。そのまま、その梯子段を降りて厠へ行った。

『見ろ、何がある』

と、思うのだった。

雨戸をあけて、暗い庭を見ながら手を洗って、引返して来た。お吉がそれも気がつかずにいるのを見て、搔巻《かいまき》を引寄せながら、また横になって、瞼を閉じた。

その目を急にあいた時、清兵衛は顔色を変えていた。梯子段のある裾の方から掻巻の上に手を突いたものがあるのだ。その重みが清兵衛の膝のところにかかっていた。

清兵衛は、必死に起きなおった。

目の前には何の変化もないようだった。たった今自分が足をひいた掻巻の上に、誰か人が覗き込んで片手を突いているように綿がくぼんで、周囲から皺《しわ》を寄せているのが目についた。

清兵衛は、その箇所へ手を伸して見た。その指の端に、昨夜と同じ氷のようなものがさわって全身につたわった。人間の皮膚に違いなかった。目には見えなかったが、その手は、さわられると同時に階段の方へすーっと引きさがったのである。掻巻に加わっていた重みがとれて、深くついていた皺が消えた。

清兵衛は、立上った。

行燈をさげて何も見えない梯子段を、上から凝《じっ》と見詰めたのである。

お吉も下女も、何も知らないでいるのだった。清兵衛もこのことに就《つい》ては何も話さなかった。ひとりで重苦しい気持になって、不吉なことをいろいろに考えるのだった。

家主を訪ねたのは、三日ばかり後のことだった。

『前に、あの家には、どなたがお住みになっていらしったのですね？』

と、それとなく話の中に尋ねてみた。

『土州様の御家中で、勤番でいらしってた方でしてね』

家主だった頭《かしら》は、でっぷりした爺さんだった。

『そう云えば、綺麗な御新造《ごしん》さんがおいででしたよ。こんど、こちらさんで引越していらしったのできれいな方に御縁があると見えるって、内《うち》の奴《やつ》とお噂していたところですよ』

『いつ頃、その方はお移りになったので』

『半月になりますかなあ。急にお国表《くにおもて》へお帰りになることに成ったんでしてね』

『そうですか』

自然と、清兵衛は愛想にも笑顔を作っていられなくなった。

『その方は、よほど永くあすこにいらしったのでしょうか？』

家主は、おかしな問だと感じたらしく清兵衛の目を見詰めた。

『左様……あしかけ、二年、お貸ししたのですが……何かありましたかね？』

『そうなんです』

清兵衛はこう答えた。

『狸《たぬき》のすることか知れませんが……』

家主にとって愉快な話でなかった事は事実だった。清兵衛の話を聞くと、急に機嫌が悪くなって、

『そんな筈はありません。あの家は建てて直ぐ、前の白鳥さまにお貸ししたので、そんなお話はこれまで、これっぽっちも聞かなかったんですから……何かお間違いじゃァありませんか？　よ御座《ござ》んす私も一度伺《うかが》ってよく見てみましょう』

と、云った。

『赤城さまに野良犬があんなに遊んでいるんですし、狸なんてこともありませんや』

次の日の夕方、清兵衛とお吉は、市《いち》ケ谷《や》谷町《たにまち》に、古い家だったが貸家があるのを見付けてそこそこにこれへ引越した。荷物は捨ててもいいくらいに思ったのだが、もとの家主がまとめて次の朝届けてくれた。

清兵衛には、一切の出来事が忘れられなかった。家にけちをつけられたように突慳貪《つっけんどん》にしていた家主も、清兵衛と一緒に梯子段の下に作ってあった戸棚をあけて隅に白い蛆《うじ》が沢山うごめいているのを見た時は顔色を変えたのだ。前に住んでいた白鳥庄左衛門《しらとりしょうざえもん》の妾《めかけ》の変死体が、床下から発掘された。その死体の右手に手首がないのを最初に見付けたのは清兵衛だった。

谷町の住居は、一と月と続かなかった。お吉と清兵衛の関係は、もとのように円満《えんまん》に

行かなかった。それとはっきりと云えないでいて、最初の家で邂《あ》った不吉な事件が、あれほど堅く結びつけられていた二人の因縁を、多少の未練はあって別れさせた間接の原因になった。あのことがあってから、お互いの関係が変に重苦しく暗くなった。清兵衛が用にかこつけて本宅で泊ることが頻繁《ひんぱん》になるし、お吉はもう一度褄《つま》を取ってもいいと、訪ねて来た昔の朋輩に云うようになった。最後に、言葉の上のつまらない争いが、別れ話をはっきりさせる直接の原因になった。

清兵衛の不幸は、これだけではなかった。その年の梅雨時分から、左の手首が変に痛み出した。二寸ばかりの幅で、何か巻いたようにひとまわり痛むのである。そこが、あの最初の不思議に邂った晩に、つめたい指で握られたところだったのも、神経を刺激した。痛みの種類も、氷を永く皮膚にあてていて、人が感じる、燃えるようなものだった。何のために、自分だけが、こんな祟《たた》りを受けたのかと、呪《のろ》いたくなるのだった。医者の手当も、祈禱《きとう》も何の験《しるし》もなかった。

気丈だったので、命にさえ別状がなければいいさと、自分でも、ふてぶてしく構えていた。痛みはその箇所だけのものだったし、そう、しょっ中痛むものではなく、いつもは手首に何かついているような鈍く重い感じがするだけだった。見た目には、その部分の皮膚も、ほかと、すこしも違いなかった。そうこうしている内に、親戚の女が四つになる子供を連れて、遊びに来た。

女は清兵衛が庭へ降りて朝顔の鉢を見廻っているところへ挨拶に来た。夏だったので、障子《しょうじ》を簀戸《すど》にかえてある縁側に出て、漸《ようや》く立てる子供を片手で抱いて、片手を突いて、無沙汰の詫びを云った。その間子供は立ったまま稚《おさ》ない熱心な目付で清兵衛を見詰めていた。母親に似て、よく肥った可愛らしい子供だった。

『大きくなったね』

『さあ、小父ちゃんに御挨拶おし』

子供は二人の注目を集めた。清兵衛は、子供らしく一杯に瞠《みは》った小さい目に気がついた。急に子供は、物におびえたように母親の胸に顔を押しあてた。

『こわいよう。こわいよう』

と、けたたましく叫んで、身をふるわした。

『何が……』

母親は、義理のある清兵衛の手前、二重に驚いて、

『御挨拶もしないで、なんだよ』

と云った。

子供は、幼ないが何か確かめるような目付で、おそるおそる清兵衛の方を覗《のぞ》いて、また、一層おびえて、顔を埋めた。

『こわいよう。手がこわいよう』

『手が……』

清兵衛は思わず、こう口走った。例の左の手首を見た。

『何を云うことですやら』

気違いのように泣いている子に、母親は急に心配を感じたのだった。

『おい、坊や、何がこわい？』

清兵衛は、笑顔を作った。

それは、無駄だった。子供は一層おびえたように泣き立てるばかりだった。

『蒼《あお》い手、蒼い手……』

と、泣き声の中に、云った。

清兵衛には子供の目に見えたものがわかっていた。自分たちには何も見えないが、自分の手首に女の死人の手がついて振下《ぶらさが》っていることを初めて知ったのだった。最初の晩の恐しい経験がはっきりと胸に泛《うか》んで来た。肱《ひじ》の手前でぷっつり切れている氷のようにひやっこい手だった。切り口は平らで、ねばねばした感触を持っている手だった。

その時から、清兵衛は、物事の全部に対する気力を失った。

清兵衛は塔《とう》の沢《さわ》でも珍らしい長逗留の客になった。その間に箱根《はこね》の戦争があって、湯治客はどんな重病人でも附添《つきそい》に扶けられて避難したのに、清兵衛だけは宿の者と一緒に残って、戦の日にもこの連中と一日山の中で暮した。三枚橋の方角で絶えず鉄砲の音がしていた。火事も起った。その騒ぎが済むと、ここいらは、まるで火が消えたようにさびれた。この時世に呑気に湯治に来る者などはないのである。時折、東海道を上り下りする旅びとが道をそれて入って来て、一泊して行くぐらいのものであった。ここはこんなに閑静すぎたが、世間は彰義隊《しょうぎたい》の戦争や何かで物騒な様子だった。この分では夏になっても駄目だろうと、宿でも話していた。宿の主人は鉄砲を持って、小鳥ばかり射ちに出ていた。

六月七日の晩だった。

清兵衛は、日課にしていた夕食前の一風呂をあびて、浴室を出た。空は水色に明るかったが、母屋にはもう灯がともっていた。庭づたいに歩いて来ると、宿の入口の方で人の話声が聞こえた。若い楓の下に、腹掛をかけた馬の腹が覗いていた。

客が来たなと思って、縁側からあがると、その男が二階から降りて来た。大きな武士で浴衣《ゆかた》に着替えて手拭をさげていた。狭い廊下だったし、清兵衛は腰をかがめて、その男のために道をあけた。

男は、じろりと清兵衛を見て通り過ぎた。

供の仲間《ちゅうげん》らしい爺さんが後を追って来た。二人は、浴室の方へ降りて行った。暗い庭に、白地の浴衣の後姿がかすれて行った。

清兵衛は帳場に顔を出した。

『お客さまですね？』

亭主は、顔をあげた。

『へえ。……そうそう、旦那、今夜は珍らしいものを御馳走しますよ』

『へえ、なんでしょうね』

『鴨《かも》ですよ』

亭主は、帳場格子《ちょうばごうし》の中で得意で、鉄砲を狙う手付をして見せた。

『見事なもんです』

『やれやれ』

清兵衛は、亭主の殺生癖にあまり同感を持っていないのだった。

『どこにいました？』

『ずっと、上《かみ》へのぼったところです。どこから来たもんですか』

その叫び声は、突然に、こうした多愛《たあい》のない会話の腰を折ったものだった。

二人は、同時に、窓から外を見た。山の中だから、庭はもうすっかり暮れて真暗だった。竹の繁みが動いていた。

その声が起ったのは、確かに武士の主従が降りて行った風呂の方角だった。

亭主も清兵衛も顔を見合せた。

そこへ、仲間の爺さんの声で、

『来てくれ……来てくれ』

と呼ぶのが、庭で聞こえた。

『どうしたんだ？』

と、亭主は立上って、出て行った。

『湯気《ゆげ》におあたりになったんだよ。きっと』

と、土間に、釜の火をたきつけていた下女が云った。


自分が、清兵衛の口から、その時の話を聞いたのは、明治も三十年だった。日清戦争のあとで、清兵衛はこの頃から市中に流行し出した点燈屋《てんとうや》の元締《もとじめ》をしていて、浜町《はまちょう》の小ぢんまりした隠居所で万年青《おもと》の世話などして日を暮らしている、枯《か》れた好《い》いお爺さんになっていた。

『そのお武士《さむらい》さんが死んだんだと聞いて、私も吃驚《びっくり》して降りて行って見ました。

その晩、湯気のむっと八間《けん》の灯を暈《かげ》らしている流し場で、見たものは、今でも、こう、目をつぶるとじっと浮いて来るんです。背の高い大きなひとで五尺六七寸もあったように思うんですが、そのお武士さんが流し場一杯に、そっくりかえって、硬くなっているのでした。両手も喉のところへ、こう持って行ったままです。

どうも、やかましい話になりましてねえ。とにかく、あの御時世で、お届けしてもお役人がすぐ来てくれやしません。それまで死体に手をつけるわけに行かないし、宿屋こそ、とんだ目にあったものでした。

仲間の爺さんの話だと、御主人が先へ裸になって降りていらしったと思うと、すぐだったと云うのです。「あ！」と云ったかと思うと、どたりと恐しい音がして流し場へ仆《たお》れたようなので、吃驚して、覗いたんだそうです。

すると、御主人は、足を投げ出して背中を見せて、顎をひいて、宙に何かいるのを防いでいるような恰好で、両手でもがいていらっしゃる。腕の筋の一つ一つが白く浮き上って懸命に動いていたのが目についていると云うことでした。

「どうなさいました。旦那さま」

と、飛び降りて行くと、

「手、手……」

と、これが、最後だったと云います。両脚を蹴るように突張ると、そのまま軀全体が、ぐったりと伸びて、動かなくなったんですね。まったく、それきりなんでした。

目をくわっと剝いて、見るのも凄い顔でした。喉にくびったあとが紫色になっていたんです。

窓はすこしあいていましたが、これはすぐ下が崖になっていて楓がこうひょろひょろと枝を出して下は早川《はやかわ》の激流ですし、入口の方は爺やさんが入ってから、きちんと杉戸を閉めたんで、ほかに人間の這入《はい》りようがないわけでした。実際……

私の立場こそ変なものでした。自分では誰れよりも、よく、わかっているような気がしていたんですが、そのお侍さんの名は、薩州《さっしゅう》さまで新納権右衛門《にいのうごんえもん》って方だって云うんですし、赤城《あかぎ》さまの横の一件のお侍さんかどうか、はっきり、しなかったんです。赤城さまの方の白鳥と云うのが偽名だったのでしょうか、幽霊の手がこの人に会う時まで、私にとりついていて恨みをはらしたのか、それとも、私と同じように死んだ女にはまったく無関係なそのお侍さんに、廊下ですれ違った途端に、急に私からはなれて、その方に移ったものなんでしょうか?——そう思うと、すれ違った時に私の方を振返って御覧になった様子が、あとで考えてそんな風に取れたのかも知れませんが、私が手を出して袖でもつかんだので、お咎めになったような、工合だったたんです。

とにかく、その時から、私の、手の痛みがすっかり、とれたのです。開化の学問をなさった貴方なんか、こんな話は馬鹿げているとお考えになるか知れませんが……』

白髪鬼

岡本綺堂

「私は幽霊に責められている」青年は何度も弁護士試験を受けるが、いつも失敗する。それは会場に現れる、瘦せて背が高く髪の白い女のせいだと言う。

岡本綺堂　おかもときどう

明治五年（一八七二）〜昭和十四年（一九三九）東京生れ。東京府立一中時代から劇作を志す。新聞記者生活をしながら劇評も担当。歌舞伎革新運動に加わり、「修禅寺物語」などの新歌舞伎を発表する。大正六年（一九一七）から連作短篇「半七捕物帳」（当初は「江戸探偵名話」「半七聞書帳」のタイトル）を執筆、捕物帳という新ジャンルを確立した。

「白髮鬼」は昭和三年（一九二八）「文藝倶樂部」に発表された。

一

S弁護士は語る。

　私はあまり怪談などというものに興味をもたない人間で、他人からそんな話を聴こうともせず、自分から好んで話そうともしないのですが、若いときにたった一度、こんな事件に出逢ったことがあって、その謎だけはまだ本当に解けないのです。

　今から十五年ほど前に、わたしは麴町《こうじまち》の半蔵門に近いところに下宿生活をして、神田のある法律学校に通っていたことがあります。下宿屋といっても、素人家《しろうとや》に手入れをして七間《ま》ほどの客間を造ったのですから、満員となったところで七人以上の客を収容することは出来ない。いわば一種の素人下宿のような家で、主婦は五十をすこし越えたらしい上品な人でした。ほかに廿八九の娘と女中ひとり、この三人で客の世話をしているのですが、だんだん聞いてみると、ここの家《うち》には相当の財産があって、長男は京都の大学にはいっている。その長男が卒業して帰って来るまで、ただ遊んでいるのもつまらなく、また寂しくもあるというようなわけで、道楽半分にこんな商売を始めたのだそうです。したがって普通の下宿屋とはちがって、万事がいかにも親切で、いわゆる家族的待遇をしてくれるので、止宿人《ししゆくにん》はみな喜んでいました。

そういうわけで、私たちは家の主婦を奥さんと呼んでいました。下宿屋のおかみさんを奥さんと呼ぶのは少し変ですが、前にも言う通り、まったく上品で温和な婦人で、どうもおかみさんとは呼びにくいように感じられるので、どの人もみな申合せたように奥さんと呼び、その娘を伊佐子さんと呼んでいました。家の苗字は――仮りに堀川といって置きましょう。

十一月はじめの霽《は》れた夜でした。わたしは四谷須賀町のお酉《とり》さまへ参詣に出かけました。東京の酉の市《まち》というのをかねて話には聞いていながら、まだ一度も見たことがない。さりとて浅草まで出かけるほどの勇気もないので、近所の四谷で済ませて置こうと思って、ゆう飯を食った後に散歩ながらぶらぶら行ってみることになったのですから、甚だ不信心の参詣者というべきでした。今夜は初酉だそうですが、天気がいいせいか頗《すこぶ》る繁昌しているので、混雑のなかを揉まれながら境内と境外を一巡して、電車通りの往来まで出て来ると、ここも露天で賑わっている。その人ごみの間で不意に声をかけられました。

「やあ、須田君。君も来ていたんですか。」

「やあ、あなたも御参詣ですか。」

「まあ、御参詣と言うべきでしょうね。」

その人は笑いながら、手に持っている小さい熊手と、笹の枝に通した唐《とう》の芋とを見せました。彼は山岸猛雄――これも仮名です――という男で、やはり私とおなじ下宿屋に止宿しているのですから二人は肩をならべて歩き始めました。

「ずいぶん賑やかですね。」と、わたしは言いました。「そんなものを買ってどうするんです。」

「伊佐子さんにお土産ですよ。」と、山岸はまた笑っていいました。「去年も買って行ったから今年も吉例でね。」

「高いでしょう。」と、そんな物の相場を知らない私は訊きました。

「なに、思い切って値切り倒して……。それでも初酉だから、商人の鼻息がなかなか荒い。」

そんなことを言いながら四谷見附の方角へむかって来ると、山岸はあるコーヒー店の前に立ちどまりました。

「君、どうです。お茶でも飲んで行きませんか。」

かれは先に立って店へはいったので、わたしもあとから続いてはいると、幸いに隅の方のテーブルが空《す》いていたので、二人はそこに陣取って、紅茶と菓子を注文しました。

「須田君は酒を飲まないんですね。」

「飲みません。」

「ちっともいけないんですか。」

「ちっとも飲めません。」

「わたしも御同様だ。少し飲めるといいんだが……。」と、山岸は何か考えるように言いました。「この二、三年来、なんとかして飲めるようになりたいと思って、ずいぶん勉強してみたんですがね。どうしても駄目ですよ。」

飲めない酒をなぜ無理に飲もうとするのかと、年の若い私はすこしおかしくなりました。その笑い顔をながめながら、山岸はやはり子細ありそうに溜息をつきました。

「いや、君なぞは勿論飲まない方がいいですよ。しかし私なぞは少し飲めるといいんだが……。」と、彼は繰返して言いましたが、やがて又俄かに笑い出しました。「なぜというと……。少しは酒を飲まないと伊佐子さんに嫌われるんでね。ははははは。」

山岸の方はどうだか知らないが、伊佐子さんがとにかく彼に接近したがって、いわゆる秋波を送っているらしいのは、他の止宿人もみな認めているのでした。堀川の家《うち》では、伊佐子さんが姉で、京都へ行っている長男は弟だそうです。伊佐子さんは廿一の年に他へ縁付いたのですが、その翌年に夫が病死したので、再び実家へ戻って来て、それからむなしく七、八年を送っているという気の毒な身の上であることを、わたし達も薄々知っていました。容貌《きりよう》もまず十人並以上で阿母《おっか》さんとは違ってなかなか元気のいい活潑な婦人でしたが、気のせいか、その蒼白い細おもてがやや寂しく見えるようでした。

　山岸は三十前後で、体格もよく、顔色もよく、ひと口にいえばいかにも男らしい風采の持主でした。その上に、郷里の実家が富裕であるらしく、毎月少なからぬ送金を受けているので、服装もよく、金づかいもいい。どの点から見ても七人の止宿人のうちでは彼が最も優等であるのですから、伊佐子さんが彼に眼をつけるのも無理はないと思われました。いや、彼女が山岸に眼をつけていることは、奥さんも内々承知していながら、そのまま黙許しているらしいという噂もあるくらいですから、今ここで山岸の口から伊佐子さんのことを言い出されても、私はさのみ怪しみもしませんでした。勿論、妬むなどという気はちっとも起りませんでした。

「伊佐子さんは酒を飲むんですか。」と、わたしも笑いながら訊きました。

「さあ。」と、山岸は首をかしげていました。「よくは知らないが、おそらく飲むまいな。私にむかっても、酒を飲むのはおよしなさいと忠告したくらいだから……。」

「でも、酒を飲まないと、伊佐子さんに嫌われると言ったじゃありませんか。」

「あははははは。」

　彼があまりに大きな声で笑い出したので、四組ほどの他の客がびっくりしたようにこっちを一度に見返ったので、わたしは少しきまりが悪くなりました。茶を飲んで、菓子を食って、その勘定は山岸が払って、二人は再び往来へ出ると、大きい冬の月が堤の松の上に高くかかっていました。霽れた夜といっても、もう十一月の初めですから、寒い西北の風がわれわれを送るように吹いて来ました。

　四谷見附を過ぎて、麴町の大通りへさしかかると、橋ひとつを境にして、急に世間が静かになったように感じられました。山岸は消防署の火の見を仰ぎながら、突然にこんなことを言い出しました。

「君は幽霊というものを信じますか。」

　思いも付かないことを問われて、わたしもすこしく返答に躊躇しましたが、それでも正直に答えました。

「さあ。わたしは幽霊というものについて、研究したこともありませんが、まあ信じない方ですね。」

「そうでしょうね。」と、山岸はうなずきました。「わたしにしても信じたくないから、君なぞが信じないというのは本当だ。」

　彼はそれぎりで黙ってしまいました。今日ではわたしも商売柄で相当におしゃべりをしますが、学生時代の若い時には、どちらかといえば無口の方でしたから、相手が黙っていれば、こっちも黙っているというふうで、二人は街路樹の落葉を踏みながら、無言で麴町通りの半分以上を通り過ぎると、山岸はまた俄かに立ちどまりました。

「須田君、うなぎを食いませんか。」

「え。」

わたしは山岸の顔をみました。たった今、四谷で茶を飲んだばかりで、又すぐにここで鰻を食おうというのは少しく変だと思っていると、それを察したように彼は言いました。

「君は家で夕飯を食ったでしょうが、わたしは午後に出たぎりで、実はまだ夕飯を食わないんですよ。あのコーヒー店で何か食おうかと思ったが、ごたごたしているので止《や》めて来たんです。」

なるほど彼は午後から外出していたのです。それでまだ夕飯を食わずにいるのでは、四谷で西洋菓子を二つぐらい食ったのでは腹の虫が承知しまいと察せられました。それにしても、鰻を食うのは贅沢です。いや、金廻りのいい彼としては別に不思議はないかも知れませんが、われわれのような学生に取っては少しく贅沢です。今日では方々の食堂で鰻を安く食わせますが、その頃のうなぎは高いものと決まっていました。殊に山岸がこれからはいろうとする鰻屋は、ここらでも上等の店でしたから、わたしは遠慮しました。

「それじゃあ、あなたひとりで食べていらっしゃい。わたしはお先へ失敬します。」

行きかけるのを、山岸は引止めました。

「それじゃあいけない。まあ、附き合いに来てくれたまえ。鰻を食うばかりじゃない、ほかにも少し話したいことがあるから。いや、嘘じゃない。まったく話があるんだから……。」

断り切れないで、私はとうとう鰻屋の二階へ連れ込まれました。

二

ここで山岸とわたしとの関係を、さらに説明しておく必要があります。

山岸はわたしと同じ下宿屋に住んでいるという以外に、特別にわたしに対して一種の親しみを持っていてくれるのは、二人がおなじ職業をこころざしているのと、わたしが先輩として常に彼を尊敬しているからでした。わたしも将来は弁護士として世間に立つつもりで勉強中の身の上ですから、自分よりも年上の彼に対して敬意を払うのは当然です。単に年齢の差があるばかりでなく、その学力においても、彼とわたしとは大いに相違しているのでした。山岸は法律上の知識は勿論、英語のほかにドイツ、フランスの語学にも精通していましたから、わたしはいい人と同宿したのを喜んで、その部屋へ押しかけて行っていろいろのことを訊くと、彼もまた根《こん》よく親切に教えてくれる。そういうわけですから、山岸という男はわたしの師匠といってもいいくらいで、わたしも彼を尊敬し、彼もわたしを愛してくれたのです。

唯ここに一つ、わたしとして不思議でならないのは、その山岸がこれまでに四回も弁護士試験をうけて、いつも合格しないということでした。あれほどの学力もあり、あれほどの胆力もありながら、どうして試験に通過することが出来ないのか。わたしの知っている範囲内でも、その学力はたしかに山岸に及ばないと思われる人間がいずれも無事に合格しているのです。勿論、試験というものは一種の運だめしで、実力の優《まさ》ったものが必ず勝つとも限らないのですが、それも一回や二回ではなく、三回も四回もおなじ失敗をくり返すというのは、どう考えても判りかねます。

「わたしは気が小さいので、いけないんですね。」

それに対して、山岸はこう説明しているのですが、わたしの視るところでは彼は決して小胆の人物ではありません。試験の場所に臨んで、いわゆる「場打《ばう》て」がするような、気の弱い人物とは思われません。体格は堂々としている。弁舌は流暢《りゅうちょう》である。どんな試験官でも確かに採用しそうな筈であるのに、それがいつでも合格しないのは、まったく不思議と言うのほかはありません。それでも彼は、郷里から十分の送金を受けているので、何回の失敗にもさのみ屈する気色《けしき》もみせず、落ちつき払って下宿生活をつづけているのです。わたしは彼に誘われて、ここの鰻の御馳走になったのは、今までにも二、三回ありました。

「君なぞは若い盛りで、さっき食った夕飯なぞはとうの昔に消化してしまった筈だ。遠慮なしに食いたまえ、食いたまえ。」

山岸にすすめられて、私はもう遠慮なしに食い始めました。ともかくも一本の酒を注文したのですが、二人ともほとんど飲まないで、唯むやみに食うばかりです。蒲焼の代りを待っているあいだに、彼は静かに言い出しました。

「実はね、わたしは今年かぎりで郷里へ帰ろうかと思っていますよ。」

私はおどろきました。すぐには何とも言えないで、黙って相手の顔を見つめていると、山岸はすこしく容《かたち》をあらためました。

「甚だ突然で、君も驚いたかも知れないが、わたしもいよいよ諦めて帰ることにしました。どう考えても、弁護士という職業はわたしに縁がないらしい。」

「そんなことはないでしょう。」

「私もそんなことはないと思っていた。そんな筈はないと信じていた。幽霊がこの世にないと信じるのと同じように……。」

さっきも幽霊と言い、今もまた幽霊と言い出したのが、わたしの注意をひきました。しかし黙って聴いていると、彼は更にこんなことを言い出しました。

「君は幽霊を信じないと言いましたね。わたしも勿論、信じなかった。信じないどころか、そんな話を聴くと笑っていた。その私が幽霊に責められて、とうとう自分の目的を捨てなければならない事になったんですよ。幽霊を信じない君たちの眼から見れば、実にばかばかしいかも知れない。まあ、笑ってくれたまえ。」

わたしは笑う気にはなれませんでした。山岸の口からこんなことを聞かされる以上、それには相当の根拠がなければならない。といって、まさか幽霊などというものがこの世にあろうとは思われない。半信半疑でやはり黙っていると、山岸もまた黙って天井の電燈をみあげていました。広い二階に坐っているのはわれわれの二人ぎりで、隅々からにじみ出して来る夜の寒さが人に迫るようにも思われました。

しかし今夜もまだ九時ごろです、表には電車の往来するひびきが絶えずごうごうと聞えています。下では鰻を焼く団扇《うちわ》の音がぱたぱたと聞えます。思いなしか、頭の上の電燈が薄暗くみえても、床の間に生けてある茶の花の白い影がわびしく見えても、怪談らしい気分を深めるにはまだ不十分でした。もちろん山岸はそんなことに頓着する筈もない、ただ自分の言いたいだけの事を言えばいいのでしょう。やがて又向き直って話しつづけました。

「自分の口から言うのも何だが、わたしはこれまでに相当の勉強もしたつもりで、弁護士試験ぐらいはまず無事にパスするという自信を持っていたんですよ。うぬぼれかも知れないが、自分ではそう信じていたんです。」

「そりゃそうです。」と、私はすぐに言いました。「あなたのような人がパスしないという筈はないんですから。」

「ところが、いけないからおかしい。」と、山岸はさびしく笑いました。「君も御承知だろうが、ことしで四回つづけて見事に失敗している。自分でも少し不思議に思うくらいで……。」

「私もまったく不思議に思っているんです。どういうわけでしょう。」

「そのわけは……。今も言う通り、わたしは幽霊に責められているんですよ。いや、実にばかばかしい。われながら馬鹿げ切っていると思うのだが、それが事実であるからどうにも仕様がない。今まで誰にも話したことはないが、わたしが初めて試験を受けに出て、一生懸命に答案を書いていると、一人の女のすがたが私の眼の前にぼんやりと現われたんです。場所が場所だから、女なぞが出て来るはずがない。それは痩形で背の高い、髪の毛の白い女で、着物は何を着ているかはっきりと判らないが、顔だけはよく見えるんです。髪の白いのを見ると、老人かと思われるが、その顔は色白の細おもてで、まだ三十を越したか越さないか位にも見える。そういう次第で、年ごろの鑑定は付かないが、髪の毛の真っ白であるだけは間違いない。その女がわたしの机の前に立って、わたしの書いている紙の上を覗き込むようにじっと眺めていると、不思議にわたしの筆の運びがにぶくなって、頭もなんだか茫として、何を書いているのか自分にも判らなくなって来る……。君はその女をなんだと思います。」

「しかし……。」と、わたしは考えながら言いました。「試験場には大勢の受験者が机をならべているんでしょう。しかも昼間でしょう。」

「そうです、そうです。」と、山岸はうなずきました。「まっ昼間で、硝子窓の外には明るい日が照っている。試験場には大勢の人間がならんでいる。そこへ髪の毛の白い女の姿があらわれるんですよ。勿論、他の人には見えないらしい。わたしの隣りにいる人も平気で答案を書きつづけているんです。なにしろ、私はその女に邪魔をされて、結局なんだか判らないような答案を提出することになる。何がなんだか滅茶苦茶で、自分にも訳が判らないようなものを書いて出すのだから、試験官が明き盲でない限り、そんな答案に対して及第点をあたえてくれる筈がない。それで第一回の受験は見ごとに失敗してしまった。それでも私はそれほどに悲観しませんでした。元来がのん気な人間に生れ付いているのと、もう一つには、幸いに郷里の方が相当に暮らしているので、一年や二年は遊んでいても困ることはないという安心があったからでした。」

「そこで、あなたはその女に就いてどう考えておいでになったんです。」

「それは神経衰弱の結果だと見ていました。」と、山岸は答えました。「幾らのん気な人間でも、試験前には勉強する。殊にその当時は学校を出てから間もないので、毎晩二時三時ごろまでも勉強していたから、神経衰弱の結果、そういう一種の幻覚を生じたものだろうと判断しました。したがって、さのみ不思議とも思いませんでした。」

「その女はそれぎり姿を見せませんでしたか。」と、わたしは追いかけるように訊いた。

「いや、お話はこれからですよ。その頃わたしは神田に下宿していたんですが、何分にも周囲がそうぞうしくって、いよいよ神経を苛立たせるばかりだと思ったので、さらに小石川の方へ転宿して、その翌年に第二回の試験を受けると、これも同じ結果に終りました。わたしの机の前には、やはり髪の白い女の姿があらわれて、わたしが書いている紙の上をじっと覗いているんです。畜生、又来たかと思っても、それに対抗するだけの勇気がないので、又もや眼が眩《くら》んで、頭がぼんやりして、なんだか夢のような心持になって……。結局めちゃめちゃの答案を提出して……。それでも私はまだ悲観しませんでした。やはり神経衰弱が祟っているんだと思って、それから三月ほども湘南地方に転地して、唯ぶらぶら遊んでいると、頭の具合もすっかり好くなったらしいので、東京へ帰って又もや下宿をかえました。それが現在の堀川の家で、今までのうちでは一等居ごころのいい家ですから、ここならば大いに勉強が出来ると喜んでいると、去年は第三回の受験です。近来は健康も回復しているし、試験の勝手もよく判っているし、今度こそはという意気込みで、わたしは威勢よく試験場へはいって、答案をすらすらと書きはじめると、髪の白い女が又あらわれました。いつも同じことだから、もう詳しく言うまでもありますまい。わたしはすごすごと試験場を出ました。」

　あり得《う》べからざる話を聴かされて、わたしも何だか夢のような心持になって来ました。

そこへ蒲焼のお代りを運んで来ましたが、わたしはもう箸をつける元気がない。それは満腹の為ばかりではなかったようです。山岸も皿を見たばかりで、箸をとりませんでした。

三

うなぎを食うよりも、話のつづきを聞く方が大事なので、わたしは誘いかけるように又訊きました。

「そうすると、それもやっぱり神経のせいでしょうか。」

「さあ。」と、山岸は低い溜息を洩らしました。「こうなると、わたしも少し考えさせられましたよ。実は今まで郷里の方に対して、受験の成績は毎回報告していましたが、髪の白い女のことなぞはいっさい秘密にしていました。そんなことを言ってやったところで、誰も信用する筈もなし、落第の申訳にそんな奇怪な事実を捏造《ねつぞう》したように思われるのも、あまり卑怯らしくって残念だから、どこまでも自分の勉強の足らないことにして置いたのです。ねえ、そうでしょう。わたしの眼にみえるだけで、誰にも判らないことなんだから、いくら本当だと主張したところで信用する者はありますまい。まして自分自身も神経衰弱の祟りと判断しているくらいだから、そんな余計なことを報告してやる必要もないと思って、かたがたその儘にして置いたんですが、三度が三度、同じことが続いて、おなじ結果になるというのは少しおかしいと自分でもやや疑うようになって来た。そこへ郷里の父から手紙が来て、ちょっと帰って来いというんです。父は九州のＦという町でやはり弁護士を開業しているんですが、早い子持ちで、廿三の年にわたしを生んだのだから、去年は五十二で、土地の同業者間ではまずいい顔になっている。そのおかげで私もまあこうしてぶらぶらしていられるんですが……。その父も毎々の失敗にすこし呆れたんでしょう。ともかくも一度帰って来いというので、去年の暮から今年の正月にかけて……。それは君も知っているでしょう。それから東京へ帰って来たときに、わたしの様子に何か変ったところがありましたか。」

「いいえ、気がつきませんでした。」と、わたしは首をふりました。

「そうでしたか。なんぼ私のような人間でも、三回も受験に失敗しているんだから、久しぶりで国へ帰って、父の前へ出ると、さすがにきまりが悪い。そこは人情で、なにかの言い訳もしたくなる。その言い訳のあいだに口がすべって、髪の白い女のことをうっかりしゃべってしまったんです。すると、父は俄かにくちびるを屹《きっ》と結んで、しばらく私の顔を見つめていたが、やがて厳粛な口調で、お前それは本当かという。本当ですと答えると、父は又だまってしまって、それぎりなんにも言いませんでしたが、さてそうなると私の疑いはいよいよ深くならざるを得ない。父の様子から想像すると、これには何か子細のあることで、単にわたしの神経衰弱とばかりは言っていられないような気がするじゃありませんか。その時はまあそれで済んだんですが、それから二、三日の後、父はわたしに向って、もう東京へ行くのは止せ、弁護士試験なぞ受けるのは思い切れと、こう言うんです。実家に居据わっていても仕方がないので、わたしは父に向って、お願いですから、もう一度東京へやってください。万一ことしの受験にも失敗するようであったら、その時こそは思い切って帰郷しますと、無理に父を口説いて再び上京しました。したがって、ことしの受験はわたしに取っては背水の陣といったようなわけで、平素のん気な人間も少しく緊張した心持で帰って来たんです。それが君たちに覚られなかったとすると、私はよほどのん気にみえる男なんでしょうね。」

山岸は又さびしく笑いながら語りつづけました。

「ところで、ことしの受験もあの通りの始末……。やはり白い髪の女に祟られたんですよ。かれは今年も依然として試験場にあらわれて、わたしの答案を妨害しました。言うまでもない事だが、試験場におけるわたしの席は毎年変っている。しかもかれは同じように、影の形に従うがごとくに、私の前にあらわれて来るのだから、どうしても避ける方法がない。わたしはこの幽霊――まず幽霊とでもいうのほかはありますまい。この幽霊のために再三再四妨害されて、実に腹が立ってたまらないので、もうこうなったら根くらべ意地くらべの決心で、来年も重ねて試験を受けようと思っていたところが、二、三日前に郷里の父から手紙が来て、今度こそはどうしても帰れというんです。この正月の約束があるから、わたしももう強情を張り通すわけにもいかないのと、もう一つ、わたしに強い衝動をあたえたのは、父の手紙にこういうことが書いてあるんです。たとい無理に試験を通過したところで、弁護士という職業を撰《えら》むことは、お前の将来に不幸をまねく基《もと》であるらしく思われるから、もう思い切って帰郷して、なにか他の職業を求めることにしろ。お前として今までの志望を抛棄《ほうき》するのは定めて苦痛であろうと察せられるが、お前にばかり強《し》いるのではない、わたしも今年かぎりで登録を取消して弁護士を廃業する。」

「なぜでしょう。」と、わたしは思わず喙《くち》をいれました。

「なぜだか判らない。」と、山岸は思いありげに答えました。「しかし判らないながらも、なんだか判ったような気もするので、わたしもいよいよ思い切って東京をひきあげて、年内に帰国するつもりです。父はＦ町の近在に相当の土地を所有している筈だから、草花でも作って、晩年を送る気になったのかも知れない。わたしも父と一緒に園芸でもやってみるか、それとも何か他の仕事に取りかかるか、それは帰郷の上でゆっくり考えようと思っているんです。」

わたしは急にさびしいような、薄暗い心持になりました。どんな事情があるのか知れないが、父も弁護士を廃業する、その子も弁護士試験を断念して帰る。それだけでも聞く者のこころを暗くさせるのに、さらに現在のわたしとしては、自分が平素尊敬している先輩に捨てて行かれるのが、いかにも頼りないような寂しい思いに堪えられないので、黙って俯向いてその話を聞いていると、山岸は又言いました。

「今夜の話はこの場かぎりで、当分は誰にも秘密にしておいてくれたまえ。いいかい。奥さんにも伊佐子さんにも暫く黙っていてくれたまえ。」

奥さんはともあれ、伊佐子さんがこれを知ったら定めて驚くことであろうと、わたしは気の毒に思いましたが、この場合、かれこれ言うべきではありませんから、山岸の言うがままに承諾の返事をして置きました。

お代りの蒲焼は二人ともにちっとも箸をつけなかったので、残して行くのも勿体ないといって、その二人前を折詰にして貰うことにしました。それは伊佐子さんへお土産にするのだと、山岸は言っていました。熊手と唐の芋と、うなぎの蒲焼と、重ね重ねのおみやげを貰って、なんにも知らない伊佐子さんはどんなに喜ぶことかと思うと、わたしはいよいよ寂しいような心持になりました。

表へ出ると、木枯しとでも言いそうな寒い風が、さっきよりも強く吹いていました。宿へ帰るまで二人は黙って歩きました。

おみやげの品々を貰って、伊佐子さんは果して大喜びでした。奥さんも喜んでいました。その呉れ手が山岸であるだけに、伊佐子さんは一層嬉しく感じたのであろうと思うと、わたしは気の毒を通り越して、なんだか悲しいような心持になって来たので、そうそうに挨拶して、自分の部屋へはいってしまいました。

四

堀川の家で止宿人にあたえている部屋は、二階に五間、下に二間という間取りで、山岸は下の六畳に、わたしは二階の東の隅の四畳半に陣取っているのでした。東の隅といっても、東側には隣りの二階家が接近しているので、一間の肱《ひじ》かけ窓は北の往来にむかって開かれているのですから、これからは日当りの悪い、寒い部屋になるのです。今夜のような風の吹く晩には、窓の戸をゆする音を聞くだけでも夜の寒さが身に沁みます。もう勉強する元気もないので、私はすぐに冷たい衾《よぎ》のなかにもぐり込みましたが、何分にも眼が冴えて眠られませんでした。いや、眠られないのがあたりまえかとも思いました。

わたしは今夜の話をそれからそれへと繰返して考えました。髪の白い女というのは、いったい何者であろうかとも考えました。山岸はそれを幽霊と信じてしまったらしいが、さっきも言う通り、白昼衆人のあいだに幽霊が姿をあらわすなどというのは、どうしても私には信じられないことでした。しかも山岸が彼の父にむかってその話を洩らしたときに、父の態度に怪しむべき点を発見したらしい事を考えると、父には何か思いあたる節《ふし》があるのかとも察せられます。ことに父も今年かぎりで弁護士を廃業するから、山岸にも受験を断念しろという。それには勿論、なにかの子細がなければならない。それから綜合して考えると、これは弁護士という職業に関連した一種の秘密であるらしい。山岸は詳しいことを明かさないが、今度の父の手紙にはその秘密を洩らしてあるのかも知れない。そこで彼もとうとう我《が》を折って、にわかに帰郷することになったのかも知れない。

わたしの空想はだんだんに拡がって来ました。山岸の父は職業上、ある訴訟事件の弁護をひき受けた。刑事ではあるまい、おそらく民事であろう。それが原告であったか、被告であったか知らないが、ともかくも裁判の結果が、ある婦人に甚だしい不利益をあたえることになった。その婦人は、髪の白い人であった。彼女《かれ》はそれがために自殺したか、悶死したか、いずれにしても山岸の父を呪いつつ死んだ。その恨みの魂がまぼろしの姿を試験場にあらわして、彼の子たる山岸を苦しめるのではあるまいか。

こう解釈すれば、怪談としてまずひと通りの筋道は立つわけですが、そんな小説めいた事件が実際にあり得るものかどうかは、大いなる疑問であると言わなければなりません。

さっき聞き落したのですが、一体その髪の白い女は試験場にかぎって出現するのか、あるいは平生でも山岸の前に姿をみせるのか、それを詮議しなければならない事です。山岸の口ぶりでは、平生は彼女と没交渉であるらしく思われるのですが、それも機会を見てよく確かめて置かなければなりません。そんなことをいろいろ考えているうちに、近所の米屋で、一番鶏の歌う声がきこえました。

あくる朝はゆうべの風のためか、にわかに冬らしい気候になりました。一夜をろくろく眠らずに明かした私は、けさの寒さが一層こたえるようでしたが、それでも朝飯をそうそうに食って、いつもの通りに学校に出て行きました。その頃には風もやんで、青空が高く晴れていました。

留守のあいだに何事か起ってはしないかと、一種の不安をいだきながら、午後に学校から帰って来ますと、堀川の一家にはなんにも変った様子もなく、伊佐子さんはいつもの通りに働いています。山岸も自分の部屋で静かに読書しているようです。私はまずこれで安心していると、午後六時ごろに伊佐子さんがわたしの部屋へ夕飯の膳を運んで来ました。このごろの六時ですから、日はすっかり暮れ切って、狭い部屋には電燈のひかりが満ちていました。

「きょうは随分お寒うござんしたね。」と、伊佐子さんは言いました。平生から蒼白い顔のいよいよ蒼ざめているのが、わたしの眼につきました。

「ええ、今からこんなに寒くなっちゃやりきれません。」

いつもは膳と飯櫃《めしびつ》を置いて、すぐに立ちさる伊佐子さんが、今夜は入口に立て膝をしたままで又話しかけました。

「須田さん。あなたはゆうべ、山岸さんと一緒にお帰りでしたね。」

「ええ。」と、わたしは少しあいまいに答えました。この場合、伊佐子さんから山岸のことを何か聞かれては困ると思ったからです。

「山岸さんは何かあなたに話しましたか。」と、果して伊佐子さんは訊きはじめました。

「何かとは……。どんな事です。」

「でも、この頃は山岸さんのお国からたびたび電報がくるんですよ。今月になっても、一週間ばかりのうちに三度も電報が来ました。そのあいだに郵便も来ました。」

「そうですか。」と、私はなんにも知らないような顔をしていました。

「それには何か、事情があるんだろうと思われますが……。あなたはなんにもご承知ありませんか。」

「知りません。」

「山岸さんはゆうべなんにも話しませんでしたか。わたしの推量では、山岸さんはもうお国の方へ帰ってしまうんじゃないかと思うんですが……。そんな話はありませんでしたか。」

わたしは少しぎょっとしましたが、山岸から口止めをされているんですから、迂闊におしゃべりは出来ません。それを見透かしているように、伊佐子さんはひと膝すりよって来ました。

「ねえ。あなたは平生から山岸さんと特別に仲よく交際しておいでなさるんですから、あの人のことについて何かご存じでしょう。隠さずに教えてくださいませんか。」

これは伊佐子さんとして無理からぬ質問ですが、その返事には困るのです。一つ家に住んでいながら、一体この伊佐子さんと山岸との関係がどのくらいの程度にまで進んでいるのか、それを私はよく知らないので、こういう場合にはいよいよ返事に困るのです。しかし山岸との約束がある以上、わたしは心苦しいのを我慢して、あくまで知らない知らないを繰返しているのほかはありません。そのうちに伊佐子さんの顔色はますます悪くなって、飛んでもないことを言い出しました。

「あの、山岸さんという人は怖ろしい人ですね。」

「なにが怖ろしいんです。」

「ゆうべお土産だといって、うなぎの蒲焼をくれたでしょう。あれが怪しいんですよ。」

伊佐子さんの説明によると、ゆうべあの蒲焼を貰った時はもう夜が更けているので、あした食うことにして台所の戸棚にしまっておいた。この近所に大きい黒い野良猫がいる。それがきょうの午前中に忍び込んできて、女中の知らない間に蒲焼の一と串をくわえ出して、裏手の掃溜《はきだめ》のところで食っていたかと思うと、口から何か吐き出して死んでしまった。猫は何かの毒に中《あた》ったらしいというのです。

こうなると、わたしも少しく係合いがあるような気がして、そのまま聞き捨てにはならないことになります。

「猫はまったくそのうなぎの中毒でしょうか。」と、私は首をかしげました。「そうして、ほかの鰻はどうしました。」

「なんだか気味が悪うござんすから、母とも相談して、残っていた鰻もみんな捨てさせてしまいました。熊手も毀《こわ》して、唐の芋も捨ててしまいました。」

「しかし現在、その鰻を食ったわれわれは、こうして無事でいるんですが……。」

「それだからあの人は怖ろしいと言うんです。」と、伊佐子さんの眼のひかりが物凄くなりました。「おみやげだなんて親切らしいことを言って、わたし達を毒殺しようと企《たく》らんだのじゃないかと思うんです。さもなければ、あなた方の食べた鰻には別条がなくって、わたし達に食べさせる鰻には毒があるというのが不思議じゃありませんか。」

「そりゃ不思議に相違ないんですが……。それはあなた方の誤解ですよ。あの鰻は最初からお土産にするつもりで拵《こしら》えたのじゃあない、われわれの食う分が自然に残って、おみやげになったんですから……。わたしは始終一緒にいましたけれど、山岸さんが毒なぞを入れたような形跡は決してありません。それはわたしが確かに保証します。鰻がひと晩のうちにどうかして腐敗したのか、あるいは猫が他の物に中毒したのか、いずれにしても山岸さんや私には全然無関係の出来事ですよ。」

わたしは熱心に弁解しましたが、伊佐子さんはまだ疑っているような顔をして、成程そうかとも言わないばかりか、いつまでもいやな顔をして睨んでいるので、わたしは甚だしい不快を感じました。

「あなたはどうしてそんなに山岸さんを疑うんですか。単に猫が死んだというだけのことですか、それともほかに理由があるんですか。」と、わたしは詰問するように訊きました。

「ほかに理由がないでもありません。」

「どんな理由ですか。」

「あなたには言われません。」と、伊佐子さんはきっぱりと答えました。余計なことを詮議するなというような態度です。

わたしはいよいよむっとしましたが、俄かにヒステリーになったような伊佐子さんを相手にして、議論をするのも無駄なことだと思い返して、黙ってわきを向いてしまいました。そのときあたかも下の方から奥さんの呼ぶ声がきこえたので、伊佐子さんも黙って出て行きました。

ひとりで飯を食いながら、わたしはまた考えました。余の事とは違って、仮りにも毒殺などとは容易ならぬことです。伊佐子さんばかりでなく、奥さんまでが本当にそう信じているならば、山岸のために進んでその冤《えん》をすすぐのが自分の義務であると思いました。それにしても、本人の山岸はそんな騒ぎを知っているかどうか、まずそれを訊きただしておく必要があるとも考えたので、飯を食ってしまうとすぐに二階を降りて山岸の部屋へたずねていくと、山岸はわたしよりもさきに夕飯をすませて、どこへか散歩に出て行ったということでした。

わたしも頭がむしゃくしゃして、再び二階の部屋へもどる気にもなれなかったので、何がなしに表へふらりと出てゆくと、そのうしろ姿をみて、奥さんがあとから追って来ました。

「須田さん、須田さん。」

呼びとめられて、わたしは立ちどまりました。家から十五、六間も離れたところで、路のそばには赤いポストが寒そうに立っています。そこにたたずんで待っていると、奥さんは小走りに走って来て、あとを見返りながら小声で訊きました。

「あの……。伊佐子が……。あなたに何か言いはしませんでしたか。」

なんと答えようかと、私はすこしく考えていると、奥さんの方から切り出しました。

「伊佐子が何か鰻のことを言いはしませんか。」

「言いました。」と、わたしは思い切って答えました。「ゆうべの鰻を食って、黒猫が死んだとかいうことを……。」

「猫の死んだのは本当ですけれど……。伊佐子はそれを妙に邪推しているので、わたしも困っているのです。」

「まったく伊佐子さんは邪推しているのです。積もってみても知れたことで、山岸さんがそんな馬鹿なことをするもんですか。」

わたしの声が可なりに荒かったので、奥さんもやや躊躇しているようでしたが、再びうしろを見返りながらささやきました。

「あなたも御存じだかどうだか知りませんけれど、このごろ山岸さんのところへお国の方から電報や郵便がたびたび来るので、娘はひどくそれを気にしているのです。山岸さんは郷里へ帰るようになったのじゃあないかと言って……。」

「山岸さんがもし帰るようならば、どうすると言うんです。伊佐子さんはあの人と何か約束したことでもあるんですか。」と、わたしは無遠慮に訊き返しました。

奥さんは返事に困ったような顔をして、しばらく黙っていましたが、その様子をみて私にも覚られました。ほかの止宿人たちが想像していたとおり、山岸と伊佐子さんとのあいだには、何かの絲がつながっていて、奥さんもそれを黙認しているに相違ないのです。そこで、わたしはまた言いました。

「山岸さんはああいう人ですから、万一帰郷するようになったからといって、無断で突然たち去る気づかいはありません。きっとあなたがたにも事情を説明して、なにごとも円満に解決するような方法を講じるに相違ありませんから、むやみに心配しない方がいいでしょう。伊佐子さんがなんと言っても、うなぎの事件だけは山岸さんにとってたしかに冤罪です。」

伊佐子さんに話したとおりのことを、わたしはここで再び説明すると、奥さんは素直にうなずきました。

「そりゃそうでしょう。あなたの仰しゃるのが本当ですよ。山岸さんが、なんでそんな怖ろしいことをするものですか。それはよく判っているのですけれど、伊佐子はふだんの気性にも似合わず、このごろは妙に疑い深くなって……。」

「ヒステリーの気味じゃあないんですか。」

「そうでしょうか。」と、奥さんは苦労ありそうに、眉をひそめました。

伊佐子さんに対しては一種の義憤を感じていた私も、おとなしい奥さんの悩ましげな顔色をみていると、又にわかに気の毒のような心持になって、なんとか慰めてやりたいと思っているところへ、あたかも集配人がポストをあけに来たので、ふたりはそこを離れなければならないことになりました。

そのときに気がついて見返ると、伊佐子さんが門口《かどぐち》に立って遠くこちらを窺っているらしいのが、軒燈の薄紅い光りに照らしだされているのです。わたし達もちょっと驚いたが、伊佐子さんの方でも自分のすがたを見付けられたのを覚ったらしく、消えるように内へ隠れてしまいました。

五

奥さんに別れて、麴町通りの方角へふた足ばかり歩き出した時、あたかも私の行く先から、一台の自動車が走ってきました。あたりは暗くなっているなかで、そのヘッド・ライトの光りが案外に弱くみえるので、私はすこしく変だと思いながら、すれ違うときにふと覗いてみると、車内に乗っているのは一人の婦人でした。その婦人の髪が真っ白に見えたので、わたしは思わずぞっとして立停まる間に、自動車は風のように走り過ぎ、どこへ行ってしまったか、消えてしまったか、よく判りませんでした。

これはおそらく私の幻覚でしょう。いや、たしかに幻覚に相違ありません。髪の白い女の怪談を山岸から聞かされていたので、今すれちがった自動車の乗客の姿が、その女らしく私の眼を欺《あざむ》いたのでしょう。またそれが本当に髪の白い婦人であったとしても、白髪の老女は世間にはたくさんあります。単に髪が白いというだけのことで、それが山岸に祟っている怪しい女であるなどと一途《いちず》に決めるわけにはいきません。いずれにしても、そんなことを気にかけるのは万々間違《ばんばん》っていると承知していながら、私はなんだか薄気味の悪いような、いやな心持になりました。

「はは、おれはよっぽど臆病だな。」

自分で自分を嘲りながら、私はわざと大股にあるいて、灯の明るい電車路の方へ出ました。ゆうべのような風はないが、今夜もなかなか寒い。何をひやかすということもなしに、四谷見附までぶらぶら歩いて行きましたが、帰りの足は自然に早くなりました。帽子もかぶらず、外套も着ていないので、夜の寒さが身にしみて来たのと、留守のあいだにまた何か起っていはしまいかという不安の念が高まってきたからです。家へ近づくにしたがって、わたしの足はいよいよ早くなりました。裏通りへはいると、月のひかりは霜を帯びて、その明るい町のどこやらに犬の吠える声が遠くきこえました。

堀川の家の門をくぐると、わたしは果して驚かされました。わたしが四谷見附まで往復するあいだに、伊佐子さんは劇薬を飲んで死んでしまったのでした。山岸はまだ帰りません。その明き部屋へはいり込んで、伊佐子さんは自殺したのです。その帯のあいだには母にあてた一通の書置を忍ばせていて、「わたしは山岸という男に殺されました」と、簡単に記してあったそうです。奥さんもびっくりしたのですが、なにしろ劇薬を飲んで死んだのですから、そのままにしておくことは出来ません。わたしの帰ったときには、あたかも警察から係官が出張して臨検の最中でした。

猫の死んだ一件を女中がうっかりしゃべったので、帰るとすぐに私も調べられました。そこへあたかも山岸がふらりと帰ってきたので、これは一応の取調べぐらいではすみません、その場から警察へ引致《いんち》されました。伊佐子さんは自殺に相違ないのですが、猫の一件があるのと、その書置に、「山岸という男に殺されました」などと書いてあるので、山岸はどうしても念入りの取調べを受けなければならないことになったのです。

警察の取調べに対して、山岸は伊佐子さんとの関係をあくまでも否認したそうです。

「ただ一度、ことしの夏の宵のことでした。わたしが英国大使館前の桜の下を涼みながらに散歩していると、伊佐子さんがあとからついてきて、一緒に話しながら小一時間ほど歩きました。そのときに伊佐子さんが、あなたはなぜ奥さんをお貰いなさらないのだと訊きましたから、幾年かかっても弁護士試験をパスしないような人間のところへ、おそらく嫁にくる者はありますまいと、わたしは笑いながら答えますと、伊佐子さんは押返して、それでも、もし奥さんになりたいという人があったらどうしますと言いますから、果してそういう親切な人があれば喜んで貰いますと答えたように記憶しています。ただそれだけのことで、その後に伊佐子さんからなんにも言われたこともなく、わたしからもなんにも言ったことはありません。」

奥さんもこう申立てたそうです。

「娘が山岸さんを恋しがっているらしいのは、わたくしも薄々察しておりまして、もし出来るものならば、娘の望みどおりにさせてやりたいと願っておりましたが、二人のあいだに何かの関係があったとは思われません。」

ふたりの申口が符合しているのをみると、伊佐子さんは単に山岸の帰郷を悲観して、いわゆる失恋自殺を遂げたものと認めるのほかないことになりました。猫を殺したのも伊佐子さんの仕業で、劇薬の効き目を試すために、わざと鰻に塗りつけて猫に食わせたのであろうと想像されました。猫の死骸を解剖してみると、その毒は伊佐子さんが飲んだものと同一であったそうです。

ただ判りかねるのは、伊佐子さんがなぜあの猫の死を証拠にして、山岸が自分たち親子を毒殺しようと企てたなどと騒ぎ立てたかということですが、それも失恋から来た一種のヒステリーであるといえばそれまでのことで、深く詮議する必要はなかったのかも知れません。

そんなわけで、山岸は無事に警察から還《かえ》されて、この一件はなんの波瀾をもまき起さずに落着《らくぢゃく》しました。ただここに一つ、不思議ともいえばいわれるのは、伊佐子さんの死骸の髪の毛が自然に変色して、いよいよ納棺というときには、老女のような白い髪に変ってしまったことです。おそらく劇薬を飲んだ結果であろうという者もありましたが、通夜の席上で奥さんはこんなことを話しました。

「あの晩、須田さんに別れて家へ帰りますと、伊佐子の姿はみえません。たった今、内へはいった筈だが、どこへ行ったのかと思いながら、茶の間の長火鉢のまえに坐る途端に、表へ自動車の停まるような音がきこえました。誰が来たのかと思っていると、それぎりで表はひっそりしています。はてな、どうも自動車が停まったようだがと、起って出てみると表にはなんにもいないのです。すこし不思議に思って、そこらを見まわしていると、女中があわてて駈け出して来て、大変だ大変だと言いますから、驚いて内へ引っ返すと、伊佐子は山岸さんの部屋のなかに倒れていました。」

ほかの人たちは黙ってその話を聴いていました。山岸もだまっていました。私だけは黙っていられないような気がしたので、その自動車は……と、言おうとして、また躊躇しました。なんにも知らない奥さんの前で、余計なことを言わない方がよかろうと思ったからです。

伊佐子さんの葬儀を終った翌日の夜行列車で、山岸は郷里のF町へ帰ることになったので、わたしは東京駅まで送って行きました。

それは星ひとつ見えない、暗い寒い宵であったことを覚えています。待合室にいるあいだに、かの自動車の一件をそっと話しますと、山岸は唯うなずいていました。そのときに私は訊きました。

「髪の白い女というのは、あなたが試験場へはいった時だけに見えるんですか、そのほかの時にも見えるんですか。」

「堀川の家《うち》へ行ってからは、平生でも時々見えることがあります。」と、山岸は平気で答えました。「今だから言いますが、その女の顔は伊佐子さんにそっくりです。伊佐子さんは死んでから、その髪の毛が白くなったというが、わたしの眼には平生から真っ白に見えていましたよ。」

わたしは思わず身を固くした途端に、発車を知らせるベルの音がきこえました。

出来ていた青

山本周五郎

花骨牌で遊んでいたマダムが殺された。駆けつけた刑事課長は、卓子の上においてある札に「青」のやくがすでに出来ているのに気がついた。

山本周五郎　やまもとしゅうごろう

明治三十六年（一九〇三）～昭和四十二年（一九六七）山梨県生れ。本名、清水三十六。横浜の小学校卒業後、質店山本周五郎商店の徒弟となる。筆名はこれに由来。大正十五年（一九二六）「文藝春秋」に掲載された「須磨寺附近」が文壇出世作となった。大衆文学と純文学の区分を嫌い、生涯あらゆる文学賞の受賞を固辞し続けた。

「出来ていた青」は昭和八年（一九三三）「犯罪公論」に発表された。

一

山手の下宿屋街にある、『柏ハウス』の二階十号室で殺人事件が起った。

殺されたのはマダム絢《じゅん》と呼ばれる女で、桑港《シスコ》に本店のある獣油会社の販売監督《セイルス・インスペクタア》をしているヂェムス・フェルドという亜米利加《アメリカ》人の妾《めかけ》であった。

その日。

マダム絢は、ひる過ぎから自分の部屋で、左に記す三人の男と花骨牌《はな》をしていた。

高野信二、新聞記者、二十九歳、同じハウスの二階十二号に住む。

吉田倫平《ろんぺい》、無職、四十一歳、同じく十一号に住む。

木下濬一《しゅんいち》、ホテルVのクラアク、二十四歳、これは十一番の樺山《かばやま》ハウスに住んでいる男。

その日の勝負は、はじめからマダム一人がさらっていた。八時夕飯のときには高野を除いて二人とも、濬一は二十貫を越し、倫平は四十貫近くの負越しになっていた。夕飯を済ませてからも、勝負は続けられた。倫平はいくらか恢復《かいふく》したが、濬一は負けがつむばかりである。

ここでちょっとマダム絢という女の素性を記しておこう。彼女は地震前のこの開港市の紅燈街では、『ナンバ・セヴンの絢公』といわれて、それこそ、山手、海岸、南京町《ナンキンまち》かけて席捲《せっけん》した時代があったのだ。明暗の濃い表情あり、逞《たくま》しい体力あり、飽かざる好色あり、天才的な花骨牌の技あり――何拍子も揃《そろ》った、じつに体そっくり心の隅までの娼婦なのだ。それゆえ、今ではこうしてメリケンの妾などで下宿屋街あたりにくすぶってはいるが、花骨牌と男道楽のふた道にかけては、人後に落ちぬ精力をもっているのである。

――で、勝負は十時が鳴ったのを機会《しお》に打切になった。勘定をしてみると結局みんなマダムに負けていた。ところで倫平に金がなかったので（それはその日に限ったことではなかったが）ＩＯＵを書くことになったのだが、そのときちょっとした紛擾《ごたごた》があった。それはＩＯＵを書く伝票《カード》があいにく無くなっていたので、彼女は八号室のフェルドの部屋へそれを取りに行ったのである。ところが彼女が入って行くとしばらくして、その部屋でフェルドと二人が大喧嘩《おおげんか》を始めたのだ。

「……きさま、殺してくれるぞ！」

フェルドのそう云う声（彼の言葉をいちいち英語で反転することは避ける）がしたかと思うと、彼女がヒステリカルに、

「けだもの！」

と叫び返すのが聞えた。

「やっているな、浮気の虫と、嫉妬《やきもち》の犬が！」

倫平がそう云ってくすっと笑った。しかし喧嘩はすぐにけりが着いた。フェルドは何か罵《のの》しり喚きながら足音荒く階段を下りて外へ出て行ったし、マダム絢は居間へ戻ってきた。

「どうしたの？」

「――ふん、お定《きま》りさ！」

彼女は濬一の問いにはかまわず、持ってきたフェルドの商売用の空伝票の裏側を出して倫平に渡した。高野が笑いながら、

「ぢえらしい？――」

「可笑《おか》しくもないこった、本当よ」

彼女は、びしんと肩を揺上げて、ミス・ブランシを一本抜取って火をつけながら、

「二三日うちに上海《シャンハイ》へ廻るんだよ、それにお金の集りが悪いというんで焦ているってわけさ。ふん、もうちっとどうかしてるんならお金を貢ぐ気にだってなるけれど、あれじゃね！」

「強《こえ》えこと！」

高野はそう云って頭を振った。マダムは倫平の差出した伝票を手に取って、その金額にちらと眼をくれたが、いきなりそれを突戻して呶鳴《どな》った。

「なんだい倫平、あんたのは三十八貫五十だよ、おふざけでない！」

「――――」

ひどく辛辣《しんらつ》な調子だったので、さすがに倫平ちょっと気色ばんだ。しかし手にとって見ると、なるほど伝票には二十八貫五十と書いてあった。倫平は黙ってそれを書改めた。

「あんたのもう三百貫ちかくになるねえ、倫平いいかげんに何とかしてもらわなくちゃ困るよ？」

「まあそんなにがみがみ云うなよ」

倫平は卑屈に苦笑したまま とり合わなかった。マダムはそのＩＯＵを卓子の隅に片寄せて、ふいと濬一のほうへ振返ったが、濬一はもう勘定を済ませたので、帰るために立上るところだった。

「じゃこれで僕は――勤めがあるから」

「そう、じゃまた――」

彼女はそう云って素速く誰にも気付かれぬように片眼で眴《ウインク》しながら云った。

「頼んだこと……いいね⁉」

「ええ、分ってます！」

濬一はそう云って部屋を出た。それと同時に龠平も、何かぶつぶつ云いながら自分の部屋（それはマダムと向い合っている室だ）へ帰って行った。

二

龠平と濬一の去った後も、高野は残っていた。

「ばかっ花骨牌《ばな》（金を賭《か》けぬ骨牌《カルタ》）でもする？」

「してもいいな！」

「じゃあ切って」

一回だけという定《き》めで、ふたたび骨牌が持出された。親定めをすると高野の親だった。

「こんだあ勝つよ、賭けなきゃ運がいいんだから、口惜《くや》しいけど！」

「文句を云わないで」

切った札を配った、自分の札を取上げたマダムは、ふうんと鼻を鳴らせてからすと云いながら札を全部場へ晒《さら》した——七枚とも空札なのだ。

「あいた！」

高野は舌うちをしながら自分の手を見た。

そのとき廊下を走って来た給仕が、扉《ドア》をノックして、顔をだした。

「高野さんこちらですか――あ、高野さん御面会のかたですよ！」

「誰だい？」

「何だか妙な人ですよ。名前も云わないし、それに変なかっこうをして」

「変なかっこう――よしすぐ行く！」

「どうぞ」

高野は『青ができるな！』と思いながら、自分の札を場へ伏せて、給仕の後から室を出て行った。

下の応接間にはひどい身妝《みなり》をした、ひと眼で浮浪者と分る男が待っていた。自分が高野だと云うと、面はゆげなようすで、

「ちょっとそこまでお出《い》でが願いたいんで、へい、すぐそこまで……」

「何の用です？」

「わたしゃ何も存じません。どこかの旦那があなたに外でお話したいことがあるからってんで、何でも家じゃ話しにくいことだからって……」

「おかしいな、誰だろう――」

審《いぶか》しくはあったが、ともかく高野はその男について外へ出た。男は無言のまま先に立った。御代官坂へ抜ける街角まで来ると、男はうろうろ四辺《あたり》を見廻している。

「どうしたんだい？」

「へえ――」

男は頭を傾《かし》げながら、

「その、ここんとこだったんですが。はてな、どこへ行っちまったんだろう。つい今しがたここで……」

高野は焦《じれ》ったくなったので、暗がりのほうへ大声でおーいおーいと何度も叫んでみた。しかしあたりには人影もなく、答える声も聞えなかった。ぜんたいどんな男だったかと訊《き》くと、その男がその辻《つじ》へさしかかると、暗がりの中から黒っぽい外套《がいとう》を着た男が出て来て、五十銭銀貨を二つ握らせて、高野をそこまで呼び出して来てくれと頼んだのだ、と話した。

「何だいばかばかしい、もういいよ！」

てっきり記者仲間《なかま》のうちの誰かの悪戯《いたずら》だと思った高野は、そう云い捨てたまま帰って来た。このあいだがおよそ七八分、多くとも十分そこそこだったに違いない。

二階へ上って、マダムの室の扉を明けると、彼女の姿が見えなかった。

「おや――」

と呟《つぶや》いて二三歩踏入ったとたん骨牌卓子の向う側に、椅子もろとも仰向《あおむけ》ざまに倒れているマダムの姿が眼についた。

「どうしたんです！　マダム!!」

何か発作でも起しているのだと思った高野は、そう叫びながら卓子を廻って行った。マダムの裾がひどく捲《まく》れて、脂ぎった白い腿《もも》の根までが露《あらわ》になっているので、高野は手早くそれを引下ろしてやった。そのときぷんと鼻を衝くような血腥《ちなまぐさ》さを感じた。おやっと思ってみると彼女の左胸部に突刺さっている短刀の柄が目に入った。そしてはだかった胸から床の上まで溢《あふ》れるような血だった。はじかれたように立上った高野は、廊下へとび出して喚きたてた。

「人殺しだ!!」

三

急報に接した県警察部から、刑事課長呰谷《せつや》氏が、四五名の部下と同車で駈けつけて来た。

皆が現場へ着いたときは、すでに招かれていた付近の開業医の手当ても間に合わずマダム絢は絶命していた。呰谷氏はただちに警察医を督《うなが》して死体を検《あらた》めにかかった。用いた兇器《きょうき》はありふれた日本の九寸五分《くすんごぶ》で、心臓のまん中をほとんど柄まで突刺していた。刺傷の角度と深さを量ると短刀は柄に印された指紋の検出をするため、係の刑事に廻された。

「――刃を上に向けてやったんだな、日本では珍しい殺《や》りかたですね！」

警察医はそう云いながら、死体の着衣を念入に剝《は》いでいった、そしてごく外部的に情交関係の有無を調べた結果、性的な機能昂進《こうしん》の事実をたしかめた。

呈谷氏は簡単に証人の陳述を聞いた後、ただちに現場の探査に移った。

扉のノブ、ベランダに明いていた窓、卓子、有《あら》ゆる場所の指紋検索が行われた。

その室は三方に扉があった。その一つは廊下、一つはベランダ、一つは寝室にと通じているので、そのうち寝室へ通ずる扉だけが閉まっているきり、他のふたつは明いていた。

ベランダへ出ると非常梯子《ひじようばしご》に通じているのだが、それは内部から自動的に上げ下げできるようになっているもので、毎夜十時にはハウスの主人がそれを上げる習慣であった。もっとも二階の階段の角に釦《ボタン》があって、それを押しさえすれば、いつでも梯子を下げることはできたし、梯子を下りてから上へ押上げると自動的にはね上るようにもなっていたのである。呈谷氏が見たときその梯子はあがっていた。

室内はべつに格闘したらしい形跡もなかった。彼女は正しく卓子に向った位置のまま後へ倒れているのだ。裾がひどく捲くれていたという高野の陳述と、性的機能昂進の事実とは、この死体の位置と重ね合せてすくなくとも兇行者が彼女にとって未知の闖入者《ちんにゅうしゃ》でなかったということを想像させるにじゅうぶんだ。

「犯人はここにかけていたよ」

呈谷氏は被害者と向合って椅子にかけた。

「――そして隙を見て、ここからこう刺したのだ。そのとき卓子越しに左手で被害者の右肩を摑《つか》んでいた……、いや、そうじゃない――」

云いかけて、ふと卓子の上を見やった刑事課長は、おやっという表情でそこにある花骨牌札を覓《みつ》めた。それと云うのは――高野が手を見ただけでそこへ伏せていったと陳述した札がめくられていたし、すでに、『青』というやくがそこにできているのだ。花骨牌は明かに戦わされてあるのだ。

「ふうむ――」

呈谷氏は二三度頷《うなず》きながら呟いた。

「――こいつ臭いぞ！」

そう、それは実際何かしら異常な、人に呼びかけるものをもっていた。何となくそれひとつが、この殺人事件の秘密を解く鍵《かぎ》であるかに思われた。

検事局から矢島上席検事、倉石判事がかけつけて来るのと同時に十一番の樺山ハウスへやった刑事が帰って来て、濬一がまだハウスへ戻っていないということを報告した。

「午飯《ひるめし》を早く済ませて出たまま戻らぬそうです。勤先のホテルVへも電話をかけてみましたが、そちらへも来ていないということです！」

「ごくろう！」

呈谷氏はすぐに濬一と高野を呼出しに来た浮浪者に対する非常線を張るように命じて、仮訊問《かりじんもん》にかかった。

仮訊問に宛てられた室は、同じ二階の草花室を片付けて卓子と椅子を持ちこんだもので、それは兇行のあった十号室の真向うにあった。順にゆくと十三号となるべきなので嫌って、主人の丹精になる草花などを置いてあるのだ。

四

まず最初に柏ハウスの主人夫妻が呼入れられて、呈谷氏の訊問に答えた。

「ヂェムス・フェルドさん御夫妻に部屋を貸したのは去年の三月でした。二階の八九十と三室で、部屋代は月八十円です。御主人は年に二回、二月ぐらいずつしか滞在なさいませんです。御夫婦仲は良いほうではないと思います。この春も一度ひどい諍《いさか》いがあって、フェルドさんが拳銃《ピストル》を持って、マダムを追廻したことなどありました。

マダムの素行についてはお調べくだされば分りましょうが、あまり香《かんば》しくありませんです。私どもの存じているだけでも常に二人や三人の男は欠かしたことがありません。フェルドさんもこれは知っていたと存じます。しかしひじょうにマダムを愛しているのでしょう。別れ話などの出た話はかつて聞きませんです。

マダムは花骨牌の名人だそうで、いつもそのほうの人たちの出入が絶えませんでした。今日もお部屋ではひるから花骨牌をやっておられるようでした。よくは分りませんが、樺山ハウスの濬一さんが見えていたようです。龠平さんと高野さんは同じ二階のことですから、今日に限ったことではないと思いますが、そのつど賭事があったかどうかは存じませんです。

十時頃でした。二階で御夫妻の呶鳴り合う声がしたかと思うと、間もなくフェルドさんが足早に階段を下りて来て、そのまま外へ出て行かれるのを見ました。また嫉妬喧嘩ですね！　と家内《これ》が申しましたので、うん！　ああいう女をもつと男も楽ではない、などと話し合いましたです。

それから非常梯子をあげて戻ると、ちょうどそこへ濬一さんが二階から下りて来まして、いつものとおり（愛相の良い人で）にこにこと笑いながら、『さいなら、おやすみ！』と云って帰って行かれました。これがフェルドさんの出て行かれた十五分か——二十分も後だったでしょうか。

濬一さんが帰ると間もなく、見馴れない男のかたが高野さんを訪ねて来たようすでした。給仕が取次ぎますと、高野さんは何かその男と二言三言話をなさって、一緒に外へ出て行かれましたです。いつ戻られたか存じません。それから十分か——十二三分も経ったでしょう。人殺し!!　という大きな叫声がしますので、驚いて家内と二階へ行ってみますと、高野さんが蒼白《そうはく》な顔をして廊下で叫んでおられて、すぐにマダムの殺されたことを知らせてくれました。そこで私は警察のほうへお電話をかけましたのです」

陳述はすべて妻が肯定した。

続いて給仕が呼出された。これは簡単に終って、次に龠平が招かれた。

龠平は胆汁質の、顔色の悪い、どこかすぐに賭博常習者を思わせるところをもっている男だった。彼はけっして相手の顔を正面から見ずにいつもよそを向いたり俯向《うつむ》いたりして話した。

「お前は前科があるな！」

龠平が椅子につくと、呈谷氏は突然刺すように叫んだ。龠平はびくっと顔面筋を痙攣《けいれん》させて面を伏せた。そして吶《ども》りながら答えた。

「――前科と申しましても、賭博犯で三回あげられただけです。お調べくだされば分ります。

マダムと知合ったのは地震前のことで、まだあの女《ひと》がナンバ・セヴンの雪ホテルで売っていた時分のことです。地震後私は大阪で暮らしていましたが、去年の暮こっちへ舞戻ったとき、ちょっとした機会からマダムと邂逅《めぐりあい》まして、その紹介でこの二階へ間を借りるようになったのです。

今夜の事件については私は何も存じません。十時半……ちょっと前でしょうか、よく覚えておりませんが、自分の部屋へ帰って、寝台の上に転げて煙草をふかしておりますと、廊下で高野さんが、人殺しと呶鳴ったので慌てて出て行きました。そしてマダムの殺されているのをみつけたのです」

「花骨牌の勝負でお前は金がなかったので借証文を入れたそうだね！」

「はい、金額は三十八貫五十です――」

「そのとき何かあの女とのあいだに諍いがあったそうじゃないか⁉」

「いえ！　それは私がぼんやりしていて金額を書損なったのです。べつだん諍いと申すほどのことではありません。それに――」

呈谷氏はこのとき、静かに血に染んだ九寸五分を卓子の上へ取出した。

「この品に見覚えはないかね？」

倫平はひと眼見た瞬間、明かにはっとしたようすだったが、しばらく躊《ため》らった後、たしかにそれは自分の持っていた品だと認めた。そして取締が厳しいので、もうしばらく持ったことはないし、どこへ納《しま》っておいたかもはっきり覚えていないと述べた。

倫平の陳述はきわめて単純であるだけ、どこかに確然としたものがあった。課長は兇器を引っこめると、穏やかな調子にかえって、何か悲鳴のような声を聞かなかったか、思い当る節はないかと二三訊《たず》ねた後、倫平を控室へ退けた。

倫平が済むと続いて高野が呼ばれた。しかしこれは最初に事件の経過を申立てているので、呈谷氏の訊問は重要な点の証言を求めるに止《とど》まっていた。

「――君は外から呼び出しが来たとき、花骨牌札をどうしておいたのかね」

「先ほども申上げましたように、私が親で札をきり、配り終えますとマダムは、からすと云って自分の札を場へ晒しました。私は自分の手を見て青ができるなと思いましたので、場を見にかかりました。そこへ呼び出しが来ましたので、そのまま札をそこへ伏せておいて部屋を出たのです――」

「――なるほど」

呈谷氏は美しく刈込んだ口髭《くちひげ》を嚙《か》んだ。

「すると君は、札を見ただけでそれを伏せて面会人に会いに行ったのだね⁉」

「――そうです！」

「それはふしぎだ！」

「――なぜですか⁉」

「というのは、現場を調べると明かに花骨牌がめくられているんだ、そのうえ、君のほうの場には青札が二三枚揃っている、つまり青のできやくができているんだ！」

「そんなばかなことが……」

「どうして――！」

高野の驚く眼を、呈谷氏は鋭く見返って、

「君がやったのでなくとも、君の出たあとで誰かが被害者と勝負をしたかもしれぬではないかね？」

「しかし、私が留守にしたのはほんの十分足らずの時間です」

「君はいま自分の手に青ができるなと思ったと云ったではないか、二度目のめくり、あるいは三度めのめくりで青の揃うようなチャンスはそう珍しいことではないよ？」

「――――」

高野は黙っていた。

五

臨検の判検事と簡単な意見の交換をした後、呈谷氏は二名の部下とともに高野、倫平、フェルド、三名の居間の捜査を行った。

呈谷氏が倫平の部屋で、意外な獲物を検挙して仮訊問所へ戻って来たとき、非常線に引掛って、例の高野を呼出しに来たという浮浪者が捕えられて来た。呈谷氏は浮浪者には簡単な訊問を試みただけで別室へさげた。

そしてもう一度倫平が呼び出された。

ふたたび訊問を受ける倫平は、前にも増しておどおどと怯《おび》えていた。それに反して呈谷刑事課長は、ぐっと砕けた態度で、まるで友達に対するように親しい調子を見せていた。

「——君は大分あのマダムに借金しているね」

「ええ、その……」

「いくらばかりだね？」

「なに、ほんの少しで、ほんの……」

「三百円ばかりね⁉」

倫平はびくっとして、尻眼に課長の顔を見た。しかし呈谷氏はそ知らぬふうで続ける。

「今日君は借用証書を書いたそうだね！」

「——ええ、さようです」

「ところが、その君の書いた伝票が紛失しているんだ、現場に無いんだよ！」

「——」

「——そればかりでなく、マダムの手文庫の中が掻廻《かきまわ》されて、若干の現金と、それから二三人から受取った借用証書の伝票の束が無くなっているのだ！」

「——で？」

倫平は唾を呑んだ。そして、黙って自分を見つめている呈谷氏の眼を見ると、耐《たま》らなくなったかして、しどろもどろの調子で弁明をはじめた。

「それで私がその――いいえ違います、私はそんな物を盗み出す必要はありません。なぜかといえば私の借金についてはマダムと特別な諒解《りょうかい》がついていたのですから!」

「特別な諒解?――それはどういうことかね」

「それは――」

倫平は意気込んだ出鼻を挫《くじ》いて、はたと困惑の表情を見せながら俯向いた。

「それは、どういう諒解だね!?」

呈谷氏の声に力が入った。倫平は明かに狼狽《ろうばい》して赭《あか》くなったが、しかしすぐに思い切った左のような告白をした。

「――じつはマダムと私のあいだには特殊な性的関係があったのです。私がマダムの異常性慾《せいよく》を満足させることができれば、そのつど二十貫ずつ借金を棒引にするという約束なのです」

雪ホテルにいたころ、外人相手にあくまで荒《すさ》んだ性慾生活を繰返したマダムの体は、体格のか細い、紳士的な日本人の普通の男相手では、とうてい慾望を満足させることができなかった。

ことにノルウェイ人のオウルという男が教えていった性技は、彼女の性生活を根本的に覆えしたほど異常なものだった。そして、オウルなにがしが日本を去って以来、遺していったその性具や薬品を上手に使うことのできるのは、当時グランド・ホテルの厨房《ちゆうぼう》にいた彼倫平ただ一人だったのである――。

「そんなわけで、大阪から帰って来て会うとすぐ、マダムはほとんど無理強《むりじい》にこのアパートへ私を引入れて、部屋の心配までしてくれたのです。私はそれ以来、ずっとマダムの性慾を満足させることを条件に、部屋代から食事代まで出してもらっていたような次第です！」

「――ふうむ、そうかね！」

呈谷氏は、倫平の申立を聴終ると静かに頷いた。そしてしばらく口髭を噛みながら何か案じているふうであったが、突然、ひと束にした伝票を卓子の上へ取出した。

「これを知っているかね⁉」

「うっ！」

ひと眼見るなり倫平は呻《うめ》きながらさっと顔色を変えた。彼の額にふつふつと汗の滲《にじ》み出てくるのが見えた。

「これは君の部屋から出たんだ、通風筒の中へ押込んであったのだがね――これについても何かマダムと特殊な諒解ができているのかね⁉」

「――恐れ入りました」

倫平はがくり挫けながら頭を下げた。

「いかにも私はマダムの手文庫を明けて、その中から三十円ばかりの金と、IOUの束を盗み出しました、しかし――」

と彼は、きっと面をあげて、必死の表情を見せながら、額に流れる汗を拭きもせず陳述を始めた。

「――しかし、マダムを殺したのはまったく私ではございません。けっして嘘は申上げません。

高野さんが人殺し!! と叫んだので、私は寝台から跳び下りて廊下へ出ました。すぐにマダムの部屋へ行って死体を見つけて、こりゃとんでもないことになったと思っていると、そこへここのハウスの主人夫妻が上って来たのです。そしてこのありさまに吃驚《びっくり》して、警察へ電話をかけると云って階下《した》へ駈け下りて行きました。すると高野さんも自分の社へ電話をかけておくからと云って私に見張りを頼んで階下へ行かれたのです。――残った私はふと衣装戸納《いしょうとだな》の上にある手文庫をみつけました。そのときその中に現金のあることを知っていた私はふらふらと金が欲しくなり、急いでそれを下して掻廻してみますと、偶然IOUの束が出てきたのです。そこで私はちらっと考えたのですが――もしマダムの死後この借用証書が発見された場合は、マダムとの特殊な諒解などは無効になると同時に、フェルドさんから借金として督促されるに相違ないと気がついたのです。そこで持っていって焼棄ててしまうつもりで、金と一緒に懐中へ捻《ね》じこんだのです。

そして手文庫は元の場所へ戻し、ＩＯＵの束は通風筒の中へ押しこんでおいたようなわけです――、この外には何も存じません。けっしてもう嘘《いつわ》りは申上げませんです！」

陳述を終った倫平は額から横鬢《よこびん》へかけて流れる汗だった。そこへ刑事の一人がチェムス・フェルドの帰って来たことを知らせたので、呈谷氏は倫平を退かせた。

六

呈谷氏がしばらく休憩をとるために、煙草に火をつけて片隅の椅子に腰を下ろすと、先ほどから指紋の捜索をしていた警部がやって来て満足な結果が一つもないことを報告した。短刀の柄にはきわめて古いしかも不明瞭な二三の指紋があるが、それは無論兇行時に印されたものでない。また窓枠《まどわく》や扉のノブなどからもほとんどこれはと思われる収穫はなかった。

続いて警察医の報告があったが、これは解剖を待たなければ精密なものではない。しかし性的機能昂進が自動的なものであるか、他動的なものであるかという概念的な検案については、おそらく他動的な手指弄《てなぐさみ》などであろうと答えた。それは被害者の手指が汚れておらなかったことから推測するのみのことではあったが。

「――やはり倫平がいちばん濃厚だね！」

倉石判事が低く呟くようにいった。

「高野が留守にした十分以内の時間に兇行を終えることのできるのは前後の関係を推して侖平より外にはない！」

「そう、おそらく高野の出て行くのと入違いにあの室へ入って行って、花骨牌を始め、隙を見て女を殺害したのだろう！」

矢島上席検事もそう云って頷いた。呈谷氏は静かに頭を振った。

「――では高野を呼出しに来た浮浪者を誰が雇ったのでしょう、侖平は事実一歩も室から外へ出ていません。また――浮浪者を雇ったのが高野の云うとおり友人の悪戯だったとしましょう。それでなおかつ侖平の嫌疑には不充分なところがあるのです。それは――」

と云って呈谷氏は例の伝票束を叩いた。

「侖平の匿《かく》したこの束の中に、今夜彼が呈出した三十八貫なにがしのＩＯＵが一枚入っていないのです。もちろん現場にも見当りません」今夜の一枚、三十八貫五十と書いて侖平の署名のある伝票が行方不明なのだ。誰が何のためにその伝票を持去ったのだろう。

ヂェムス・フェルドが、刑事に案内されて入って来た。

彼は見たところ四十前後のブロンドの男で、眼は際立った茶色、それがときどき猫のように鋭く光った。どちらかというと好人物型で、言葉は片言の日本語を明瞭に話した。

彼は、自分はいま八番の酒場《バー》フロイラインから帰ったばかりで、マダムの殺害されたことを聞いて吃驚している、ということをわりに落着いて申述べた。しかし、次の陳述が進むにしたがって次第に傷心の色を見せたのはさすがに隠しきれぬ故人への愛情の深さを思わせた。

「私は桑港にあるＫＢＤ獣油会社の、東洋販売監督を勤めています。当地と上海と香港の三ヵ所を受持って、当地には毎年春秋二回、およそ八週間ぐらいずつ滞在します。

マダム絢と知合ったのは去年の春のことで、相談の上この柏ハウスの二階一室を借りて同棲《どうせい》生活を始めました。申上げておきますが、私は本当に真面目な気持で彼女を愛しておりましたのです」

フェルドは手帛《ハンカチ》を取出してそっと鼻を押えた。

「絢は元来多情な女で、性慾生活には驚くほど異常な好みがありました。したがって常に男関係が絶えず、外泊することなどは珍しくないのです。しかし前身が前身であったし、私の留守にする期間の長いことでもあり、これは是非もないことだと私は諦《あきら》めていました。

そんな次第ですから、私たちの仲はいつも平和であるというわけにはゆきませんで、ときどきひどい衝突が起りました。一度などはいっそ彼女を殺して自分も自殺しようかと思い詰め、拳銃を持って追掛けたこともありましたが、結局私には彼女を殺すことはできません。彼女もまた私にそんなことのできないのをよく知っていたと思います。今度当地へ来ましたのは六週間前で、世界的不況から商売方面が思わしくなく、本店からの命令もありましたので、滞在日数を繰上げ、二三日内に上海へ廻るつもりでいたのでございます――」

と、このとき突然廊下にあわただしい跫音《あしおと》がして、二人の刑事が濬一の腕を両方から抱えこんで引立てて来た。

「――どうしたのか⁉」

と呈谷氏が訊くと、蒼白《あおじろ》い硬《こわ》ばった顔を振向けて濬一が喚きたて、

「誤解です！　誤解です‼」

七

刑事は濬一を沈黙させた後、――彼が九号室（フェルド夫妻の寝室）の窓からベランダへ忍び出て、非常梯子のところから裏庭へ跳び下りたところを取押えたのであると申立てた。

「寝室から？……この男が⁉」

呈谷氏は疑うように濬一を見た。濬一は乾ききった唇を痙攣させながら喚いた。

「そ、それには仔細《しさい》があります。それは——」

呈谷氏は刑事に濬一を控室へ下げるように命じた。そして意外なありさまに驚いていたフェルドに、陳述を続けるよう促した。

「——今日、私たちは帝劇へ行く約束でした。私が上海へ立つフェアウエルの意味です。ところが午近くなると急に機嫌を損じて、男の友達を呼集め、花骨牌《はな》を始めてしまったのです。私は再三でかけようと促しましたがどうしてもききません。ついに諦めて私も事務を執ることにしましたのです。

お茶も夕飯も独りで摂《と》りました。ひじょうにむしゃくしゃしますので酒でも呑もうと思い、十時近くでしたが、出ようとするところへ彼女が入って来ました。そこで私は銀貨の持合せがなかったので、少しばかり銀貨をくれと申しました。すると彼女はそんなことには耳もかさず、大変口汚なく私を罵倒《ばとう》するのです。そこで私も昼からのむしゃくしゃが破裂して、同じように呶鳴りかえし、自分は今夜帰って来ないと云い残して外出しましたのです」

「——そのときあなたは、マダムに、お前を殺してやるぞ！　と脅《おど》かしたそうですね？」

「——あるいは、そんなことを申したか知れませぬ。何しろ昼からいらいらしていたものですから、思わずかっとなってしまいまして……」

「酒場へはまっすぐ行かれましたか⁉」

「――行きつけのフロイラインへは後でした、その前に坂下の裏街で二三軒寄りましたです。何という家であるかは覚えておりませんが、しかし――行ってみれば分ると思います」

「おって、そう願うことでしょう！」

呈谷氏はそう答えると、叮嚀《ていねい》に挨拶をしてフェルドを控室へかえした。

フェルドを退けた刑事課長は、ただちに部下を呼んで、別室に入れておいた例の浮浪者に、控室を覗《のぞ》かせて、そこに集っている者のうち、誰が高野を呼び出すように彼を雇った男であるか慥《たしか》めさせるように命じた。

検事も判事も、今度は頓《にわか》に口をきこうとはしなかった。小さな仮訊問所の中には、盛上ってくる事件の進展につれて、重苦しい緊張が翼をひろげた。

間もなく浮浪者は戻って来た。そして控室の中に、たしかに自分を雇った男がいると証言した。しかしそれがその男だということを聴くと、呈谷氏の眸《ひとみ》は急に失望の色をあらわした。

そして濬一が訊問室へ呼入れられた。

八

濬一はすっかりあがっていた。色白で眉の秀でた、どう安く踏んでも二枚めの柄はある男だが、ひどく狼狽しておどおどと顫《ふる》えているので、何ともかっこうがつかない。それでもどうやら刑事課長の訊問にたどたどしく答えた。

「――私がマダムの寝室から脱け出たのは事実です。けれど殺人事件とは何の関係もありませんです。それは神様にでも誓います」

「誓わないうちにすっかり事情を話したまえ、どうして一旦帰った者がマダムの寝室へなど隠れていたのかね⁉」

「それは……その……」

「え⁉　はっきり云いたまえ‼」

「じつは……じつは私は、先週の水曜日来、そこでマダムと情交関係があったのです。マダムが機会を作っては、私を寝室へ呼入れてくれましたのです」

呈谷氏は眉をひそめた――、何という女だ、何という爛《ただ》れた性生活だ。

「――君はあの男を知っているね！」

呈谷氏は室の隅に、刑事に付添われて立っている浮浪者を指さした。濬一はちらとそれを見てすぐ頷いた。

「存じております」

「では今夜君のしたことをすっかり話したまえ！」

「申上げます！」

濬一はやや落着きを取戻して、次のように語りだした。

それによると。彼とマダム絢との肉体関係はひじょうに爛れたものであった。この一週間というもの、ほとんど毎晩会っていたのだ。今夜は濬一が勤め先であるホテルVの明け番なので、十一時に出勤するから会うことはできなかったのだが、フェルドと喧嘩《けんか》して部屋へ戻って来るといつもの合図――それは右手の食指でとんとんと三度卓子の面を打つので、つまりフェルドが留守になるから来いという意味――その合図をしたのだ。それからまた高野と倫平とが話をしているあいだに、マダムはすばやく、外へ出たら人を頼んで高野を呼び出せ、そのあいだに非常梯子を下ろしておくから、と教えたのである。

なぜそんなことをしたかというと、この二三日来、高野は二人の関係を感づいたらしく、とかくあいだに入って邪魔をするようなふうがあったのだ。今夜も三人一緒にマダムの室を出るべきだったのに、高野一人だけ知らぬ顔で残っていた。マダムはそれを見越して、そんな計りごとを用いたのだ。

濬一は外へ出ると、御代官坂まで行って、その浮浪者をつかまえ、高野を呼び出すように頼んだのである。そして建物の横に隠れて、たしかに高野が浮浪者と一緒に外へでかけて行くのを見届けてから裏へ廻ったのである。裏へ行ってみると約束どおり非常梯子は下りていた。そこでそれを伝ってベランダへ登り、素速くいつものとおり寝室の窓から室内へ忍びこんだのである。

寝室の上に寝転んでいると、間もなく高野が人殺し!! と叫びはじめた。吃驚してすぐ跳び出そうとしたが、考えると自分の立場は危険だし、そうでないまでも具合が悪いので、ともかく外へ逃げようとベランダへ出てみると、ふしぎや今しがた彼が登って来た非常梯子があがっているのだ。

前にも云ったように、この非常梯子を下ろすには、階下の主人の部屋か二階の階段口の角の釦《ボタン》を押すよりほかに方法はないのである。そこで濬一は機会をみて逃げようと、ふたたび寝室の中へ忍びこんでしまった。しかし、その機会のないうちに検査官たちの乗込みとなり、捜査となったのでいたたまれず、無謀とは知りながらベランダへ出て下へ跳び下りたのであるが、ちょうどそこへ張込んでいた刑事に捕まってしまったのである。

「――なるほど、すると君は兇行《きょうこう》のあった室の隣にいたことになるね」

呈谷氏は深く眉を寄せながら、鋭く――

「では十号室で何か悲鳴でも起ったのを聞かなかったかね。それとも諍う声とか——」

「何も聞えませんでした。べつにそれらしい物音もしなかったと思います。が——」

云いかけて濬一はふと声をあげた。

「——そうです。忘れていました、私はベランダへ上ると、マダムの室の外から、窓硝子《ガラス》を指で叩いて、来ましたよ！　と云いました。すると中でたしかに返事をしたのですが、その声が、今考えるとマダムの声ではなかったように思われます」

「それはどんな声だったね。聞き覚えのある声だったかね⁉」

「——さあ、聞き覚えがあるようでもあり、しかしそうでないような気もします。何でも低い、だみ声のように覚えますが——」

濬一の訊問はそれで終った。

濬一が刑事に付添われて控室へ去ると、罡谷氏は起上っていらいらと室の中を歩き廻った。そして矢島上席検事のほうへ近寄りながら、低い声でせかせかと云った。

「濬一がベランダから声をかけたとき、すでに室内では兇行が済んだあとだった。おそらく犯人は、高野のでかける直前からベランダで機会を狙っていたのでしょう。そして高野の出てゆくのを見るととっさに侵入して女を殺害したのです。そして濬一がベランダから寝室へ入るのを見すましてベランダへ出てゆき、非常梯子を伝って下へ下り去ったのです。下りている非常梯子は下から押上げると自然に上る仕掛けになっているので

すから、犯人は梯子を上げて立去ったのです——。つまりこれを要するに、
一、高野が出て行く直前に犯人はベランダにいた。
二、濬一が来るまでに犯行が済んだ。
三、濬一が寝室へ入ったとき、非常梯子から立去った（下りていた梯子が上っていたことによって証明される）。
つまり犯人は、マダムが濬一のために梯子を下ろす前、ハウスの主人が梯子をあげる前にベランダへ登っていたのだ。そう考えないといかに素速くやってもこの兇行を果すには間に合わない。したがって犯人は——」

垔谷氏がそこまで話しかけたとき、室の中へ高野信二がせかせかと入って来た。そして垔谷氏に近寄ってはっきりと囁《ささや》いた。

「犯人を捉《とら》えましたよ！　課長さん!!」

九

「え!?——犯人をどうしたって!?」

垔谷氏ははじかれたように立った、高野はにやりと笑って、

「トリックが分ったんですよ。現場をもう一度見せてくださいませんか？」

「よろしい、行きましょう！」

確信ありげな高野の態度に、呈谷氏は快く先に立って十号室へ導いた。高野は室へ入るとまっすぐに骨牌卓子に近寄って、そこに並べてある花骨牌札を叮嚀に見はじめた。

「課長、ここにある札は動かしはしないでしょうね！」

「一切手は触れてない！」

「しめた！」

高野はそう叫んで、手帳と鉛筆を取出すと、手早くその場にできている青の場札をスケッチした。

「できていた青か、ふん。課長、これは犯人が造った墜《おと》し穴ですがね、まさかこの穴に自分が墜ちようとは気がつかないでしょうね！」

「――――」

呈谷氏は黙って高野のすることを見守っているばかりだった。スケッチがすむと、高野は衣装戸納の上にあったべつの花骨牌の箱を取下ろして溢《あふ》れ出る快心の笑みを嚙みしめながら、

「――どうぞ控室の外へ来ていてください。そして僕が合図をしたら猶予なく入って来てください、そうすればお渡しいたします。それまでは絶対に内部に干渉しないように頼みます。なあに事件はもう解決ですよ！」

そう叫ぶと、足も軽く控室へ帰って行った。呈谷刑事課長は、高野の意外な行動に、いささか度胆を抜かれたかたちで、云われるとおり控室の外に合図を待つことにした。

高野は控室へ帰った。

彼は今、まったく職業に洗練された沈着を取戻していた。彼は室へ入ると看視に当っている刑事を、課長が呼んでいるからと云って室外へ追払った。もちろんその刑事は戻って来なかった。

「――ああ疲れちゃったなあ」

高野は煙草に火をつけながら、欠伸《あくび》まじりに云いだした。

「どうだい、いま訊《き》いてきたら、まだ訊問《じんもん》は長びくそうだから、ばかっ花骨牌でもやろうか、なにいま課長にそう云って来たからかまわないさ」

そう云って、持って来た札を取り出した。錀平も濬一もいい加減くさっていたところなので、すぐに椅子を持って卓子の廻りへ寄って来た。しかしフェルドはまたもや手帛を取出して鼻を押えながら、自分は今そんな遊びをするような気分でないからと断った。

高野は札を切りながら皮肉な調子で、

「あなたは、殺人者がマダムと花骨牌をしたというのを聞いて、嫌疑のかかるのを恐れていらっしゃるんですね？」

「――ノウ！」

フェルドは激しく頭を横に振った。そしてすぐ笑顔をつくって、それでは自分も仲間に加わろう、いくらかこのやりきれない気持がまぎれるかもしれないから、と云って自分の椅子を持ってやって来た。

四人は卓子を囲んだ。親定《おやき》めをすると龠平が親だった。札を切って配ると濬一が下りた。そこで高野と龠平とフェルドの勝負となった。

「——おやこりゃ気味が悪いぞ！」

自分の手を見た高野が呟《つぶや》くように、

「——こりゃさっきと同じ手だ、マダムとやったときと——やっぱり青がかかっている、妙だなあ——」

一瞬、妙に暗い空気が室内をかすめた。高野はちらとフェルドの顔を窺《ぬす》み見た。勝負は始まった。しかしそれは長くは続かなかった。皆がおのおの四回ずつめくったとき、突然高野が椅子から立った。そして扉の外へ向って叫んだ。

「課長！　どうぞお入りください！」

吃驚している皆の前へ、扉を明けて判検事とともに呈谷刑事課長が入って来た。

「諸君椅子を立ってくれたまえ、そして卓子から離れてくれたまえ。よろしいそれでけっこうです」

何だか狐につままれたような気味で、こそこそ三人が卓子から離れると、高野は呈谷氏を近くへ招いた。そして、さっき現場で卓子の上からスケッチしてきた『出来ていた青』の場札の画を見せながら云った。

「課長、このめくられてある札は、ずいぶん妙な順序に置いてありますねえ……」

十

高野は沈着に、しかも適確に続けた。

「花骨牌をめくったとき、取札を並べるのに、普通ふたとおり形式があります。それは二十札、十札、五札、空札という順序で、これを右から順に置くか、左から順に置くかのふたつです――。

ところが殺人現場にできていた青の場札を見ると、このスケッチのとおり、右からまず二十札があり、次に空札があり、次に十札終りに五札という、非常に変てこな順序で置いてあるのです。

これは花骨牌に馴れていない人か、でなければすくなくとも普通我々の習慣にしたがわぬ、特殊な置きかたをする人の並べたものだということが分ります。ところで――」

と彼は今まで自分たちの向っていた卓子の上を指さしながら、

「ところが――ここにもまた、それと同じ置きかたで並べられた場札があるとしたら

「――」

「罠《わな》だ！　墜し穴だ!!」

　突然フェルドが呶号《どごう》しながら、卓子の上の花骨牌札に摑《つか》みかかろうとした。しかし傍《そば》から一名の刑事が抱すくめて動かさなかった。呈谷氏は卓子に進寄って、高野の手帳にあるスケッチと、卓子の上に並べられた取札とを比べて、フェルドの取札が、スケッチされた殺人現場に『出来ていた青』の置きかたと同一のものであることを認めた。そして満足気に何度も頷《うなず》いてみせた。

　フェルドは刑事に抱すくめられたまま、あらんかぎりの言葉をもって、これは巧妙に仕組まれたトリックだ、自分は罠にかかったのだと絶叫してやまない。

　と、ふいに高野はきっとした態度で、

「これがトリックだというなら、もっと動かぬ証拠を見せてやろう!!」

　そう云ったかと思うと、つかつかと進寄って、フェルドの上衣の右ポケットから半ばはみ出していた手帛と一緒に一枚の伝票を取出した。

「――これはあなたのですね！」

「――――」

　フェルドは審《いぶか》し気に高野を見た。

「この伝票はあなたの商売用の物でしょう!?」

「――そうです」

高野は大股《おおまた》に呈谷氏の前へきて、その伝票を見せた。それは鯨脂《ホエルグアノ》の商売用に使われた反古《ほご》伝票である。――

「――これが？」

呈谷氏は不審そうに見るばかり、すると高野はそれを裏返して見せた。おう、そこにはなまなましいインクで（38.50倫平）と認《したた》めてあるではないか、すなわち、現場で紛失していた当夜の倫平のＩＯＵなのである。

「みすたフェルド、あなたはほかのすべての犯罪者と同じく、きわめてつまらぬところで重大な失策をしたんです。――さっきあなたは、訊問室から戻って来て、頻《しき》りに手帛を出して鼻をかんでおられたでしょう？　そのときポケットの中から手帛と一緒に落ちたこの伝票が、ふと僕の眼についたのです。それですべてが解決したんです。

あなたの失策、それはたった一枚のこの伝票なんです。あなたはマダムを殺害した後、何か証拠になるような物を遺しはしないかと、じゅうぶん注意したでしょう、犯行を我々花骨牌をしていた仲間になすりつけようとして、わざわざ伏せてあった札をめくって青ができているように拵《こしら》えたなんぞは、ずいぶんひねった考えです。しかし、それだけの落着きがあったことが、このばあいあなたには禍だったんです。

あなたは多分、立上ったときぱっさり何か床の上に落ちたのを見て、驚いてそれを拾い上げたでしょう、するとそれは自分が鯨脂の売買に使った反古伝票だった。ああ、こんな物を落としておけばすぐ足がつくところだった、危い危い！　そう思ってあなたは伝票をポケットへ捻じこんだでしょう。

ところが、その伝票をあなたは拾ってはいけなかったんです。フェルドさん！　それは今夜あなたが外へ出られてからあとで、龠平君が書いてマダムに渡した借用証書なんです。あなたがマダムを殺害した犯人でないとすればこの伝票をあなたが持っているはずは絶対にありませんよ！

この伝票は僕の覚えているかぎりでは、マダムが卓子の右隅へ片寄せておいたはずです。それを何かのはずみであなたが床へ落したのでしょう、そして落ちるとき不運にもこの伝票は『表がえった』のです。もし裏のほうが出たままだったら、おそらくあなたもこれを拾いはしなかったでしょうね――」

それを聞くとともに、ヂェムス・フェルドはくたくたと床の上に膝《ひざ》をついてしまった。それも無理からぬことであろう、呈谷課長は心から悦《うれ》しそうに、高野の手を固く握りしめた。


それから三十分ほど後のこと。

深夜の京浜国道を、がたがたのフォオドが一台、まっしぐらに東京へ向って疾走していた。中にふんぞりかえっているのはいうまでもなく我が高野信二君である。

「――特別の賞金が二十円、事件探査の功で月給《サラリー》が――さあ、五円昇給は確実だな。ふふ、悪くねえぞう――」

そして、原稿の文案にかかりながら、ふと低く残惜《のこりお》しそうに呟いたものである。

「だが、あの女、一度でいいからマスタアしてみたかったたな、本当に踵《かかと》と臀《しり》で部屋中を動き廻るというんだからな――残念だったたな」

真昼の歩行者

大岡昇平

記憶を失ったという青年は、多額の贋札を持っていた。瓜生博士が無償での治療を申し出て、青年は博士の医院に起居することとなる。

大岡昇平　おおおかしょうへい

明治四十二年（一九〇九）～昭和六十三年（一九八八）東京生れ。京都帝国大学仏文学科卒業。早くからスタンダールに傾倒、翻訳作品も多数。戦中捕虜となるが、この体験を踏まえた「俘虜記」で昭和二十三年（一九四八）に作家デビュー。歴史小説、自伝小説、推理小説など、幅広く活躍した。昭和五十三年（一九七八）「事件」で日本推理作家協会賞を受賞。

「真昼の歩行者」は昭和三十年（一九五五）「小説新潮」に発表された。

1

全智全能神の如き名探偵の存在は、近頃では探偵小説成立の不可欠の条件とは考えられなくなった。石橋を叩いて渡る鈍重な警部とか、探偵作業のついでに金と女に対する嗜好を充たしてもよいと考えるシニックな冒険者も、あるいは被害妄想に取りつかれた平均的生活者も、冒された犯罪はいずれ露顕し、罰せられるという前提に立っている以上、スリルとサスペンスをもって、露顕までの経過を物語る資格ありと認められた。

名探偵の推理は、読者の側の作中人物との同化作用によって、優越の錯覚を起こさせる。これがおぞましき犯罪が作中で行われているというのに、探偵小説を我々の眠りぎわのこの上なきよき伴侶としてきた理由である。すると現代の様々な劣等な探偵の横行は、現代生活においてわれわれの優越感そのものの低下を示すということになるだろう。

あらゆる小説の主人公のように、探偵は時代と作者の趣味を反映する。エドガー・アラン・ポーが一八四一年に書いた「モルグ街の殺人」は、周知のように小説の世界で初めて推理だけを作因としたものであった。期せずして近代探偵小説の門戸を開くことになったのだが、探偵デュパンは幾分バイロン風の孤高と憂鬱を担《にな》わされている。デュパンはシャーロック・ホームズのように拳闘の名手でもなければ、フィロ・ヴァンス氏のように金持でもない。パリの一隅に蟄居して、昼間寝て夜起きるという倒錯的生活を送っている貧乏貴族にすぎない。

翻ってわが国の探偵小説界を見るに、逃亡奴隷たるインテリの創造に係る探偵は、まず貧乏と放浪癖と猟奇趣味を持っているのが特徴である。江戸川乱歩の明智小五郎探偵は、近頃は新築ビルに事務所を持ち、俊敏な少年助手を持つまでに出世したが、昭和初期の失業時代に初登場した頃は、浴衣がけで団子坂を散歩する庶民性を持っていた。戦後の横溝正史の金田一耕助になってもまだ闇屋の居候になったり、よれよれの和服に袴ばきで、田舎の埃道を歩いて殺人現場たる地方の豪家に到達したりしている。地方の豪家が舞台に選ばれるのは、これらの大家が探偵小説を空想し始めた頃の日本は、不在大地主とか地方の素封家が存在し、近付き難い神秘的な雰囲気を漂わせていたからである。現在は都市の高層ビルとマンションが似たような孤立性を持っていて、そこで闇黒世界の支配者が殺されても、事件に同じくらいの重大性と謎を付与することができる。しかし探偵自身は依然として昭和初年の発生期以来のルンペン性を保持しているようである。

例外は「百万人の医学」の著者にして「網膜脈視症」の作家である木々高太郎であろう。氏が創造した大心池博士は精神病医であると同時に名探偵であるが、その専門的知識に基づいて、例えば関係者の精神疾患に隠された犯罪の要因を摘出したりする。

しかしこの探偵医者に、神の如き透視と慈愛が付与されていることについて、私は多少の疑問なきを得ない。探偵が犯罪者の計画を見抜くことができるのは、同じ程度の悪の想像力を逞しゅうすることができるからである。ポーはデュパンを「病的な知能」と断定し、「盗まれた手紙」では大臣のグラウンドで対等でプレイできる政治的才能を付与している。

外科医の手腕にサディスムの潜在を予想する流行の精神分析に与するものではないが、大心池博士の透徹せる推理と臨床的温容の後に、一個の潜在的犯罪者を仮定しなければならないのでは、医者だけが頼りの我々の現代生活は頗《すこぶ》る不安なものとなる。

さらに探偵小説流行の根柢に、読者の側の抑圧された違法冒犯願望を仮定するとなると、我々の結論はますます陰惨とならざるを得ないわけだが、しかし私がいまこれを書いているのは、このような哲学的大問題を解決するためではない。一つの犯罪例話を語ろうというだけのことである。ただ物語の意味を十分理解して貰うために、以上の前置きを必要とした理由は、いずれ物語自身が明らかにするだろう。

2

事件の起こった時期は、医学の進歩の見地からみれば、約十年前とするのが適当であるが、読者の空想力に余計な負担をかけないために、現代としておく。

七月末のある晴れた暑い午後、新橋駅付近の裏通りの一つを、田村町へ向かう一人の若い男があった。強い日射しに無帽の額を照らされるのを気にも留めない風で、放心したような眼を正面に据えて、のろのろ歩いて行く。

道の両側に多いバーやキャバレーは、この時間ではドアを閉ざしているから、却って閑静といってもいい道である。タクシーもめったに入って来ないが、蔭のない道の真中を、汗がこめかみから伝うのに任せて歩いて行く青年の様子には、どこか不安な感じがあった。少なくとも店先に赤電話をおいてあるためもあり、この時間では必ず店に坐っているたばこ屋の細君はそう思った。

齢の頃は二十四、五、中肉中背、彫が深く、目に翳りのある、というお定まりの、敗戦後の輸入品である都会的美男子である。ブロードの白い開襟シャツに、薄茶のギャバジンのズボン。ズックの白靴はそれほどくたびれていない。大学を出たての、エリートクラスのサラリーマンといった服装である。ただそういう人間が、暑い夏の午下りの裏町を、ぼんやり歩いているという状況が、異常なだけである。

十字路を二つ三つ越すと、小さな貸ビルや、病院や、不動産仲介業などが多くなってくる。道の向こうから、一台の空のタクシーが来かかった。いま時こんな狭い道へ入って来るのは、客を降したばかりにきまっている。早く表通りへ出ようという風の焦った操縦で、警笛も鳴らさずに、見る見る近づいて来た。

青年が避けるのを、運転手は当然予期していたと考えてよい。それがいつまでも道の真中を進んで来るので、遂にそのトヨペットはギーッとあたりに響くブレーキの音をさせて、青年の前五十センチのところで停った。こういう時にタクシー運転手の言う言葉はきまっている。

「気をつけろい、間抜け。どこへ眼つけてやんだよぉ」

青年の顔はなんの反応も示さなかった。窓から首を出した運転手を、むしろ不思議そうに眺めていたが、空車の標識を見てこれがタクシーであることを了解したらしい。

「乗ってもいいかい」と言った。

「ああ、乗ってくれるんすか」と運転手の声はやわらいだ。「そんなら、手をあげてくれりゃ、いいんだ。危ないじゃないすか」

とたちまち笑顔になって、後部座席の扉を開けた。青年は黙って乗りこみ、ふーっと吐息をして、うしろのクッションにもたれかかった。

さて行く先はという期待の一瞬がすぎても、青年がなにも言わないので、

「どこへ行きましょう」

と運転手はバック・ミラーの中で、青年の顔を見ながらきいた。

「どこでもいい」が返事だった。

「どこでもいいってのはないでしょう。どっちの方角です」

「それがわからないんだ」

運転手は自分がやっぱりとんだ唐変木とかかり合いになったことに気がついたらしい。

「わからないところへなんか、行けないよ。ちえっ、暑さで頭へきやがったな。行く先がわかんないんなら、降りて下さい。こっちゃ忙しいんだ」

「金を払えばいいんだろう」

「金持ってんのか？　ほんとに」

青年は急いでズボンのポケットへ手を突っこんだ。十円硬貨が五、六個握られてきただけだった。ヒップ・ポケットから部厚なハトロン紙の封筒が出た。その中味をのぞいて、青年は「はてな」と呟いた。

運転手はしびれを切らしてしまった。

「降りてくれ。さっさと降りろい」とドアを開けて急がした。

「金はあるぞ」

「金があろうとなかろうと、手前みたいな瘋癲な野郎を客にするのは真ッ平だ。降りろったら、降りねえか」

いつの間にか人が寄って来ていた。両側の二階の窓からもいくつかの顔が突き出された。

「手前の行く先はここじゃねえのか」と運転手は丁度車の停った前に、「神経科瓜生正男」と書かれた真鍮のプレートを指さして、スタートした。

「誰だ一体、手前は」

と彼は捨台詞《せりふ》を残したが、青年は走り去る車が、最初の十字路を曲るのを眺めながら、

「おれが誰か、それを教えてくれたら、これをみんなやってもいいんだが」

と、手のひらに載せた封筒の重さをはかるようにしながら呟くのを、まわりの人は聞いた。

瓜生医院の玄関脇の窓が開き、白い上っ張りを着た若い看護婦の上半身が現われた。

青年はなおも封筒を手で弄びながら、歩み寄ると、

「先生はいらっしゃいますか」

と案外はっきりした声できいた。

3

「では、その憶えていらっしゃるところからおっしゃって下さい」

院長の瓜生博士は一応内科の診察を終えると、患者の顔に眼鏡越しの鋭い視線を注ぎながら言った。

「新橋駅の上り列車ホームに立っていました。時間はホームの時計を見たから憶えています。十二時十八分でした」

博士は看護婦に持って来させた時刻表を見た。

「すると大体十二時四分着の浜松発列車か、十六分着の久里浜発横須賀線電車かで到着したと見なしていいでしょうね。あるいはもっと前の列車で到着していたか。――どのくらいホームに立っていたかの記憶もないんですね」

「十二時十八分、時計を見た時より前は、全然思い出せないのです」

「その時はホームのどの辺にいましたか」

「南階段付近でした」

「立っていましたか、坐っていましたか」

「待合室の外側にもたれていたのです」

「あたりに人はいませんでしたか。上りホームなら人はあまりいなかったでしょうが、なにかあなたの連れとか、そういった感じの人は？」

「憶えがありません」

「では、それからここへ来るまでなにをしたか、できるだけ詳しく話して下さい」

「自分がなぜここにいるか、自分がなに者であるかも思い出せないのです。名前まで忘れていようとは、いま先生にきかれて気がついたんですが——とにかく階段を降りて、改札口に向かいました」

「駅の構造は知っておられたんですね。言葉も普通の東京弁を話される。新橋駅は初めてじゃありませんね」

「そう思います。しかしいつ、どんな時に来たか思い出せません——切符を渡して外へ出て、時計を見ると……」

「ちょっと、切符はどこからでした」

「横浜でした」

「二等でしたか、三等でしたか」

「二等でした」

「あなたは横浜東京間を二等で往復し、しかも途中品川まで無停車の東海道線列車や横須賀線を利用することを知っていられる方かもしれませんね。それから？」

「改札口の時計は十二時二十分過ぎを指していました。丁度一時間前です」

と言って、青年は腕の時計に眼を落した。夜光針のついた大型の国産の腕時計である。

「合っていますね」

「その時合わしたからです」

「時計は巻いてありましたか」

「かなりゆるんでいました」

「多分あなたは夜寝る前にねじを巻く規則正しい習慣を持った方でしょう。そして暗闇で時間を確認するのを必要とする職業の方です。新聞記者か警察官か」

「あるいは不眠症に悩む男か」

「あなたの口から初めて出た最初の積極的な自己認識としては、その言葉は興味がありますね。今夜ためしてごらんなさい――それからどうしました？　どうしてこっちの方角へ来る気になったのですか」

「わかりません。私は記憶を失ったという考えに圧倒されていました。警官に保護を求めようと思いましたが、なんだかみっともないような……」

「こわいような気がしたのではありませんか」

　瓜生博士は鋭くきいた。

「さあ」と青年は考えこんでいた。「憶えがありませんが、とにかく交番があると、あそこはあと廻しだと思いながら、だんだんこっちへ歩いて来たんですから、こわかったのかもしれません」

「そのことはそのうちにわかるでしょう。ここが田村町だと知っていましたか」

「知っていたような気がします。この通りは初めてだと思いますが」

「車が来るのは、全然気がつかなかったのですか」

「知っていました。近づいて来るな、と思っていました。前へ来たら、避ければいいと思ってました。そろそろ避けなければいけないと思いながら、目の前へ来るまで、その行動がとれなかったのです」

「乗ってどこへ行くつもりだったのです」

「あてがあるはずはありません。運転手がおこったので、乗ればおこらないだろうと思って乗ったのですが、結局おこらしてしまいました。しかしあのタクシーに乗ったのはむだではありませんでした。第一、自分が五万円という金を持っていることを知ったこと、第二に丁度この病院の前だった、先生に診察を受けようという考えが起きたことです」

「それがむだかどうか、もう少ししてみなくてはわかりませんが——それまでポケットを探ってみる気にならなかったのですか」

「なりませんでした。なんどもいうように、僕は自分がわからなくなったという考えに圧倒されていたのです」

　眼の鋭い若い助手が入って来た。近藤という名を紹介された。彼は博士に報告した。

「自動車はたしかに昨年の十一月に登録されていました。飯田橋ガレージ所属のタクシーです。運転手和田卓造の人相は大体一致してます」

「なぜ流しのタクシーなぞ、調べるんですか」と青年は驚いてきいた。

「丁度この病院の前で、あなたが運転手といざこざを起こした偶然を、検討してみる必要があったのです。なぜならあなたは過去を全部忘れておられる。自分の名前すら思い出せない、この種類の逆行性健忘症は頭部の衝撃による場合が多いが、あなたの場合外傷は認められない。なにか強い精神的抑圧が働いて、少なくともあなたにとって、怖ろしい過去を思い出させないと考えることができる。あなたがどういう人間で、なにをしていたか、我々には全然わからない。本来なら警察に任すところですが、ご希望なので、研究材料の意味も兼ねて、しばらくお預りすることにしたのです。あなたの肉体はその一点を除いて完全に平常です。ただ持ち物として名刺入もなければ手帳もない。衣服の製作者を示すマークも取り去られている。あなたの身許を示すものはなにもないという状態で、街に放たれている。なに者かの手があなたの上に働いていると見なすことができる。それを明らかにしていくのが、我々の役目です」

「なぜ僕が金を持っているのでしょう」

「それは全部贋札なのです。あなたが交番を避けられたのは正しかった。恐らく贋札行を使するという任務が圧迫となって、あなたの記憶を失わせたのですよ。忘却へ逃避したのです。しかし警察はあなたの話を信じてはくれないでしょう。警察官の尋問に答えられるまで私の手で治療してから、届けることにします。余程の奉仕と考えて貰わなくては引き合わない」

瓜生博士と近藤助手は声を合わせて笑った。

4

瓜生博士が学界で占める位置を考えると、青年の受けた待遇が、どんなに異例のものであったかがわかる。博士は現在二つの大学に講座を持つほかに、一つの精神病院の顧問として一週に一度顔を出している。田村町の医院は個人的紹介のある患者に限り、診察をするにすぎない。

近頃有閑階級の間に流行のノイローゼの、治療とも身上相談ともつかない役目を博士は引き受けている。日吉台の自宅には美しい夫人との間に、慶応へ通っている二人の息子が住んでいる。日本では珍しく精神分析を取り入れた療法で「彼奴は日本一金儲けのうまい医者だ」と古い学友から嫉妬の混った誹謗が放たれるのも故なしとしない。

だから青年が――彼が瓜生医院のドアを叩く機縁となったタクシー運転手の名前を取って、仮りに「和田」と呼ばれていたから、以下その呼称を用いる――贋札の所持者でなかったら、博士の無償の治療なぞ、とても望めるものではなかった。

従って以来医院の一室に起居することになった和田に対して、現代の精神病医学の先端を行く諸々の療法を試みたのは博士自身ではなく、助手の近藤であった。数々の検査の末、近藤が博士に提出した最後的報告は、記憶力、見当識、思路などすべて健全、性格的に多少の犯罪的素質を認むというものであった。

これは博士自身も確認したところである。ある日の午後、博士は和田を診療室へ呼び出しておいて、ドアの蔭に立って待った。博士の手に握られていたのは、患者威嚇用の軟らかいゴムの棒であった。スウィングドアを押して入って来る和田青年の背後から、不意に打ってかかった。和田は横に一歩飛んで打撃をかわし、振り向いて身構えた。右手は空手チョップの形につくられていた。彼が暴力に対して訓練されていることがこれで証明されたのである。

ロールシャッハ・テストというのは、紙の上に落した無意味な左右対称のインクのしみを被試験者に見せ、なにに見えるかを言わせるテストである。和田は考え考え返事をした。ここにも抑圧が働いていることは確実だったが、全体として一種の残忍性が現われてきたのである。例えば普通蝶を連想すべき形を、彼は骨盤と言った。

「君の経歴に犯罪が潜んでいるのは確かだ」と博士は言った。「ただ君はそれに強い自責を感じている。それが君に過去を忘れさせているのだ。しかし団体的犯行の下ッ端の役割を受け持っているだけらしいから、犯罪の摘発に協力してくれるなら、刑を免れるように警察と検察庁に進言してあげる。過去を思い出すことに努め給え」

入院後十日目の午後、近藤は彼を新橋駅へ連れて行った。

「注意し給え。誰か君を尾行しているかもしれないから。怪しい奴がいたら、すぐ教えるんだ。君に五万円の贋札を持たせて、東京の町へ放った奴は、このまま君を放っておくはずはないんだから」

しかし怪しい尾行者は見かけなかったし、駅員に十日前に降りたという和田を憶えている者はなかった。

その翌日、和田は横浜へ行ってみたいと言った。望みはかなえられた。横浜駅のホームから見える北側の丘の、頂上の松の列の形を見覚えがあると和田は言った。暑い日射しの中をわざと歩いて、近藤はそこへの順路と思われる道をたどって、その丘の頂上まで和田を導いた。道が商店街を離れ、人通りの少ない住宅街に入るに従って、彼が著しい興奮を示すのに近藤は気がついた。

「この路はたしかに歩いたことがあります」と和田は言った。

「気をつけ給え。それだけここらに君の仲間がいる可能性があるってことなんだから」

日盛りの住宅街はしんと静まり返って、人っ子一人通らない。坂の下で、年若いアイス・キャンディ屋がラッパを鳴らしながら、横丁から出て来るのに出会った。

「おい、こんなとこじゃ、あんまりやま商売がないんじゃないのかい」

と近藤は和田と一本ずつ買って、かじりながらきいた。

「そうでもないですよ」と相手は答えた。「お手伝いさんやお抱え運転手が買ってくれます。それからオンリイさんもキャンディが好きですからね」

付近の焼け残った住宅には女名前や外人名の表札が多かった。和田は食べ終ったキャンディの芯の箸を、二つに折って返した。

「変に几帳面なところがあるんだね、君は」

と坂を登りながら、近藤は言った。丘の頂上の平らなところを占めたその家は、付近の古い「洋館」の中でもひときわ古く、広い前庭に雑草が伸び放題で、外壁の漆喰が剝げ落ちている様が、門の外からよく見えた。裏は深い樹立に囲まれている。

「ここです」と和田は息をはずませて言った。「何度もここへ来たことがある。中の間取りも思い出した。裸の電灯が木の床と大きなテーブルを照らしていた。地下室へ降りる階段が、玄関の右手のドアを開けた中にある。人が大勢いた。なにか大きな声で喋っていた。その声がいまでも聞こえるような気がする。なんの話だったか、思い出せませんが」

「しっ、黙って」

近藤はすばやくあたりを見廻した。まぶしい砂利道に人影はない。ただキャンディ屋の吹くラッパが、坂の下の方へ遠ざかって行く気配である。

「君、あのキャンディ屋に見覚えはないかね」

「ありません」

「とにかくこれから先は、警察の領分らしい。すぐ先生に報告しなくちゃ」

その家は空屋らしく、表札ははずされていた。近藤は隣家の町名と番地を手帳に控えると、和田を促して、急いでその場を離れた。

5

瓜生博士は警察に知らせる前に、もう一度確めてみようと言った。あやふやな情報を提供しては、医院の信用にかかわる、とまるで私立探偵のようなことを言ったのである。和田の記憶に残っている光景は、夜だったから、一味は夜集まるとみてさしつかえない。一度その現場をたしかめてからにしようと言った。

博士の同僚や弟子の中には、和田の症状に興味を持つ者が多いという。そして博士が計画した夜の冒険に加わろうという物好きな連中が、五、六人いた。その中に自動車を運転する者が二人いた。

八月末の夕方、田村町の瓜生医院へ集まって来た連中は、しかしあまり医学と縁のなさそうな風体の者が多かった。耳がつぶれていたり、外国映画に出てくる海賊のように、黒い眼帯で片眼を蔽った者などがいた。そして待合室でサントリイの角瓶を、外国映画に出てくる海賊みたいに瓶ごとぐい呑みをした。狂人を扱っているうちに、医者まで人間が変になってしまうらしかった。

外が暗くなるのを待って、一同は二台の自動車に分乗して出掛けた。田村町の交叉点のゴー・ストップで車が停った時、近藤は最初青年を瓜生医院へ導く機縁となったタクシーが二台うしろにいるのを認めた。二人の背広の客を乗せていた。

運転手にはいつか路上で喧嘩し、今は自分の名を使っている者の乗った車が、すぐ前にいようとは、思いがけないことだったに違いない。信号が青に変って、車の群が崩れると、どっかへ行ってしまったが、八時すぎ、二台の車が横浜駅前にさしかかった時、その車が彼等を追い抜いて行った。近藤はこの偶然を和田に伝えて大いに笑った。瓜生博士とは車が別だったため、目的の家へ着くまで報告する暇はなかった。これが重大なミスだったのである。

丘の頂きに上ると、車は五十メートルばかりの手前で停め、目的の家まで歩いて行った。玄関のポーチに灯がつき、三つの窓からさす光が前庭を照らし出していた。一同は次々とこわれた石垣の間から入りこんだ。四方へ散って、草を踏み、灯のついた窓に近づいた。

真先に入るのは和田の役割ときめられていた。彼なら相手は警戒しないはずであった。草叢に伏せた仲間を残して、青年は大胆に玄関の大きな扉を押した。扉は難なく開いて、青年の白い開襟シャツの姿は、中へ吸いこまれた。

少したって部屋の中を動く影が窓に映った。窓の一つが開いて、青年の明るい声が聞こえた。

「誰もいません。入っていらっしゃい」

部屋へ入った瓜生博士たちは、青年の記憶しているように、天井からぶら下った裸の百燭光の電灯が、十二畳ばかりの洋室を照らしているのをみた。部屋の中央には大きな楕円形のテーブルがあり、こわれかけた古い椅子が六つ、形ばかりおいてあるのも、青年の言った通りだった。

床の上には多くの靴跡が重なっていたが、テーブルの上の埃が乱されていないのを見て、瓜生博士は首をかしげた。

「地下室があるはずだったね」

「ええ、ただ階段のドアが開きません。鍵がかかっているらしいんです。前はあいていたんだが」

「窓に影がうつらないように気をつけて。連中はそのうち帰って来るだろう」と近藤が言った。

みな窓際に集まって、外の物音に耳を澄ませていた。その退屈な時間の間に、近藤は何気なく、最初医院の前で和田と紛争を起こしたタクシーが、横浜まで一緒に来た事実を博士に伝えた。

「なぜそれを早く言わないんだ、馬鹿」

と博士はどなった。彼の鋭い視線は和田に注がれた。

「罠だ」

博士の手がポケットから拳銃を取り出すのと、黒い小さいものを握った和田の右手が電灯の方へ延びるのが同時だった。たんと軽い音がして、裸の電球が消えた。闇の中に博士の拳銃が火を吹いた。窓硝子の破れる音は、青年が外へ飛び出した音らしかった。

同時に庭から銃声が起こって、室内に残された者は多くの曳光弾が天井に突きささるのを見た。まぶしい光線が拳銃を持った瓜生博士の姿を照らし出した。巨大な光源が二つ、遠く入口の方の塀の上に動かなかった。

「瓜生博士、武器を捨てなさい」

単調な拡声器の声が、タクシー運転手やキャンディ屋も含む戸外の警官の群の中から響いた。

「我々は家宅侵入、銃砲等不法所持による逮捕状を持っています。抵抗すると公務執行妨害が加重されます」

6

瓜生博士の犯罪は、かねて当局の注目するところとなっていた。神経病患者の混乱した告白から、恐喝の材料を引き出すのは、中世の懺悔《ざんげ》聴聞僧が陰謀者の妻の告解から、陰謀を探り出す如きものであった。患者のヒステリーを治療するどころか、暗示によって増悪《ぞうあく》せしめ、大工場主であるその夫を刺殺させた疑いがあった。犯行の前日から、その工場の株式の暴落を見越して、別途、大量に売りたいた事実が内偵されたが、証拠がつかめなかった。

また東京租界を横行する各種の闇ルートに介入して、利益のぴんはねや、商品の横領を常習とする一団の、隠れた首領が博士ではないかと目されるに到った。偶然博士の手に任ねられた精神病者やヒロポン患者のうわ言を通じて、秘密を探知するのではないかと推察されたのである。

しかしそれだけの罪ならば、このようによく訓練された青年が、反民主的と称される囮捜査に使われる程のことはなかったかもしれない。闇から闇への道をたどる仕事だから、青年を派遣した機関の名と共に、現代の日本ではその全貌は明らかにされるはずはないが、その機関が動き出したのだから、博士の横領した利益の中に、現代の最高機密たる原子力か細菌に関するものがあったと見なしてよい。

当局は犯行の秘匿に巧緻を極める一味を別件逮捕するために、微罪現行犯をもってするのを適当と認めた。そして押収の五万円の贋造紙幣によって、諸罪の中で最も重い罪、つまり紙幣贋造罪で処罰された。紙幣を携行した偽健忘症患者による罠がかけられたのであった。

こうして物語は精神病医の中には、大心池博士のような名探偵が存在し得ると同時に、瓜生博士のような超弩級の犯罪人を含み得る可能性を例示する結果になった。

作者は最後にもう一つの教訓に読者の注意を促したい。それはかの命がけの虎穴入りを敢行した美青年の精神構造についてである。彼が当今の民主社会では珍しい正義感と処罰欲に燃えていたことは疑いないが、近藤助手の行ったテストの結果が、彼の犯罪性を示すに到った皮肉をどう考うべきか。近藤もまた快楽の餌に誘われた医師であるが、彼の用いたロールシャッハ・テストの検査は、現在学界に認められている権威ある方法である。

刑吏と罪人がしばしば同一の精神構造を持つことは、犯罪展覧会などに陳列される中世の刑具の構造がそれを実証している。それらの奇怪な道具に示された工夫の跡には、単なる懲罰の観念を超えた残虐性が認められるのである。

あやしやな

幸田露伴

熱病の男が死んだが、医者は病死の証明状を作成しない。探偵が捜査を開始すると……。明治二十二年に発表され、西欧を舞台にした文語文探偵小説。

幸田露伴　こうだろはん

慶応三年（一八六七）〜昭和二十二年（一九四七）江戸生れ。逓信省電信修技学校卒業。尾崎紅葉らと交わって創作活動を続け、明治二十二年（一八八九）「風流仏」で作家としての地位を確立する。次いで発表した「五重塔」で人気作家となった。博識で知られ、古典の校訂解題も務める。早くからトリックを扱ったミステリーも描いた。

「あやしやな」は明治二十二年（一八八九）「都の花」に発表された。

其一

死にました死にました、あの朴訥爺《ぼくとつおやじ》のばあどるふは死にました、あの美しい若い妻を持って居たばあどるふは死にました、其死に方が少し怪いという噂、一昨日の晩から熱病をやんで早くも今日の往生、めでたくもない苦しみよう、医者もかくまでとは思わなかった人の命のもろさ、露ちりかかるろざりんの花の顔も萎《しお》れて、泣く泣く野辺の送りという段取りになって、医者のぐれんどわあが病死の証明状を作らぬという騒ぎ、どうやら訳のありそうなこと、と探偵だんきゃんの告ぐるを聞いて、油断のならぬ恐ろしの世の中、そなたは尚も気を付けろ、うぃるりやむも出てゆけ、ちゃあれすも聞糺《ききただ》して来いと、署長のへんりい、ぶらいとの差図に、心得たりと走り去《さり》しが、やがてうぃるりやむは帰り来て、医者は三里程隔たりし近在に住み、夫婦暮しの信実者《しんじつもの》、村中にて善い人との評判高き男なれば疑うべき方《かた》もなし、若き妻こそ心得難し、とささやく横合より、いやいやあの美しい女、面計《かおばか》りにてはあらぬぞかし、亡き夫の傍に坐りて、一心《しんじん》に祈禱する声も枯るるまで惜まぬ涙、立ち聞きする身さえ悲しさにつれられて、不《ふ》信神の我ながら口の中《うち》で「ああめん」と唱《となえ》たる程なるに、呑み込めぬは医者のそぶり、とちゃあれすの云い状。

いずれをいずれとも別ち難き処へ、思案に首をかしげてもどりしだんきゃんが、さてもふしぎやばあどるふと云う男、生れてから今日の先程までも遂に一度口論したことなく、兀頭《はげあたま》たたかれても御《お》手は御痛みなさらぬかというような結構な性質、賭博もせず酒も飲まず、恨みを受くる筈もなきたしかな品行《みもち》、殊更身体も丈夫にて、かねて行く道も昨日今日とは思《おもわ》ざりし、と話すを聞《きい》て署長は暫時《しばらく》考えしが、ろざりんは何歳《いくつ》ぞ、何今を盛りの二十三歳、ばあどるふは、はて僅《わずか》に残る山の端の月影は五十八歳とや、二人の婚礼は去年の春、女の身元は伯爵しゃいろッく、平生《へいぜい》交際するものは、なにばあどるふは交際ぎらいにて、日曜毎に会堂へ行く計《ばか》りか、伯爵がただ月に一二度往復《ゆきき》するか、年齢《とし》は三十七歳か、容貌は荘厳《りっぱ》、弁舌はさわやかに、むむそうか頃日《このごろ》来たか、なに熱病になった日はからず来たというか、して使《つかい》も来たか、何の用だ、むむ其使は直接《じか》にろざりんに逢って帰ったのか、よしよしそれでよし、ばあどるふの家に下婢《げじょ》は居ないか、りうしというのが居るとか、よしよしそれをろざりんに知《しれ》ぬように拘引して来い、という命令《いいつけ》。探索の為めとは云いながら警察署の下婢とはならぬものを迷惑なことなり。

其　二

ああ是おゆるしなされて下さりませ、悪いことはたった一度、買物に出た戻り道の夕暮がた、灯台下《もと》暗く瓦斯《ガス》の光りも届かぬところに落ちて居た、奇麗な「ないふ」を拾って届けなかった計《ばつかり》で御座ります、それも唯今さしあげまする、と泣顔してのりうしが申し訳は、署長よりも尊き良心に責められての白状、誠に可愛《かわゆ》きものなり。いやいや、そちが心の正直なは其言葉でも分って居る程に、も一つ正直に御上《おかみ》のご用を勤めたらご褒美の出ることであろう、とぶらいとのすかすを聞いてのこのこと頭をあげ、ご用とは何でござりますか、お買物なら棒先《ぼうさき》は切りませぬ、御台所の煮焚《にたき》なら摘み喰いも致しませぬ、とまじめに云いたるは慾にひかるる習いとておかしきを忍び、そんな事ではないが、ばあどるふが病気になった時からのありさまを正直に話しさえすれば宜《よ》いのだ、といえば、そんな事でご褒美が出ますか、と問うけげん顔。ああ私《わた》しが悪るかった、お前は正直に話してくれるに相違ないものをご褒美を後にすることもなかった、と光《ひかる》ものをちゃらちゃらと鼻の先につきつければ、もじもじしながら、一昨日の晩。これりうし、二月七日だな。はいその二月七日の夜、ばあどるふ様は聖書をお読みなすったり、涙を流して祈禱なすったりして夜のふけるまでもお休なさらぬを奥様が、寒いに夜ふかしはお年寄の御身《おみ》に毒、お休みあそばせとお止めなさるをも構わず、貴様もりうしも寝るが宜い、おれは今夜はまだ寝られぬからとのことで、仕方なく奥様も私《わたく》しも臥《ふせ》りました、其あと石炭もつき暖炉の火も絶え石造の家のうら寒きに、夜の明くる時分とろとろとなすったやら、お眼がさむるや否や御顔の色も大分わるく、一昨日の昼頃は大層熱が出まして。と饒舌《しゃべ》り立てる中《うち》、何故《なにゆえ》ばあどるふは其夜に限り寝なかったのだ、と問われて、何ゆえかは存じませねど、私しは三年計り以前から此家《や》に使われて居りますが、たしか去年もおととしも二月七日の夜は、ばあどるふ様のよく御寝《ぎょしん》なったことはなかったようです、それから段々と熱は強くなりますし、御医者様と伯爵様の御出になった頃は色々の譫語《うわごと》をおっしゃりますし、夜へかけても一層はげしくなりましたが、今朝になって御薬をあがると直ぐにたっての苦しみ、とうとう情深い旦那様に御別れ申すこととなり、奥様も狂乱なさる程のおなげきのあまり、あの医者の薬を飲まれずば斯うはなられまいと独り言なすったが、運わるくぐれんどわあの耳に入って、病死の証明状作ることはいやで御座るとの言い草、ぐれんどわあの薬飲んで亡くなられたと云われては名誉にも拘わるなれば、薬の盛りようの善かったか悪かったかは外《ほか》の医者どもに問い糺してご覧なすって、得と御合点の行った上でならでは証明状は作《つくり》ませぬとの言葉も尤《もっと》もにはあれど、奥様とてわる気で云うたではなしと云い訳しても首振って頑固な同じ挨拶、世智賢き女《ひと》でさえ連添う夫の死に別れには顚倒するならい、まして御年も若いに医者の片意地、かなしみの中に苦労の調合、あんまりなお医者さまと私しらまで憎うてなりませぬ、と涙ぐんでの少女《おとめ》の返答、嘘らしくはなけれどぶらいとはぬけ目なく、其の憎い医者は誰《だ》れが頼んで来た、と問えばりうしは真青になりがたがた慄《ふるえ》て言葉なき様子をじっと見ながら、少しも怖いことはない、正直の少女《むすめ》は神も護れば人も憐れむ、なんでも正直に限るぞや、其方《そなた》が頼んで来たのか、といえば詮方《せんかた》なく、はい私しが頼んで、とおろおろ泣き。よしよし、そなたに罪はない、そして伯爵もそなたが喚んで来たのか、其時の模様を委《くわ》しく正直に話しさえすれば、それで其方は用済みなのだ、とやさしきに勢付《いきおいづ》いて、いいえ伯爵様は私しの呼んだのではありませんが、はからずお出でになり、ばあどるふ様の熱病となられたを見てびっくりなすった御様子、しきりに奥様とお医者様に御容体をお聞きなすって居らしったが、お医者様のお帰りになった跡で、熱病の譫言《うわごと》は人に聞こえて外聞のよくないこともあるものなれば、よく注意なすって外へ漏れぬようになさいと云ってお帰りになりましたが、日暮れ方にお使にて又わざわざお見舞を下されました、誠に御慈悲深いよいお方です、といえば、小首かたぶけ暫らく思案せしが、はたと手を拍《う》ちて、どんな譫語を云ったか、と問えばりうしは笑いながら、譫語ですから分りませんが、「くいッくりい」という丈《だ》けは聞きとれました。

其　三

さあ拘引状は出来た、医師ぐれんどわあ、後家ろざりん、伯爵しゃいろッくを呼んで来い、容易ならぬ謀殺の嫌疑、されど伯爵は貴族院の議員にもならんとする人、鄭重に扱うべし、疑わしき品物はみな持ち来たれ、と署長の下知《げじ》に、暫らくして三人共巡査に引出されたるを見るに、ろざりんは美しくはあれどあだめいて猥《みだ》らなるにはあらず、泣き腫らしたる瞼の重げなるにも其行いのかるがるしからぬは見えたり。ぐれんどわあは容貌端正にて人をも恐れず天をも恐れず、吾は自ら信ずる所を恃《たの》むという風情。伯爵は貴族育ちの鷹揚なる中《うち》に深き思慮分別を養い得たるというべき所の見ゆる人品なり。

　ぶらいとは先ず医師に向い、何とてそなたは、そなたの預りし病人の病死に証明状を作るを拒みしや、必ず其仔細あるべしとは存ずれども、ばあどるふ一家の者の言葉によれば、そなたの薬を飲むと等しくばあどるふは苦しみ出して遂にはかなくなりたりといえば、まずこれを云いわけすべし、と問うに、ぐれんどわあは、拙者の用いたる薬は決してばあどるふの死を致すべきものにてもなく、又ばあどるふの病も左程急《にわか》に死すべきものにもあらざるに、心得難き頓死《とんし》ゆえ証明状を作らざりしが、拙者の与えたる薬を御疑いあらばろざりん殿の家には尚余りのあるべければ、それを化《か》学師《がくし》になり医師になり試験致させて見らるべし。さあそれにて御身は明白なれど、只今心得難き頓死と云われしは何の意味。されば万一中毒なりやと疑えども。疑われしな。如何にも。さてはそなたの与えし薬の中毒。いや怪《け》しからぬこと、恐らくは他人の与えし物の中毒ならんと疑うまでなり。むむ毒殺したるものあらんかと疑われしな。誠に仰せの通りなれども、疑うまでにて必ずと申すにはあらず、心得難き頓死とは即ち是ゆえ申せしなり。と、此問答の間伯爵は彫刻像の如く身動きもせず、ろざりんは赤くなり青くなり遂に柳眉《りゅうび》をさかだて星眼《せいがん》を睜《みひら》きて、吾《わ》が夫《つま》を毒殺と聞いてはゆるがせならず、吾が夫はぐれんどわあの与えたる薬の外には誰の薬も飲まざれば。さては拙者を疑い給うか。如何にも仰せの通りなれど疑うまでなり、必ずと申すにはあらず、元より女のことなれば医薬の道は知らざれど、若《も》しやそなたの誤りかと。それ程までに疑われては医者の一分《いちぶん》立ち申さず、拙者の疑いはさて置きて、いざまず拙者の薬をば試験あるよう署長に御願い申します、と怒りをなして云い立つれば、そなたの与えし薬というは是なるや、とぶらいとの出《いだ》す罎《びん》を見て忽《たちま》ち急に頭《かしら》を打ちふり、否々《いないな》、はてさて怪しき其罎かな、拙者の与えし薬というは紙に包みし散薬なり。さらば是か。如何にもそれなり、化学師に仰せて分析なさしめ、医師に糺《ただ》して拙者の処方の当否を篤《とく》と御合点《ごがてん》あれ、それにしても怪しきは今の罎。だまれ其をば問いはせぬ、そなたに用は済みたれば勝手に帰れ。帰れとあれば帰りもしましょうが、もはや拙者に疑いは御座らぬか。疑いは解けねど訊問は済みたれば帰れ、と云われて是非に及ばず不平顔して立ちさるを見送りて、ぶらいとはろざりんに向い、此罎は見覚えあるべし。如何にもそれは伯爵さまより吾が夫へ病気見舞とて給わりたるもの。そなたが手箱に入れてありし此百五十弗《ドル》は何とせしものぞ。それも同じく伯爵さまより賜わりしもの。何ゆえ。病気見舞に。病気見舞とて是程の大金を貰い受くること世の常にはあらず。素《もと》より世の常にはあらず、伯爵さまは人も知りたる非常の慈善家、且《かつ》は一応再応辞退したれど許し給わず強いて与えられしゆえ、御厚意背くこともなしと受取り置きしまでなり。此大金と此罎は伯爵より直《じか》に頂きしか。否、御使《つかい》にて給わりぬ。此罎の中《うち》の物は何と思うか。伯爵様より御使の口上に、熱病の人は喉の渇くもの、其渇きを休《と》むる飲物と申されしかば左様承知したり。そなたは伯爵を疑わぬか、と煽りて見ても変らぬ調子にて、とんでもないこと、貴《たっと》き伯爵様を何で疑い申すべき、と答えたり。病人は他に飲食《のみくい》したか。他には少しも飲食致さず、此罎の中の物は飲みました。さては医者の薬の疑わしき丈此罎の中の物も疑わし、と云う語《ことば》の終らぬうち、伯爵は言葉急《せわ》しく、それがしが与えたる此罎の中の物を怪しと云い給うか。さればなり、医者の薬も怪しければ此罎の中の物も疑わし、と平気にて答えながら伯爵の顔色をじっと見れば、伯爵は動気を抑えて静《しずか》に、ぶらいと殿はたしかに疑わるるか。素《もと》より疑います、と云うを聞くより烈火の如く怒りをなし、飛鳥《ひちょう》の如く身を躍らせてぶらいとの手に持ちたる罎を取るより早く栓を抜き、仰向けにしてごくごくと飲み下し、罎をうしろの壁に打ちつけ、それがし此世に生れてより非道をせしことさらに無く、正理《せいり》に循《したが》い義に進み慈善を為せしに、はからずも容易ならぬ謀殺につきて足下《そつか》よりかかる恥辱を受くること、憤怒誠に限りなし、疑い給いし罏中のものをそれがし此《かく》の如く飲み干したれども仔細なし、是にても尚それがしを疑わるるという上は、相手にとりて不足なれど、と名刺《なふだ》を足下《あしもと》にたたきつけ、直《ただち》に決闘致すべし、と威権烈しく云い立つれば、ぶらいと壇を飛び下りて身を平蜘蛛の如くなし、伯爵殿下ゆるし給え、それがしも亦眼《まなこ》あり、などて正邪を知らざらん、怒らせ申し奉つりしは恐れ入りたることとなれど、尚明かに伯爵の少しも曇りなき御胸中を伺わんためのみなりしが、今は全く疑いなし、既に自ら罏中の物を目前飲み給いて更に変りもあらざれば疑い申す所もなし、いざ御自由に御帰宅《おかえり》あれ、差し押えたるお手箱四つも直に当方より送りまいらすべし、と詫ぶれば、疑念晴るればそれまでなり、足下《そつか》も御役目御苦労なり、さらばそれがしは帰らん、と立ち去り行く。跡には怪しむべき人も無きに、ばあどるふの変死あら怪しやな。

其　四

ちゃあれすは手箱を宰領《さいりよう》して伯爵の邸《やしき》に送り返せ、だんきゃんは伯爵の邸内に忍び込んで伯爵の挙動《ふるまい》に気を注《つ》けろ、伯爵が下剤か吐剤を用いて毒を消すかも知れぬ、医者が出入《でいり》するかも知れぬ、それッ、とぶらいとの火急の差図に二人は颶風《つむじ》の如く立去りぬる跡にて、ろざりんは拘留して置くには及ばぬから帰してやれ、ばあどるふの死体は三人まで医師が検視して毒死と極《き》まった者なら、それでよいから埋葬させるが宜い、と命令すれば、畏《かしこ》まったとうぃるりやむは出て行きかけて振りかえり、是は私《わたく》しの手柄、とさし出す一片《ひとひら》の書付、ろくに見もせず「ぽッけッと」に入れ、写しだろうな。さようです、真物《ほんもの》は油断させるために返してやりました、それから是は又ちゃあれすの手柄、と出すものをも受取りて同じく「ぽッけッと」に入るれば、日もたッぷりと暮れて火点す頃とはなりぬ。ぶらいとは官舎に帰りて三十分計《ばか》りの体操に身を疲らし、葡萄酒三盞《さん》に心をやすめ、二皿三皿の食事了《おわ》りて心地よく寐入りたるぞ素人眼にはふしぎなれど、かかる怪しく入り込みたる事柄を判断するには、空気も澄み渡り心気も冱《さ》えざえしき夜明方こそよけれと、翌日を心にかけての処置、浅からぬ注意と知られたり。

鶏しば鳴きて星の影まばらになりゆく頃、冷《つめた》き水に口をそそぎ身体を拭きて、一杯の珈琲《コーヒ》に名残《なごり》の夢を洗い去り、役所に赴きて端然と椅子に坐し、はっきりと両眼を開けば、卓子《つくえ》の上に数通の文《ふみ》あり。取りて静《しずか》に見るに、

伯爵は吐剤下剤等の何の薬餌《やくじ》をも用いられず、医者の出入するをも見かけ申さず、ろざりん方に行きし僕《しもべ》は使の口上足らざりしとて放逐され申候う。夜半頃臥床《ふしど》に入らるる前に手箱を開閉《あけたて》する音などして、遂に一語を発せられたり。其一語とは即ち、

ぶらいとは馬鹿な奴と云われしなり。尚伯爵のことに付きては当分帰署致さずに探索致すべき手掛りある故、悦《よろこ》び居り申し候う。だんきゃん。」ろざりんの悲《かなし》みは信実にて愈々怪むべき所なく、品行《みもち》もかねがね正直にて堅固なるものに候う。下婢《げじょ》は平凡の女子にて、医師ぐれんどわあは自己《おのれ》の与えたる薬を疑われ候うを憤り居り候う様子なれば、是等《これら》の人に付きては疑いなく候う。差し押え置きたる書面の趣きもあり、かたがた七年以前よりばあどるふは此地に移り住み候うよしなれば、愈々疑わしきは遠き原因と存ぜられ候う処、ばあどるふの故郷を聞き出し候う間、該地《そのち》へ立越え申し候うて取り調べ致すべくと出発仕《つかまつ》り候う。ちゃあれす。」

一　ばあどるふは無財産無職業にて、生活の模様は困窮とも見えざりし事。

一　二月七日と云《いう》日は何か仔細あるべき日なる事。

一　ばあどるふは自己《おのれ》の故郷に在りし時の事を少しも口外せざりしが、当地に移り住まざる前に先妻をば何故か離別致し候う事。

一　伯爵とは主従の如き関係にて、此地に来らざりし以前より其関係はありしと思わるる事。

一　先妻の行くえ不分明なれども、数月前《すうげつぜん》年老いたる貧女一名ばあどるふに逢いて、遂に幾分かの恵み金を受け立去りし事。（恐らくは先妻か。）

一　ばあどるふの最初召し使いたる下婢《げじょ》も、ばあどるふの囈語《ねごと》にくいッくりいとさけびしを三度ほど聞きたる事ありし由《よし》なれど、くいッくりいと云う人名地名等は此辺になき事。(恐らくは先妻の名か。)

探り得候処の右の件々《けんけん》により推測する時は、先妻及びくいッくりいという者に付きて二月七日は仔細あるべき日にして、差し上げ置き候う書面の趣きもあれば、事の原因は七年以前より伯爵に関係して起りたる事と考えられ候うゆえ、先妻を尋ね候うため何処《いずく》ともなく立出で候う。ういるりやむ。」

御依頼になりし瓶の砕片《さいへん》に附き居り候う流動物を検査致し候う処、稀塩酸《きえんさん》「れもなアど」にて更に毒物にては御座なく候う。化学分析所。」

御依頼になりし散薬検査致し候う処、甘汞《かんこう》十五　瓦《グレエン》　乳糖十五　瓦《グレエン》にて、熱病者に最初用いたるは尤も適当にて当時流行の新療法に相違なく、毫《ごう》も不都合の物にはなく候う。官立医院。

と読み終《おわ》りて、さてもふしぎや飲みたるものは二つとも毒ならぬに、ばあどるふの死せしは中毒と三人の医師の云いしこそ怪しけれ、吾が夫《つま》の仇《かたき》取って給われと泣く程のろざりんが毒を飼《か》いしとも思えず、七年以前の原因はさて置き、今が今の死亡の訳が分らずばと思案せしが、忽ち悟りて何か手紙を認《したた》め呼鐘《よびがね》ならして、返辞をと云い附けて後、又昨日受取りし書付を取り出し見るに、貴殿大切の重宝《たから》それがしの為めに紛失致され候うに付いては、毎月百五十弗《ドル》ずつ必ずそれがし身を終るまで其償いとして呈上《ていじょう》すべく候うなり。

　　ばあどるふ様　　　　　　　　伯爵しゃいろっく

拙者大切の宝貴殿の為めに紛失致し候え共、其償いとして毎月百五十弗《ドル》ずつ給わるべき旨御契約下され候うに付いては、決して爾後《じご》宝の事につき紛紜《ふんうん》申すまじく候う。其為め一札件《いっさつくだん》の如し。

　　伯爵しゃいろっく様　　　　　　　ばあどるふ

はてさて怪しき契約状、失いし宝とは何程の物か知らねど七年前より毎月百五十弗《ドル》ずつ、ざっと積っても一万二千弗《ドル》許りと首を傾《かたぶ》くる所へ、小使の出す返辞、御訊問《たずね》通り甘汞と塩酸類を合すれば昇汞《しょうこう》となりて大毒なり。化学分析所。御尋ねの如く甘汞と塩酸類を同時に服すれば腹中にて昇汞を生ずる故に斃死《へいし》す。官立医院。

と読み下して、さてはあの伯爵め怪しいな。

其　五

行きし人は追えども帰らず、落る涙は払えどもつきぬ恨みもあだなりあだなり。ばあどるふの葬式《ともらい》今日と沙汰ありて、うら若き後家のなよなよとしたるを助けて、隣家《となり》の誰、向うの誰が差図に万事漸く片附きて、愈々何がし上人の読経、あり難くはあれど極楽か地獄か誰《た》れも知らぬ所に送られたるあわれさ、ましてや毒死との評判、仇も分らず訳もわからず、仏さまはさて置きあの美しいろざりんが胸には妄執の雲晴れやるまい、頬には悲歎の雨ふって沸《わき》たる御気の毒なこと、と鬼はなき世の中、会葬者もいと多きに、しゃいろッく伯爵さま、警察署長のぶらいとさま、医師のぐれんどわあまで加わり給いしは、せめてもの名誉といわれても何嬉しかるべき。ろざりんは眼をふさぎて口には「ああめん」と唱えても、心にはあやしやとや喞《かこ》ちけん。怪しや怪しやと人の噂も無理ならず、此事八方にひろがりて当時の語りぐさとはなりぬ。

二百里ほど隔りて何とか云う山の下の村はずれに、春なお寒き風にまかせて、枯れ木朽ち木を焼火《たきび》する乞食《こつじき》も、暖まるにつれての僣上《せんじよう》物語り。野の中に暖炉は伯爵の身分でも持つまい、と一人が云えば、それで思い出したが伯爵の、ええなんとやらいう人がばあどるふという男を毒殺した嫌疑を受《うけ》たに付《つい》て、警察署長の油を取られたという話し、きびがよいではないか、と答うる傍《かたえ》にきき居たる老婆が、其ばあどるふという男は何処《どこ》の者、と問うを笑いながら、なんでも東の方に大分離れた所だそうだが、其又後家がめっぽう若くて美しいそうな。それは結構、どうぞや頂戴致したいもの、とまぜるを打《うち》けし、それではもしや伯爵の名はしゃいろッくと云いはせぬか、と老婆の言葉。おおそれそれ、そのしゃいろッくがもしや毒殺したのではあるまいかと警察の眼で見たそうだが、ねらいははずれてあべこべに捻《ひね》られたとの風聞、婆さんおまえの知り人《びと》か、と云われて、いいえ、と答を短かくしたるは、何やら隠したらしいそぶり。のみこめぬと二人の乞食の疑うを余談にまぎらして顔そむけたる、これもあやしや。一人の乞食のずいと立って婆を捕えしもあやしや。

其　六

ぼなという者を引き連れて帰りたるうぃるりやむはぶらいとの前に出で、数月前ばあどるふの家をおとずれて何程かの金をめぐまれたる者こそ手掛りなれと身を乞食にして旅行中、此老婆に運よくめぐりあいて、くいッくりいの所以《いわれ》もあらかたは分りました、これぼなよ、かくさず云うがよい、とさとされて涙をこぼしながら、はずかしのありさまに落魄《おちぶれ》たるもばあどるふの為めなれば、悪《にく》しとは思いたれど死なれては恨みもなし、昔は其人とふたり暮し、伯爵しゃいろッく様の御別荘の花園守《はなぞのも》り、貧くはあれど夫婦の中も深見草《ふかみぐさ》、いいかわす言葉に薔薇《ばら》のとげもなかりしかば、くいッくりいという子までもうけて睦《むつま》じく暮らし、掌中の玉、かざしの花さく行末《ゆくすえ》をたのしみに、よき姫百合となれかしと育つれば、日にまし光りも照り添う計《ばか》り、ぼなの子にはすぎ者と我身をわるく云われても、娘のほめらるるを嬉しく、種痘瘡《うえぼうそう》のよくつけと気をもみ、歯ならびが悪うなってはと乳歯《ちちば》の抜けるにも苦労し、肌があれてはとあらき石鹸《シャボン》もつかわせず、遂に色盛りの十八の春を迎えし時、ああ思い出しても胸の痛くなる事、あの伯爵様のお眼にとまり、度々《たびたび》めされては御邸《おやしき》へ上り、「おるがん」やら「ぴやの」やら未熟な芸を却ってほめられ、其度毎に莫大の賜《たま》ものはありがたけれど、或夜の雨さえ降りたる折、遅く帰りて顔色わるく、どうしたこととたずねても応答《いらえ》せず臥床《ふしど》に入りたる其翌朝、夫婦が目さめて見れば空蟬《うつせみ》の殻《から》計《ばか》り、あきれて言葉もなき所へ、此方《こなた》の娘御が入水《じゆすい》なされたと里人《びと》のかついで来たる亡骸《なきがら》、分別は出ねど涙が先走り、惜しや夜あらしに色も香も失せたるを抱《いだ》きしめて、是も名残の娘の蒲団に見にくきをかくすとて、手に触《さわ》りしは一《ひ》とひらのかきおき、今も離さず持って居りまする、と懐より出《いだ》すを見ればやさしき手、

先だつ不孝の罪の軽《かろ》からぬ事は申すまでもなく存じ居り候えども、さりとて惜しからぬ命、甲斐もなくながらえ居り候うも面伏《おもぶせ》なる事と思いあまりて入水いたし候う。父上母上には御存じなく候え共《ども》、ぴいたあと申す人尋ねられ候わば、吾が身事紅宝《こうほう》石《せき》入りの指環確かに身を離さず亡くなり申し候う故あわれとも御思召《おぼしめ》し、「さふぃや」の指環御覧の節《おり》は一遍《いっぺん》の御回向《ごえこう》たのみあげ申し候うと御言い伝え下され度《たく》候う。別封は父上より伯爵に渡され候わば、父上母上とも老後の御生活《おくらし》御心易かるべしと存じ候う。申しあげたき事山々《やまやま》なれど惜しき筆とめ候う。かしこ。

返すがえすも父上母上とも、かくなり候うも神様の御思召しと御あきらめ下され、万々《ばんばん》御歎きあそばされぬよう、大事の御身体《おからだ》の為に祈り申し候う。

二月七日夜　　　　　　　　　　　　くいッくりい

とあるこそ愈々あやしき事なれと、ぶらいとは尚物静《しずか》にそれより後を問えば、老婆はますます泣きながら、其時夫婦は此書置《かきおき》をよめどもさらに分らばこそ、其別封を披《ひら》いたらもしや仔細の知るる事もと、私《わた》しは云えど夫は許さず、伯爵様へ持ってまいれば、それより月々に大金を給わるというあやしさ、わたしは娘が何故に死んだと夫にきいても、曖昧に知らぬと計《ばかり》の挨拶、うるさく聞けば果《はて》は怒りて、遂に物争いすることも度々の末はつれなき別れ話し、去られて今の此ありさま、何処《いずく》ともなくさまようて数月以前に此《こ》地《こ》へ来り、ふと邂逅《めぐりあ》った時、夫は私しの姿をば見るとひとしく涙ぐみて三十弗《ドル》をめぐみ、再び此地へは来てくれるなとの頼み、思えば逢うが別れにて、娘計《ばか》りか夫までが疑わしい死によう、と身をふるわして泣くを道理《もっとも》となぐさめながら、それにしてもぴいたあという男は尋ねて来なんだかと云えば、尋ねても来ませねば「さふィや」の指環もどういうことか知らねど、紅宝石は娘の指に在りました、との答え。あやしきことは此老婆を得て既に大抵尽きたれど、またぞろ一つ湧き出でたり。ちゃあれすが帰り来ても別段何も解らざるこそ、さてもあやしけれ。

其七

一月《ひとつき》ばかりは夢の如くすぎて何のことも分らず。ばあどるふの頓死は心ありて伯爵の謀りし事か、心なくして薬の喰合せかと疑いも晴れぬ曇り空に、月の光りもはっきりとせぬ真夜中頃、ぶらいとは何の気もなく何がし寺の埋葬地の傍らなる木だち生い茂りて唯さえ暗き所を通り掛る時しも、浮雲に吼えつくような犬の声遠く聞え、陰々《いんいん》と薄気味わろく、思わずもぞっと身の毛よだって、風も腥《なまぐ》さきかと心迷いのせられながらそっとふりかえれば、古き石塔のさびしげに黒ずみて立てるもあれば、大理石にやあらん新らしき墓じるしの朧《おぼろ》ながら青白きも、誰人《たれ》の名ごりの俤《おもかげ》かとすさまじく見ゆるけしき、流石《さすが》に心弱く物驚きするとたんに、ごそりごそりと聞ゆる響、其ままかけ出《いだ》さんとはしたれども役目がらそうもされず、こわさを忍びてうかがえば、白銀の針をあざむく長き髪おどろにふり乱し、潮《うしお》にしゃれたる木仏の如くなる骨立《ほねだち》し猿臂《えんぴ》を伸ばして、今や掘り出《いだ》したる棺桶の蓋開かんとする意気組はぎらつく眼《まなこ》にあらわれて、人喰い婆の物語りむかしにあらず、霜の如き息ほっとつき、伝え聞く、毒に死したる亡骸《なきがら》には魂魄《こんぱく》長くとどまりて、恨みの晴るるそれまでは皮肉も破れ朽ちずとかや、我も昔は御身の妻、たとえ一度《ひとたび》去られても子までなしたる中《なか》なれば、毒死と聞きて其ままに仇も報わず仔細も分らず、よそに見過し置くべきや、愈々毒死かさもなきか実否《じつぴ》を見んと此始末、ゆるし給え、と云いながら、拳をあげて丁《ちよう》と打つ。腐りし棺はいともろく四方にばらりと摧《くだ》くる拍子、ぱっともえ立つ陰火《おにび》の蔭に、すッくとたちたるばあどるふ、眼は凹み肉落ちて、口の端に滴る血しおも生々しく、声もあやしくうらがれて、よくこそ尋ねくれたるかな、思いまわせば七年前、あの伯爵めに吾が娘くいッくりいは無理無体、遁《のが》る方なく一生の恥辱を負わせられたれば、恋しと思う男には添うことならぬを恨み怒りて、遂にはかなくなりしなり、手を下さずも伯爵は可愛《かわゆ》き娘の当の仇、おのれやれとは腹立《だ》てど、やさしき娘の書置に、憎しと思う伯爵の罪を忘るるその代り、子のなき夫婦をはごくむようと、道理をせめて両方を丸く治めし利発さに、恨みはさらに尽《つき》せねど、百五十弗《ドル》月々によこすという故ふッつりと娘の事は云い出さず、住居も換えて居たりしが、うらめしや伯爵め、吾が身が熱に浮されてもしや大事を口走らば、名誉を售《う》って上院の議員にもならんと思う矢先にさまたげと、法律を遁るる工夫をなし、医者の与えし薬と共に飲めば忽ち腹中にて大毒となる飲料《のみもの》を与えて我を殺せしなり、あらうらめしや、まさしく我は謀られて殺されたれど、伯爵の与えし物は毒ならず、よし裁判に訴えてもあの伯爵は無罪にて、却ってそれを訴えし者は人を誣《し》うるの罪に落るべし、あらうらめしやうらめしや、娘も殺され我もまた全く彼に殺されても、恨を報ゆる道もなし、たのみにならぬ人の世の法律こそは価直《ねうち》なき、あら口惜しのものなれや、遺恨は深き黄泉《こうせん》のながれに漂う吾が魂《たま》のうかむ瀬さらにあらぬぞよ。

其八

あまりの怖しさに声も出ず、苦しみてかたえを向けば、ありありと此方《こなた》にも座り居る老婆のぼなが、何とてあれ程にうなされ給いし、と親切の介抱。さては思い寐の夢、たのみにならぬ法律を尊ぶ人の世の現《うつつ》に帰りしかと、醒ても鈍《おぞ》ましく我ながら茫然たりしが、不図《ふと》身を起して衣服をあらため、忽ち下婢《げじょ》として養い置きしぼなを引き連れ、貧民院に行《ゆき》しぶらいとの心の内こそあやしけれ。其後《のち》は事もなくて三日計《みっかばか》り過ぎしが、幽霊の物語り真《まこと》にしても証拠にはならず、ましてや当《あて》にならぬ五臓《ごぞう》の疲れより起りし事取るに足らずと、遂には決断やなしたりけん、ろざりんの許《もと》、医師の許、伯爵の許へ各《おのおの》一通宛《ずつ》の手紙を出して、ばあどるふの頓死につきては十分探索の力を尽《つくし》たれば、全く謀殺者ありしに非《あら》ざること判然として、偶然の事変に相違なき事明かなれば、各位《おのおの》を疑い申せしは却って此方《こなた》のあやまりなれば、失礼を謝し併せて各位の御潔白なることを証明致し候う、と云い送りければ、世間のやかましき評判もやみて、へんりい、ぶらいとの軽忽《そそう》なりしを笑う噂ばかりとなり、伯爵が薬を飲みしは正直勇猛とほめたたえられて人気付きければ、撰挙《せんきょ》にも預りてかねて望みの貴族院にも入り、豊《とよ》さか登る朝日の勢いよく、温和の光りは草の如き者にまで及びて慈善家の誉れも高く、あすこの令嬢此処《ここ》の後家にも慕われて時めきたりしが、世の法律をこそくぐるべけれ、天の道をば何の免《まぬか》るべき。かりそめの風邪の心地《ここち》と打ふせしが、頭あがらず次第次第に衰え弱りて、別段の苦しみはなけれど医薬の効《しるし》見えず、十日《とおか》あまりにめっきり瘦せて心細き床の上、寐られぬままにさまざまの昔の事胸先《むなさき》に浮ぶ真夜中頃、しゃいろッくめ。

其九

薔薇の花も萎《しぼ》み枯れて後は香《におい》なければ、人の形体《からだ》の腐れて尚幽魂《ゆうこん》のあるべき所以《いわれ》なしとは知れど、現在此頃《このごろ》毎夜毎夜、しゃいろッくめと責むるは、たしかにばあどるふの声、伯爵さまと恨むはくいッくりいの音調、姿の見えぬはまだしもなれど、神経病となりしは我ながら残念。さりとてまざまざと聞ゆるあやしさ。今日は気に入りの奴僕《しもべ》てにいを吾が傍《かたえ》に置かんと、其手筈しての夜も十二時すぐる時分、恨しや伯爵さま、おのれしゃいろッく、と云われてぞッと驚きながら気を取り直し、てにいを見れば平気な顔付、何か聞こえはせなかったか、と問えば、いいえと答うるあやしさ。偖《さて》は愈々幽霊にはあらず、吾が心のまよいと悟りても、是より後は一夜に三度《みたび》も魘《おそわ》るれば強情の男もたまらず、烈しくならぬ内静《しずか》なる所を見立てて鉱泉冷浴《こうせんれいよく》よろしからんと医者のすすめに、さらば貴殿も同行をと頼めば、頭かきながら、愚老はしばらく手の離せぬ病人を受合い居れば、ぐれんどわあというものを御連れ下され、愚老の友人にて医道も巧者に親切な男で御座ると聞いて、少し快《こころよ》からぬ方《かた》もあれど、それを頼むことに極《きわ》め、騒しきはよろしからずとの差図、遂にてにいと料理人を合せて僅かに四人、何とかいう山中《やまなか》へ行き湯治したり。

ここは都と違い、よろずいぶせく物さびしさも一《ひと》しおにて、しんしんとふけ渡る二時頃、「らんぷ」の光りも何となく暗くなれば、忠義のてにいは心得てねじを動かし心《しん》を出せど、一しきりは明るくて、やがて又消ゆる如く朦朧となり、例の如く、おのれしゃいろッくめ、恨めしや伯爵さまと聞ゆれば、むっくと起きて両眼を活《かっ》と見ひらき、はったと睨む鼻の先にあらわれたるくいッくりいの姿の、髪は乱れて濡れごろも、しょんぼりと立つ傍《かたわら》に、ばあどるふ口のあたりに血も乾かず、遺恨の眦《まなじり》恐ろしく飛《とび》かからんとする勢いにたまらばこそ、枕元の薬罐取るより早く打付けたり。

其十

宿の手代は大《おおい》に驚き馳せ来りて、けしからぬ物音、是はまあどうしたこと、牕《まど》かけは薬にそまり硝子《ガラス》はこなごなに飛び散りました、といぶかるに、てにいは捨てても置かれず、前にも云うた通り旦那は精神病、御心配には及ばず、損じ物は償いまする、と挨拶してことは済みたれど、是より毎夜毎夜姿さえ眼に見えて責めらるるしゃいろッくの苦しさ。ぐれんどわあも匙《さじ》をなげたる様子と、気は慥《たしか》なれば察して知るだけ猶心細く、神の罰《ばち》かと自ら責むる折さえありて、本来の善性《ぜんせい》に帰る時は伯爵の位に高ぶりし行いもうらはずかしく、議員となりし名誉も何のいらぬこととさとり、忠義一図《いちず》のてにいが一生懸命我身の平安を涙声になりて祈るを壁越《かべごし》に聞いては、天の道に背きし昔を悔い、神にも今は見放されてかと歯をくいしばるも数々《しばしば》なりしが後悔は先に立たず、幽霊は常にあらわれて一夜に二度三度まで魘《おそ》わるるせつなさ、悪人ながら哀れなり。

或日手代御機嫌を伺《うかがい》ながら、此里の山つづき奥深く、白雲常にただようて仙禽《せんきん》の囀《さえず》り耳に新らしき高嶺の洞穴に、座禅の膝を組みて五官の慾を抑え、観念の眼《まなこ》を開きて一巻の聖経を誦《しょう》し、心を松風に澄まし喉を渓川《たにがわ》に潤して、人というもの相手にせず、唯々神様を師とも主ともなし、大事の命を犠牲に捧げての修行者、きいと申さるる方あり、道力いみじく御座《おわ》せども、みだりに麓《ふもと》へは下られざりしが、十年ほど以前侯爵の何がしさま、是も御前《ごぜん》と同じ精神病にて助かり難くありし時、御駕籠にめして分《わけ》のぼられ、山の半腹まで行きて一心に憐《あわれみ》を乞われしかば、飄々《ひょうひょう》として来り給い、懺悔状と恨をなすべき心あたりの人の品物と二《ふた》くさを受け取りて、直《ただち》に焼き滅し、天に向いて祈念ありしが、侯爵の殿はそれより心すがすがしく、遂に平癒あそばしめでたく御帰家なされしことあり、夫《それ》も今は頼みにならず、木こり山がつも此頃はきい行者をお見かけ申さぬとのこと、と歎息しての物がたりに聞き惚れたるしゃいろッくは、てにいそなた太義《たいぎ》でも案内者雇うて山深く分け入り、きい行者のあるなし糺《ただ》して来て呉れ、と、伯爵の貴《たっと》き方が奴僕《しもべ》にいいつくるさえ丁寧になりしお胸の中《うち》いたわしやと、てにいは直《すぐ》に出て行きけるが、其夜は殊に淋しく四五度までも魘《おそ》われ苦しみし翌朝、蔦《つた》かずらよじ登りて漸く尋ね逢いは逢いましたが、きい行者は以ての外の気色《けしき》にて、しゃいろッくは驕慢の心まだ抜けねばとても助くる訳にはゆかず、いよいよ罪を悔みて真心に帰りなば懺悔状自身に作り、心当りの恨む人の品物何にてもひとくさ持参し、正直になりて山の半腹まで来との言葉《こい》、とてにいが話すに、昨夜の苦《くるしみ》を思えば我慢の角《つの》も折れ、きい行者の見透しには胆《きも》も落《おち》る計《ばか》りに驚ろき、流石のしゃいろッく力なき手に「ぺん」を取りて、ひそかに懺悔状認《した》め、てにいを従えて山駕籠に痩せし身を載せ段々行けば、松柏《まつかしわ》の梢そらにそびえてこうこうと吹風《ふくかぜ》の音すごく、漲《みなぎり》ながるる渓川《たにがわ》のけしきすさまじ。見上ぐれば岩山峨々《がが》として半《なかば》は雲にかくれ、悲し気なる鳥の声ひややかに襟元に落くれば、此世から生れかわりし如く、しゃいろッくは茫然としてあり難さ身にしみ、何の訳ともなく両眼に涙こぼれける。

やがて駕籠を下り、よろよろと地に跪《ひざま》ずき首《こうべ》を低くして一心に、きい行者救いたまえと念ずれば、てにいはじめ人足共は片《かた》えの岩蔭に隠れ休みたり。十分も過し頃、しゃいろッく頭《かしら》をあげいと厳《おごそか》なる詞《ことば》に、伯爵は起《おき》んとすれど病疲《やみつか》れたる身の自由ならず、漸く首《かしら》だけもたげて恐る恐る見れば、白髯胸を覆いて眼の光りすずしく、広き袖の麻の服をゆたかに着なしたるありさま、神の使かと思われて切《しき》りにわななくを行者は見給い、しャいろッくは此山《ここ》にて生《うまれ》かわるべし、汚れたる今までの行いを捨て清き身となるべし、懺悔状いざ受取らん、天に祈りてつかわすべし、とさし出《いだ》し給う手に懺悔状及び一ひらの書き付《つけ》を捧ぐれば、取るより早く掌《てのひら》に置きて高く捧げ、呪文を唱えて天火をもって焼き給えば、炎々《えんえん》として焚《もえ》たりけり。伯爵は感佩肝《かんぱいきも》に銘じて伏し拝み伏し拝みする間《ま》に、時々行者の祈禱の声いと古き語《ことば》にもやと覚えて、耳にほの聞ゆる尊《とう》とさ。やがて仰ぎ見れば行者ははや影も形もなく、是はと驚く所へ、しャいろッくは生れかわるべし、と何処《いずく》よりか響きたり。

其十一

生れかわるべしとの一言《いちごん》耳に残りてあり難さ忘られず、是より幽霊も出《いで》ずなりければ、別に病もなき事ぐれんどわあの薬力見えてめきめきと肉づき再び旧《もと》の姿に復し、都へ帰えり花さく身となり、親しき朋友《ともだち》知る人共《ひとども》を招きて床上げの祝宴、てにい料理人までも慰労金貰うたるよろこびのあまり、道化踊可笑《どうけおどりおかし》く「ぴやの」の音《ね》もさざめき渡りし其夜忽ち拘引せられて、三日《みっか》たたぬ内に死罪の宣告、さても世は無常なり。

其事にたずさわりし代言人につきて仔細を問ば、料理人を初め宿屋の手代、きい行者は皆探偵にて、医師のぐれんどわあも内々《ないない》依頼を受けて力を協《あわ》せ、ばあどるふ、くいッくりいに声色の似たりとぼなの認めし貧民の男女《なんによ》を忍ばせて、あやしき言葉をひびかせ、油に水をまぜ置きて真夜中に暗くならせ、精良の小幻灯、白壁《しらかべ》窓掛《まどかけ》にあやしき姿を見せ、きい行者の手品一杯食わされしも一罎《びん》の毒の返報。自筆でばあどるふを殺したとの懺悔状には弁護人の口もひらけず、殊更くいッくりいの書き置きもきい行者の手に残りたれば、二罪倶発《ぐはつ》、ああ恐ろしきしゃいろッくの巧み、毒を用いで毒で殺せば、噫《ああ》おそろしきぶらいとの智恵、法律にのらぬを法律で罰すると、聞く人舌を捲くは是のみならず、忠義無双《ぶそう》のてにいは探偵だんきゃんなりしとぞ。其後はこれにて凡《す》べての怪《あやし》きこと、怪しくもなきに、ぐれんどわあは或時ぶらいとを訪《と》うてくいッくりいの書き置きをひらき、

一筆《ひとふで》かき残し申し候。我身こと御前様《おんまえさま》の為めに此世の望みも絶え果て候う所の大恥辱をうけ申し候うに付いては、最早惜《もはやおし》からぬ身を捨て候うて、自ら心の潔白なるを或人に向いてあらわし候うより外に楽《たの》しみも御座なく候う。まことに御前様の御ふるまい骨身に答えて口惜《くちおし》くはぞんじあげ候え共《ども》、畢竟《ひつきよう》我身を深く思召《おぼしめ》し余りての事と恨むばかりにはあらず、嬉しき方《かた》も御座候えば陰ながら御前様あしかれとは存じ申さず候う間《あいだ》、何卒《なにとぞ》御心正しく持たれ候うて行末《ゆくすえ》ながく御栄《おんさか》えなされ候うよう念じあげ申し候う。たよりなき父母《ちちはは》わたくし亡くなり申し候う上は、老後定めし難渋のことと思いやられ、一層御前さま恨めしくは候えども、なにとぞ父母の行末相応に御《おん》

扶《たす》け下されたく、さすればわたくし事一生の恨を忘れ、却って御前様をありがたく存じ申すべく候う。又父母ともゆめゆめ御前様御所行に付いて口外致すまじく、つまり御前さま御為めにも父母の為めにもよろしくと考え申し候う。申しあげたき事は沢《さわ》なれど、まずは御暇《おんいとまつかまつ》仕り候う。

くいッくりい

二月七日

伯爵しゃいろッく様

愚父立合にて御開封下され度《たく》候う。

と読みてわっと男泣きに泣きたるは怪《あや》しと見れば、其筈の事、ぐれんどわあの指には「さふィや」ぞ輝ける。

嫌疑

久米正雄

高等学校の寄宿舎に放火があった。「自分だってやりかねない」と彼は思う。明日の試験準備が出来ていない。しかし落第すれば学費が続かないのだ。

久米正雄　くめまさお

明治二十四年（一八九一）～昭和二十七年（一九五二）長野県生れ。東京帝国大学英文科卒業。菊池寛、芥川龍之介らとともに第3次、第4次「新思潮」にかかわる。夏目漱石に師事した。大正十一年（一九二二）に発表した代表作「破船」は、漱石の令嬢に失恋した実体験に基づく。〈微苦笑〉の造語者としても知られる。「嫌疑」は大正三年（一九一四）「中央公論」に発表された。

高等学校の寄宿生に、試験期が来て二三日目の事であった。競争の激しさと、勉強の苦しさとに堪え兼ねた結果であろう。誰か東寮の廊下の隅へ、放火をした形跡が発見せられた。それは幸にして建物にまでは燃えつかずに、只放火の材料たる石油を注いだ古新聞と、その附近の床板を僅かに焦したに止《とど》まった。けれども問題は全寮に拡がった。そして色々と犯人が探索せられた。しかしそれに関する手懸りは、今に至って少しも得られなかった。——

小林がその話を聞いた時、彼は自分だってその位の事は、苦しくなればやり兼ねないと思った。そして今のようにこう神経衰弱が嵩《こう》じて来ては、いつ何時自棄《やけ》な心になろうとも測られぬと思った。従って寄宿舎のためにこの事件を患《うれ》うると云うよりは、実際犯人の心持に同情するところが多かったのである。

それほどに彼は今度の試験が苦しかった。一体に頭脳がよくない彼は、試験になる前から可なりひどい神経衰弱に罹《かか》っていた。毎《いつ》も晩春の頃から襲うて来る憂鬱症に加えて、今年は家庭的な事情が彼を殆んど絶望的にさせた。家の方で郡役所の書記をしていた父が、突然職務をやめたため、今まで辛うじて続けて来た送金が、ばったり絶えて了ったのである。

彼には母はなかった。故郷にはただ五十に近い父が、淋しい孤栖《こせい》の十年を守って、ひたすら吾が子たる彼の成人を待っているのであった。貧しい中から学資を出して貰っている彼は、毎日殆んど一銭の小遣いもないような、切りつめた生活をして来た。寄宿舎に入っていれば、食料と舎費を払っても、九円の学費は二円の余りを生じた。けれども月二円の余裕は、一人の学生の小遣いと称するには、余りに小額であった。彼は参考書は勿論、教科書すら満足に買い得なかった。他の寮生らと共に、僅かの無駄食いをする事も出来なかった。時によると洗濯代さえ払い兼ねたため、ひそかに水浴場へ行って自ら襯衣《シャツ》の洗濯さえ敢《あえ》てした。

しかしその僅かな学費でも、毎月父が俸給の半ばを割《さ》いて、きちんきちんと送ってくれる中《うち》はよかった。それがどうしたものか今になって、卒業にあと二カ月という時に至って、はたと絶えて了ったのである。父がどう云う事情で、どう云う境遇に入ったのか、いくら問い合せの手紙を出しても、その後の音信さえすっかり切れて了った。父の最後の手紙には、己はいつまでこうして郡書記なぞをしていても、生涯うだつの上る見込はないから、今の中に思い切って辞職する。そして二三年来考えて置いた仕事があるから、専心それに従事する。その仕事さえ成就すれば、おまえの卒業を待つまでもなく、己は日本での成功者の一人に数えられるだろう。その時になったら己の無能を嘲《あざけ》っていた奴らに物を見せてやる。おまえもそれを楽しみにして待っていてくれ。それは長くて一二年の中だ。——こんな事がとりとめもなく書き立ててあった。彼は、その手紙を見て、何ともいえぬ妙な心持になった。それはもう五十に手の届く父の思慮にしては、余りに子供じみている。そしていつも昔流の候文で、簡単に用件だけ書いて来る父にしては、余りに理路を失っていた。彼はふと、父が発狂したのではあるまいかと疑った。けれどもそうと断定して了うのは、彼の肉親の愛情が許さなかった。彼は疑いかけて、慌《あわ》ててその疑いを撤回し、そして辛うじて最後に、実は父が免職になったのであるが、それは自分に匿《かく》すために、わざと自発的にやめた如く、誇張して知らして来たのである、と云う推定に達したけれども、それはいずれにもせよ彼に取って容易ならぬ事態であった。彼は早速詳しい事情を反問した手紙を出した。返事はなかった。もう一度出した。それでもまだ返事はなかった。彼はすぐにも帰郷して、実相を確めたいと思った。けれども学年試験は目睫《もくしょう》の間に迫っていた。人々はその準備に夜も日も足らぬ有様であった。それに加えて彼は生憎《あいにく》家へ帰るだけの旅費もなかった。

「もうあとたった一と月だ。ここを卒業すればどうにかなる。石に噛《かじ》りついてもあと一と月だ」詮方《せんかた》なくこう呟《つぶや》いた彼は、どうにかして卒業前のこの一と月を、切りぬけようと決心した。そしてそれからは実際三度の食事を二度に減じた。この寄宿舎の賄料《まかないりょう》は、一日分二十銭であった。しかし一食ずつ計算する場合には、朝食が五銭で、あとの昼と夕とは各々八銭宛であった。それで彼は朝食と夕食だけで我慢する事に定めた。そうすると食料は、一カ月三四円位で済む筈であった。こうして彼は専念勉強に没頭しようと思った。

けれどもそれやこれやの煩悶《はんもん》は、彼をすっかり真実の神経衰弱にして了った。彼は机に向っても、只いらいらと空汗を掻《か》いているだけで、勉強という程の業績も上らなかった。外界は五月の終りで、物皆が初夏の光に輝いているが、彼の心はその刺戟《しげき》に堪えられぬ程、暗く沈んで行くばかりであった。

「こんな頭の調子で試験が受けられるだろうか」

彼は机に向って幾度かこう自問した。けれども彼はいくら頭が悪くても、試験を受けねばならない境遇にあった。卒業をもう一年延ばして、ゆっくり静養をするなぞと云う贅沢《ぜいたく》は、この一月の学費にさえ事を欠くこの際の彼に、どうして考えられよう。全く石に噛りついてもここだけを切りぬけねばならない。彼はきイきイ云いそうな後頭部を鞭《べん》打《だ》して、ようやく試験の準備に取りかかった。

試験が来て初めの二三日は、どうかこうか無事に済んだ。そして彼は苦しみに苦しみを重ねて、四日目の今日に到達した。——

時計台の鐘が夜陰の中で遠く二時を打った。小林は明日試験のある独逸《ドイツ》語の本を前に置いて先刻からぼんやり蠟燭《ろうそく》の焔《ほのお》を見凝《みつ》めていた。明日の独逸語は、この学校でも苛酷な評点を附けるので有名な某教師の担当に属していた。彼は一学期にも二学期にも、殆んど零に近い注意点を取っていた。そして三学期の今度と云う今度に、それを償《つぐな》う優等点を取らなければ、そのため落第の悲運に立到るのが目に見えていた。それであるから彼は、今日昼の中から全力を尽して、その教科書を調べ出したのであるが、十一時の消燈までに調べ終えた量は、僅か全体の三分の一にも満たなかった。消燈を予告する小使の鐘が鳴り、やがて室に点《とも》っていた三つの電燈が、尾を曳くようにすうと消えて行った時、彼は舌打をして独逸語の本を暗中に伏せた。しかしここで自暴自棄になって了うことは、即ち一年を棒に振る事である。——こう思い返した彼は、再び勇を鼓して蠟燭に火を点じた。

やがて彼の前には黄色い光りがちらちらと揺れて、そこのレクラム本の細かい活字の上に落ちた。振り返って見ると彼の背後にも、灰色の壁の上に大きな弱い影法師が動いていた。

彼は心を落着けて読み出そうとした。けれども一旦いらいらし出した頭は、再び静まらなかった。蠟燭の舌の伸び縮みが、第一に彼の神経に障った。暫くそれを堪えて読んでいる中に、今度は眼が疲れて、読んでいる行とその次の行とが重なり出した。そして後頭部が変に熱して背中を気味の悪い冷汗がすうっと走って来た。

「もう駄目だ」彼はこう呟《つぶや》いて、本を叩きつけた。けれどもまだ万事を放擲《ほうてき》して、寝室へ上って了うには少しく未練が残っていた。それで一旦叩き附けた本をもう一度取り上げ、念を押すように未《ま》だ調べ終えぬ頁《ページ》を飜《ひるがえ》して見た。そしてそれを、調べ終えた部分と比較し、更に今までの時間と努力とをその上に割り当てて見ると、明朝までかかってもその残余――と云うよりは大部分――を片附ける事は困難であった。それに今調べ終えたと称する部分も、顧みれば只漠然と眼底を一過したにとどまっていた。

「これは到底駄目だ」再び彼は心でこう独語した。

ふと狂暴な心が彼の身の中に湧き立った。彼は眼前にあった本を、再び取り上げるや否や、畜生と叫びながら強く壁上に叩き附けた。激しく風を切って壁に飛びついて五冊厚みのレクラム本は、一旦その壁に粘りついたように見えたが、直ぐ頁を飜してばさと床上に落ちた。

彼はいくらか満足したように、それを見やった。そして彼のこの激しい動作で、一旦煽《あお》りを食って黄色く横に流れ靡《なび》いた蠟燭の焔《ほのお》が、再び真直ぐに燃え静まった時、彼の血走った眼は、飽く事を知らぬ獣のそれのように、爛々《らんらん》と暗の中を見凝《みつ》めていた。

「やれ！　やれ」何ものかが彼の耳の中で囁《ささや》いた。しかしやれとは何を？――彼は自分の決心に自分から吃驚《びっくり》して四辺《あたり》を見廻した。そしてその考えを吾から振い落そうとするかの如く、激しく頭を左右に振った。

「これは一と思いに寝て了おう」こう決心した彼は、急いで蠟燭を取ると、廊下へ出た。そしていつもの通り西寮の西の階段を上ろうとして、思わずそこに佇立《たちどま》った。

彼の足を止まらしめた観物は、その廊下の隅に置いてある、紙屑《かみくず》入れの炭俵であった。薄暗いカンテラの光りを浴びて、そこの階段の下に、影のように置いてある炭俵であった。彼は見てはならぬものを見たように、はっと息を引き切って、じっとそれに見入った。

「おまえの探し求めていたものはあれだ」何ものかが彼の耳の中で囁《ささや》いた。

彼は何ものかに引寄せられたように、そっとその炭俵の方に近づいた。そして右手に蠟燭を持ちかえて、再びまじまじとそれに見入った。見入りながら彼はこんな事を考えた。――この炭俵は彼の手の下さるるのを待っている。彼は只右手に持っている焔を、それに近づければいいのだ。そうすればやがてそれは燃え上って、階段に移り、床板に移り、天井に移って、忽《たちま》ち全寮が火となるであろう。そうすれば明日の試験は延びるであろう。延びれば又何とか準備もつくであろう。……

彼がこうして想像の眼で漠然と、高い所から寮の燃える光景を見下ろしていた時に、一人の巡視が猫の如く忍び寄って、彼の肩を叩いた。巡視は彼の気附かぬ中に、廊下を曲って来たのであった。彼は叱驚して振り向いた。

「こんな所で何をしているんです」黒い服を着た巡視は、彼の頭から爪先まで見下ろし、又見上げて訊《たず》ねた。

彼は黙って慌《あわただ》しく巡視の眼を見返した。そして恐ろしく不利な地位にいた自分を発見した。暫くは言葉も出なかった。

「何をしていたんです」巡視は再び訊ねた。

「何もしてやしません。只立っていたんです。通りかかりに紙屑を棄てようと思ったんですがちょっと思い出す事があったものですから、佇立って考えていたんです」彼は気力を回復して、ようやく答えた。

巡視の顔には強《し》いて作ったような微笑が浮んだ。

「そうですか。そんなら早く行ってお休みなさい。もうやがて三時ですよ」

小林は出来るだけ沈着を装うて、階段を上って行った。そして登りきった所で、何気なしに下を見下ろすと、巡視はまだ怪しそうな顔をして、彼の方を見送っていた。

「ははあ、巡視め己を疑っているのだな」と彼は思った。「しかし疑われても仕方がない、己は現に想像では立派に放火したのだから」

彼はこう思いあきらめて寝床の中に入った。

床の中へ入ると又調べ残した独逸語の事が気になり出した。そしてそれに次いで当然起るべき落第の事、学費の事、父の事なぞが、一斉に意識の中へ頭を擡《もた》げて来た。すべては彼に取って暗黒であった。絶望であった。彼は世を挙げて、彼の生存を否定しているかのように感じた。彼は永い間寝つかれないで床上に輾転《てんてん》していた。

その中にやっとうとうとして来たと思うと、突然騒々しい足音と、けたたましい鐘の響によって、彼は半眠の状態から起された。

「火事だ。皆んな起きろ！」廊下をこう大声で呼んで歩く声が、はっきり小林の耳にも入った。彼ははっと思って飛び起きた。そして衣服を急いで引掛けると、慌てて廊下へ走り出た。そこここの寝室の戸が明いて、寮生たちがばたばたと二三人ずつ溢《あふ》れ出た。ようやく明けかかった薄暗がりの中で、西寮の廊下の端の方が白い烟《けむり》に罩《こ》められていた。

小林が駈けつけた時、火はもう消えていた。それは二時間前に、彼が想像の放火をした、丁度その場所から起こっていた。幸にして又僅かに燃え出したばかりの処を発見せられたため、階段の半面を焦がしたに止まったが、火元は疑いもなく先刻の炭俵であった。彼は人々の背後からその場所を覗《のぞ》き込んだ時、何だか息が窒《つ》まるように感じた。そして自分がその当の犯人であるかのような戦《おのの》きを覚えた。何だか誰かが何処《どこ》かで自分の様子を注意しているような気がして、そこに居たたまれなかった。それで又急いで寝室へ帰って、床の中にもぐり込んだ。

ふと彼は嫌疑が第一に自分にかかりはしまいかとおそれた。自分は火の起る二時間前に、確かにあの炭俵を前にして立っていた所を、巡視に見附かった。それにしても飛んだ所から火が出たものだ。あんな処を見附かった後で、こんな事が起るなんぞは、実に自分は運が悪い。嫌疑を受けたら、一体何と云って云い解いたものだろう。自分は確かに犯人ではない。それは自分が知っている。しかしそれは真に自分が知っているだけだ。

いくら犯人でないと云い張った所で、嫌疑は嫌疑として永久に残るであろう。——彼はつくづくと運命に呪《のろ》われている自分を感じた。

「しかし云い解けるところまで云い解こう。それから先きは仕方がない事だ」

こう呟いて彼は、布団を深く被《かぶ》った。疲れていたと見えて、又うとうとして来た。

その中に枕許で誰かが「おい、おい」と呼んでいるのに驚いて、小林は眼を醒《さ》ました。夜はすっかり明け放れて、窓には朝日が眩《まぶ》しく差していた。呼んでいたのは同室の鎌田であった。そしてその背後《うしろ》には寮の委員の安藤が立っていた。小林はそれを見た時、「やはり己に嫌疑がかかったな」と直ぐ直覚した。それで起き上りながら出来るだけ落着いて、

「何だ。何か用かい」と訊ねた。

「委員が君に用があるんだそうだ」鎌田は安藤の方を見ながら、強《し》いて平静に答えた。

「ちょっと君に聞きたい事があるんです。どうか一緒に寮務室まで来て下さい」安藤はきっと小林を見定めながら言った。小林はその眼付の中に、既に犯人として自分を取扱っている底意を、明白に認め得た。そしてそれを認めた瞬間に、何とも言えぬ不快な感じがこみ上げて来た。それでむっとしてこう答えた。

「そうですか。大方放火の嫌疑でしょう。では顔を洗ってすぐ行きます」

「いや、今直ぐ来て下さい。待っているのですから」委員はきっとなって云った。

「僕だって逃げたり匿《かく》れたりはしませんよ」

「いや決してそう云う訳ではないんだが……なるべく早く片附けたいと思いますからね」

しかし小林はそれ以上に逆らおうとはしなかった。逆らえば更に疑いを増すように感じたのである。そして委員の後に従って、寮務室の階上にある、舎監室へ入って行った。そこには舎監ともう一人の委員が、ひそひそと何か話し合っていた。安藤は小林を導き入れると、意味ありげな一瞥《べつ》を残して、室外に出で去った。

「さあどうぞ。ここへおいで下さい」舎監は自分の卓の前にある椅子を慇懃《いんぎん》に指した。それが如何《いか》にも小林には、そらぞらしい虚礼で、その冷たい丁寧な言葉の裏には、まざまざとした嫌疑が、――飽くまで彼を犯人と信じきった態度が、潜《ひそ》んでいるのだと思われた。

小林は黙って腰を下ろした。訊問《じんもん》は直ぐ始まった。

「あなたをここへお呼びしたのは、外でもありませんが、両三回起った寮の放火問題に関してちょっとお聞きしたい事があるんです」

「はあ」小林は顔を上げて、ちらと舎監を見返した。彼はこう云う切迫した場合に臨んで、猶《なお》舎監が果してどんな方法で白状させようとするかに、ちょっと興味を感じたのであった。

「実は昨夜あなたが現場附近に立っていたのを見たと云う人があるんですが、その時何かの過失で、あそこへ火種を落したような事はなかったでしょうか。勿論故意にでなく」

「そうですな。立っていたのは事実ですが、火種を落した恐れは万々無いと思います」

「いや無論過失にですよ。私共はあなたが過《あやま》って火種を落したかも知れんと、云って下さるのを望んでいるんですがね。過失は誰にでもあるものです。それは罪にはならないのですからね。今度の事もきっと過失でしょう。それに違いないのです」

「過失かも知れませんが、僕の過失ではないようです」小林は生徒監の釣り込み方が馬鹿にうまいなと感心しながら云った。彼が真の犯人だったとしたら、もうこの第一線で降伏したかも知れない。そして直ぐに「僕の過失かも知れません」位な事は言うであろう、――と思った。

「でもあなたは蠟燭を持って立っていたと云うではありませんか」今度は傍から委員が口を出した。

「ええ持っていました。しかし寝室へ上るのに、蠟燭を持って行くのは僕ばかりではありません」小林は傍から余計な事を云うと感じたので、むっとして答えた。

この答えは、飽くまで彼を犯人だと信じてる委員に、図太い奴だと云う感じを抱かせた。それで彼は今度は声をあららげて云った。

「証拠が無いと思って、白ばくれ給うな。現に君が放火する処を見た人がいるんだぞ。その人が出て来てから初めて白状したんでは、君のためになるまいと思うから、こうして穏かに話をつけようと云うんじゃないか。君はその人が出て来ても飽くまで関《かか》わりはないと云うのかね」

小林はこの詭計《きけい》を内心可笑《おか》しいとは思いながら、余りの事に腹が立った。白状を強いるためには、訊問者がどんな詐欺《さぎ》的行為を取ってもいいと云う法はないと思ったのである。

「私が放火した処を見た人がいる？　それは誰です。そんな人が居るんなら、呼んで頂きましょう」

委員は卓上のベルを二つほど押した。すると待っていたように戸が開かれて、昨夜の巡視が入って来た。凡《す》べては予定の計画であることが小林にも分った。

「君は先刻も云った通り、この人が西寮の廊下の隅へ放火する処を確かに見たのですね」委員は巡視に訊ねた。

「ええ見ました」巡視はちらと小林の方を見やりながら答えた。

小林はこれを聞くと堪えられぬ程腹が立った。それで思わず大声を出して巡視に食ってかかった。

「嘘を云い給え。君が僕の肩を叩いた時は、僕は何もしてなかったじゃないか」

「あの時はそうでした。しかしあなたが放火したのはあの後です。私は何となく怪しいと思ったので、それとなく様子を窺《うかが》っていると、一時間ほど過ぎて又、あなたが下りて来たではありませんか」巡視は吾れと吾が嘘を信じるかの如き口調で云い争った。

「そんな事はない。僕はあれからずっと床の中にいた。人を陥れようと思って、そんな出鱈目《でたらめ》を云ったって駄目だ。君は嘘つきだ」こう云って小林は舎監の方に向き直した。「あなた方はこんな嘘つきの云う事を信用して、僕を信用しないのですか」

「いや、そう激昂してはいけません」舎監は穏かに云いなだめた。「決してあなたを信用しない訳ではないのですが、私共の唯一の手がかりは、この巡視の言葉にあるのですからな」

「じゃあ君はどうしても僕を犯人だと云うのですね」小林は再び巡視を顧みた。

「まあそう思ったのです」

「そしてそれをあなた方は信じているのですね」小林は三度び舎監の方を向いた。

「反証の上がらない限り、お気の毒ですが嫌疑を掛けない訳には行きません」舎監は出来るだけゆっくりした口調で答えた。

「宜しゅうございます。それ程までにお考えなら、僕はこの上云い解こうとはしません。口でいくら云った処で、それは無駄です。しかし僕はきっと僕の潔白を証明して見せます」こう云いながら小林は、吾れと吾が決心に驚いた。

彼の心に突然浮んだのは、死を以て汚名を雪《そそ》ぐと云う一念であった。激昂している彼には、この戯曲的な行為が直ぐにも出来そうに思えた。そして殊には、死ぬのは今だと云う気さえして来た。どうせ彼には凡てが暗黒であった。今までだって、機会さえあればいつでも死ねたのだった。――こう慌しく思い廻《めぐ》らした一瞬に、彼の眼には涙が浮んだ。そして彼の言葉は思わず慄《ふる》えた。

「きっと僕は自分の潔白を証明して見せます」彼は再び繰り返した。

舎監は黙っていた。

「じゃ私共もそれを待っていましょう」暫くしてから委員が云った。

小林はその冷然とした言葉を聞くと、『今に見ろ、その時になって驚くな』と思った。そしてこみ上って来る憤怒《ふんぬ》を呑み込んで、

「ではもう御用はないんですね。無ければ帰して頂きます」と云いながら立上った。

舎監は只、「失礼しました」と云っただけだった。それが只この堪え難い侮辱《ぶじょく》を詫《わ》びた、形式的にもせよ唯一の言葉であった。小林はそれを聞き捨てて、廊下へ出た。

外は桜若葉に日が透いて、空には白い幅広い光が溢れていた。小林の胸中に漲《みなぎ》る憤懣《ふんまん》は、どこへ遣《や》っていいか分らなかった。とにかく何かの方法でこの汚辱は雪がなければならない。けれどもどうして？――それは彼にもまだ決心がつき兼ねた。先刻どこからともなく不意に落ちて来た、死ぬ事も思い廻らされた。しかしそれが果して最上の方法

であるかどうか疑われて来た。

けれども彼が室に帰って、自分の机の上に置いてある一通の手紙を見た時、彼の決意は急に別な方向を取った。

それは故郷で父が世話になっている、隣家の主人から来たものであった。それには冒頭に先ず驚いては不可《いけ》ないと云うような前置があって、父の発狂が報告されてあった。それによると父は、二カ月前人のとめるのも聞かずに職を辞して、以前から考案していた改良搨臼《するす》の発明に没頭していたのであるが、二三日前食卓に坐っていた時、不意に皿小鉢を箸で叩いて唄をうたい出した。そして隣家の人が行って見た時は、飯櫃《めしびつ》の上へ上って踊りを踊っていた、というのである。

小林はそれを読んだ時、『やはりそうだったか』と心で独語した。今更涙も出なかった。却ってあの厳格な父が、茶碗を叩いて踊り出したという光景を心で描いて、一瞬間可笑《おか》しくなった。けれどもそれは全くの一瞬であった。彼はその次に父が発狂したので安んじて死ねると思った。父さえなければ、彼にはとうに死ねたのだった。父あるがために、彼は生甲斐のない生を今まで生きて来たのだと思った。そして今と云う今、父が発狂してくれたのは、運命が彼に死を示唆してくれたのだと取った。

彼は即座に自殺を決行しようと思った。その時ふと先刻死んで汚名を雪ごうと云う気になったのを思い出した。丁度それにも適当だと思った。彼は何か弁解めいた事を書いた遺書を残そうと考えて、机の抽斗《ひきだし》からそっと紙片を取り出した。

室には誰もいなかった。彼は紙片を前にして、先刻受けた堪え難い侮辱の、怨みつらみを述べ立てようと思った。けれどもその時不思議に先刻の憤懣は去っていた。彼は強《し》いて冷然たる舎監の顔や委員の言などを思い出して、憤慨の感情を引立てようとしたが、どうしてもそれは出て来なかった。それは父の発狂と云う大事件を聞いた時、すっかり別な方向へ流れ去って了ったのである。

彼は死んで行く者が、そんな小さな汚名などを雪いだ所で、何になると思い直した。それよりも寧《むし》ろ黙って死んで了った方が、いくら立派だか知れないと思った。そして更に又その上にわざと罪名を背負って死んだら、猶立派だとも考えた。自分なぞは何も世の中にいい事を残して死ぬる身分じゃない。せめて他人の罪なりと背負って、死んでやった方が死甲斐がある。放火をした犯人だって別に深い企らみがあっての事ではあるまい。自分が罪を引受けてやったら、恐らくその罪人の胸の中にも、ある感謝の情が生れ出るに違いない。そして良心が眼醒《めざ》めて、二度とそんな罪を犯さぬようになるかも知れない、その未知の罪人の上に祝福あれ。――と小林は聖者のような心になって思い廻らした。

彼は紙片を取って簡単に、『われ吾が過《あやま》ちを知る』と書いた。そしてそれを封筒に入れて表へ舎監の宛名を記し、机の抽斗を開けると直ぐ気附く所へ入れた。

夜に入るのを待って、小林はそっと寮を脱《ぬ》け出した。

街は初夏の灯影が、鮮かに交錯し合って、白い着物を着た人の姿がその中にちらほらと明滅していた。小林はその明るい巷《ちまた》を逃れるように小路へ切れて、やがて平常から死場所と定めている、谷中の墓地へ出た。闇の中で杉の香がしんとしていた。彼は物の蔓《つる》につかまって、とある崖《がけ》を下りた。下には黒く線路が横たわっていた。

彼は崖の傍の叢《くさむら》に潜んで、時期の来るのを待っていた。神経が異常に緊張して、あらゆる物の音が、はっきり聞き分けられた。

遠く汽笛の鳴る音が、森を通して聞えて来た。彼はそれを待っていたのだった。で、静かに立上って線路の方へ歩み寄った。そして暫くじっと耳を澄ましていたが、そのままそこへ仰向けに寝た。夜露にしっとりした軌道が、彼の頸背《うなじ》の下に冷たく枕されていた。彼の眼は真直ぐに自分の上に霽《は》れ拡がった夜空を見た。彼は絶えて見ない珍らしいものを見たような気がした。そして遠い、子供の時のような気持で、貪《むさぼ》るようにちかちかと瞬《また》き合う星の群を見凝めた。

風のような音が近づいて来た。鉄軌《レール》を揺する微動が、彼の頸《くび》を擽《くすぐ》るように伝わって来た。彼は只真直ぐに天を見上げていた。

真黒な、大きな獣のようなものが、嵐のように疾《はや》く通り過ぎた。——

イエスの裔《すえ》

柴田錬三郎

手塩にかけて育てた孫同様の娘を、なぜ、善良で生真面目な藤助が手にかけて殺したのか。心の闇を探る。直木賞受賞作。

柴田錬三郎　しばたれんざぶろう

大正六年（一九一七）〜昭和五十三年（一九七八）岡山県生れ。慶應義塾大学支那文学科卒業。在学中の昭和十三年（一九三八）「三田文学」に「十円紙幣」などの習作を発表。召集されるが奇跡的に生還した。昭和二十四年（一九四九）から文筆に専念。「イエスの裔」で直木賞を受賞。「眠狂四郎無頼控」で一世を風靡する。小説の基本をエトンネ（人を驚かすこと）とした。

「イエスの裔」は昭和二十六年（一九五一）「三田文学」に発表された。

兇器は、刺身庖丁であった。

殺されたのは、銀座の夜の女（指貫和枝・二十八歳）であった。

犯人は、和枝の義理の祖父にあたる老人（指貫藤助・七十四歳）であった。

惨劇を演じた後、老人は、ほぼ完全に虚脱し、いかなる尋問にも容易に返答をする気配がなかった。

取調べにあたったN――検事は、数日間辛抱強く、犯行の動機について、その自白を待った挙句、ようやく、次の一言をきき出すことに成功した。

「わたくしは、和枝に子供を生ませたくなかったのでございます」

和枝は妊娠していたのである。

「生ませたくなかった？　なぜ？」

N――検事は、むかし堅気の老人が、もしかすれば頭髪と眼の色の変った子の生れることを嫌厭したのではないかと、推測した。

しかし、老人は、ただそれだけこたえたきりで、ふたたび沈黙してしまったのである。

和枝の情夫であった杉尾某というやくざ者が、たぶん、その子は自分の子であろう、と供述したので、検事の推測は裏切られ、老人の自白は、疑問をふかめた。

N——検事は、やむを得ず、杉尾某のほかに、次の二人の参考証人を召喚した。老人の幼友達である築地のさる高級料亭の主人と、和枝の亡き実父の知己である作家なにがし（この作家は、偶々《たまたま》検事の友人であった）と——。

以下は三人の証人の話である。

料亭の主人の話

左様でございます。この刺身庖丁は、たしかにわたくしどもの品に相違ございません。あの出来事の前日、藤助が、何を思ったか、ひょっくりとたずねてまいったのでございます。いくさが終りましてから二度目でございまして、それももう三年も経って居りました。相変らずいんぎんな態度で、無沙汰のわびをいい、わたくしが、おたがいに先年《さきどし》みじかい身だから、せめて月に一度は顔を合せたいものだ、と申しましても、ただ侘しげに笑ってこたえませんでした。話題も、東京もすっかり変ったものだ、というようなとりとめないくりごとになり、それもわたくしが殆《ほとん》どしゃべりまくって、藤助はひくい相槌《あいづち》をうつ聞役にまわったのも、むかし通りでございました。ちょうど、この時、板前の若いものが生憎《あいにく》用事ができて外出しなければならなくなり、わたくしが庖丁をにぎろうといたしますと、何を思ったか、藤助が、自分にやらしてくれ、と申します。この男のむかしとった杵柄《きねづか》ならぬ庖丁の腕前は、充分信頼できるものでございました。

わたくしが、うしろから、ひょいと印半纏《しるしばんてん》をかけてやりますと、

「こんなものも、そろそろ珍しくなりましたね。今じゃ、法被《はっぴ》も半纏着もめちゃめちゃだ」

と、珍しく軽口いい乍《なが》ら、庖丁をにぎって俎板《まないた》にむかって居りました。

やがて、皿にきれいに盛られたまぐろの刺身の切れ味は、通人ならひと目でわかるさすがな冴えをみせて居りました。左様、その折、藤助は、その庖丁をふところにしのばせたに相違ございません。まさか、庖丁欲しさにわたくしのところへやってまいったのではなく、刺身をつくっているうちに、ふと、これを兇器にきめたのでございましょう。それとなく、いとま乞いに来たのだと思って居ります。かえりがけに、わたくしが、いくらかつつんで渡そうといたしますと、あらたまった気色で固辞して、そそくさと去って行きました。かえした後で、わたくしは、今どんな商売でくらしをたてているのかさえもききそびれたうかつな自分に、腹が立ったものでございました。決して気楽な身分でないことは、その身なりで知れて居りましたので――。

といって、へたにきいても、わが身のつらさを愚痴るような男ではございませんでした。全くの話、あの藤助ぐらい、どんな苦しみも、肚《はら》におさめて、他人にそれとわかる顔色をみせたことのない人間はございませんでした。

せめて、歌舞伎座の丸札——といってもおわかりになりますまいが、招待券のことでございます——でもやるのだった、と悔いたようなわけでございます。

翌日の夕刊で、あのできごとを読みました時、わたくしは、あまりのことに信じられず、同じ姓名の異人であろうといったんうち消してみましたものの、兇器が刺身庖丁と書かれてあるのを見ては、昨日のことがはっと胸をつき、あわてて、板前にしらべさせますと、はたして一丁足りません。

その新聞を前にして、しばらく茫然として居りましたわたくしは、やがて、

——とうとうやったか。

と、思わず、腹の底からふかい溜息をついたことでございました。

と申しまして、わたくしは、殺された和枝という娘には、幼い頃二三度会ったきりで、どんな気立か、まして夜の女などになっていようなどとは、毛頭知っていたわけではございません。それにも拘《かかわ》らず、——とうとうやったか、と溜息をつかずにいられなかったのは、充分その理由があるのでございます。

藤助ぐらい、女で苦労した男はございません。いいえ、世間でいう女の苦労ではございません。一生女房も貰わなかった藤助は、口の悪いやつから、あいつ片端者じゃねえかしら、とかげ口たたかれたほどでございまして、このわたくしでさえも、藤助は、もしかすれば女の肌を一生知らずにすごしたのではないか、と今もって訝《いぶか》っている次第で

ございます。

藤助が苦労したのは、その妹のお良、お良の子の澄江、それから澄江の生んだ和枝のおかげでございます。わたくしのような人間から考えますと、惚れた女で苦労するなら、まだしものこと、妹やその子やその孫のために、あたら男の一生をつぶしてしまったと申しますのは、なんともあたじけなくて、やりきれたものじゃございません。

藤助は、われとわが身の苦労に愛想がつきたのではございますまいか。たぶん、左様でございます。あの刺身庖丁で、自分の頸《くび》をかき切ることを考えたのだ、とわたくしは思って居ります。しかし、夜の女などになっている和枝一人をのこしておくのがふびんだ、という気になって、いきなり和枝から先にやった――そのとたんに、いっぺんに力がぬけて、自分を殺すことさえも忘れて、ぼんやりしてしまったにちがいございません。と申しますのも一生のうち、ただの一度も肉親に手をふりあげたおぼえのない男でございました。全く、あいつは、ギリギリのどたん場まで不運な男でございます。

藤助の不運は、生立ちから、もうはじまったのでございます。

藤助とわたくしは、同じ年――銀座界隈が和田倉からの大火で焼けて、そのあとに煉瓦づくりの家が建ってから恰度《ちょうど》五年目の明治十年に三十間堀の河岸の三等煉瓦の貸長屋で生れたのでございます。

藤助の父の藤次郎は、すぐ小路を出たところにある「玉ずし」と向いあった料理屋

「松田」の下足番でございました。当時、一丁目は、針屋「みすや」が本家と元祖と二軒並び、一軒置いた隣りが「玉ずし」そして向い角が料理屋「松田」――と名高かったのでございます。

新橋の角の「千歳」とともに評判の料理屋で、安値で流行《はや》った「松田」は、毎日下足札が百番になると、藤次郎が口に手をあてて、「ひゃくばアん……」と高らかに呼ばわり、仲居、板前、下女たち一斉に、鬨の声をあげたものでございました。「下駄を預かる」ということわざもございますから、これも縁起ものでございました。ついでに申しあげておきますと、最近では、「おはき物」などと申しますが、これは嫌な客のことでございまして、むかしは、口にいたしませんでした。

わたくしどもが生れた年、読売新聞（日就社）が、洋服裁縫店伊勢勝の海鼠壁《なまこかべ》の家屋へ引越してまいりました。尾張町の四ツ角は、三つの新聞社がならんで、長い髯《ひげ》を胸まで垂し、被布の腹をつき出した岸田《きしだ》吟香《ぎんこう》先生の姿が、ちょいちょい見られたということでございます。

通りは、オムニバスというらちもない二階馬車が走って居りました。四頭立、黒塗りの車体、馭者《ぎょしゃ》はビロードの服にナポレオン帽をいただいて、……時々、人を轢《ひ》いたり怪我をさせたりしていたそうでございます。

やがて、鉄道馬車がかよい出す頃、下足番とはいえ、掛声のいいので重宝がられていた藤次郎が、四十を越えて、突然、女に狂ったのでございます。もっとも、藤次郎の女房は、藤助の妹のお良を生むとすぐ死んで、一年ばかりたって居りました。相手の女は、四丁目の瓦斯燈《ガスとう》の下に立って客のそでをひく淫売でございました。四十越えてとち狂った了簡は、もうたたき直し様はなく、相手の女も、ふしぎと別の男への達引《たてひき》からしぼり取ろうというわけでもなかったらしく瓦斯燈の下にも立たなくなり、木挽町の貸間に藤次郎を引きずりこんで、夜だか昼だかけじめのつかないだらしないくらしをやりはじめたのでございました。

「子供がふびんだ」と意見する者も二三出ましたが、愛想をつかして手をひいてしまうと、それをいいことに、藤次郎は、女を正妻に直そうとしたのでございます。

みるに見かねた藤次郎の幼友達の咄家《はなしか》の林家円治が、藁店《わらだな》（今の牛込神楽坂裏）の家へ、兄妹をひきとることになって、わたくしは朝から晩までのあそび友達とひきはなされるつらさに、泣きわめいて母親をこまらせたものでございました。

円治は、咄家といっても、全盛の桂文治や小さんや円朝、柳橋などと格がちがい、鶴仙亭と金沢亭、それに上野と、三軒の前座をつとめているにすぎないので、収入は知れたものでございました。貧乏で女房が貰えなかったわけでもありますまいが、円治は、四十いくつのその日まで独身を通して居りましたので、藤助兄妹をひきうけるにも一人考えで、さっさと引取ったものの、五歳と二歳の子供をかかえて女手なしでやって行け

しかし、他人には世帯の苦労をやとった円治は、しかし、他人には世帯の苦

るわざではございません。むりして婆やをやとった円治は、しかし、他人には世帯の苦しさは嗳気《おくび》にも出さず、子供の顔を眺めていると生甲斐が出て来た、などと訊《き》かれもしないうちに笑っていたそうでございます。

円治は、もと西川伊三郎の人形の下廻りをやっていて、後に柳川一蝶斎連中の手品に入っていたのだそうでございますが、素噺《すばなし》や手品が衰えるとともに、三遊亭円遊や万橘などの奇人が出て、ステテコやヘラヘラや、ラッパの円太郎などが次第に寄席を賑したので、自分もそれならと決心して、四十に手がとどいてから落語に転じたようなわけでございました。が、今更、新しい趣向で、客をつる腕もなく、苦労皺《くろうじわ》が深くなって前座をつとめなければならなかったのは、さぞあたじけなかったことでございましたろう。ひとつには、融通のきかない円治の人柄が、落語に向かなかったと申せます。といって、それを自分からあきらめていられる世の中でもございませんでした。古い艶物《つやもの》はようやく倦《あ》かれ、義太夫も次第に影がうすくなって行く。次々に新しい趣向を出さなければ客を惹きつけられない時世の流れに、寄席の方でも出方の顔ぶれを吟味し出したので、円治の心は、いつも不安がつきまとっていたに違いありますまい。

それだけにかえって、子供たちの無心なすがたをながめていると、何もかもいっとき忘れて、心がなぐさめられ——つまり、藤助兄妹にとっては、父親に離れた方がむしろ幸せといえたのでございます。

その頃、ひょっくり、藤助が、たった一人で、腰に迷い子札をぶらさげ乍ら、もとのわが家の三等煉瓦の貸長屋まで、わたくしをたずねて来て、大よろこびをしたことをおぼえて居ります。わずか五つで、このだいたんな訪問に、わたくしの母親は、泪《なみだ》ぐみ乍ら、二人をつれて絵双紙屋へ行き、なけなしの財布をはたいて、「夜討曾我」やら「忠臣蔵討入」やら、組立て燈籠用の芝居絵を買ってくれ、家へもどって、切抜き燈籠をつくってくれたものでございました。

そんなだいたんな度胸をもち乍ら、藤助は、音無しい子供でございました。わたくしと一緒にあそんでいる時も、いつもひかえ目で、口数すくない妙に落着いた仕草で、わたくしのわがままをなんでも通してくれたものでございます。「松田」などへあそびに行っても、わたくしが家中かけまわっているのにひきかえて、藤助は、二階の窓際に一人よりかかって、五彩の市松硝子《ガラス》にうつる花瓦斯の灯を、いつまでも黙って眺めているといったあんばいでございました。

並樹の間を、のんびりした鉄道馬車の喇叭《ラッパ》の音が流れて行く。雪駄直しが、「でいイ――でいイ――」と呼び乍ら通りすぎて行く。そんな風景も、幼い日のなつかしい記憶でございます。

藤助にひきかえて、妹のお良はおそろしくカンのつよい、小憎らしい子供でございました。あまりのカンづよい泣きわめきに、父親ばかりか、近所のおかみさんにまで、小うるさいと、口ぎたなく罵られ、時にはひっぱたかれるのを、兄の藤助が、かなしげな眼つきで見まもっているのを、わたくし、忘れはいたしません。

円治も、お良が、三歳、四歳と育つにつれて、あまりのカンのつよさ、子供らしくないませた動作などが目に見えてはっきりして来るのを眺めて、しみじみと、「こいつはかたぎのかみさんはつとまるまい」と述懐していたそうでございます。「この気性は、どうやら据え場所があるらしい。そいつをまちがえて、こまめな店員《たなもの》にでもめあわせた日にゃ、とんでもねえハメになりそうだ」と、円治は、大人へ云うように折々藤助へもらしたそうでございます。

円治が、不如意なうちから、兄へは太鼓、妹へは釜、と玩具を買い与えても、お良は、兄の分まで手を出してきかなかったのでございますが、藤助は、いつでも黙って自分のを渡して居りました。好物の三色団子が、半分ずつわけられても、藤助は、自分はひとつも喰べないで、妹にせがまれるままに呉れてしまって、妹の喰べるのを、兄らしいやさしい眼眸《まなざし》で見まもって居りました。

円治が、そうした兄妹の様子を見るにつけても、よけい親のないふびんさがまして、藤次郎の放埒《ほうらつ》を憎んだのは、当然でございます。その藤次郎も、二年経つか経たぬうちに、女と別れる、「松田」はお払い箱になる、とどのつまり朝鮮へ流れて行ったなり、行方不明になってしまいました。

これで、ふんぎりがついた、と、戸籍の上でも兄妹の父親になる肚をきめた円治も、それから三年たたないうちに、ぽっくりと心臓麻痺で仆《たお》れたのでございました。

こうして、兄妹は、とうとう離れて行く時が来たのでございます。

兄は、二丁目の丸十京橋勧工場へ――。

妹は、神仏の紋の御神燈の下った櫺子《れんじ》窓《まど》と格子戸づくりの「家」へ――。

別れるさい、兄は、泪をいっぱいためて、そっと妹の肩を抱き、「辛抱してくれよ」と思いあまったふるえ声でささやきましたが、妹の方は、おそらく、あの負けぬ気の黒い眸《ひとみ》を、あらぬ方へきらきらとはなって、むっつりと黙っていたに相違ありますまい。

この華やかな街中に育った貧しいお良の眼には、小田原提灯さげた箱屋に道を照らさせ乍ら、無双の三枚重ねの褄《つま》をとり、水油をうっすりとひいた島田の鬢《びん》をそよ風になびかせて、吾妻下駄《あずまげた》をカタカタならして行く姐《ねえ》さん達のあで姿は、たとえ様もない美しい世界のものとして映ったであろうことは、うたがう余地はございません。

夕方に見る芸妓は、小紋の二枚に黒繻子《くろじゅす》の丸帯、八時か九時になるとお召の襟つきに昼夜帯、夏になると、絹上布、それを着換えて透綾《すきや》、と三度もとりかえる仇な美しさが、どうしてお良の夢とならずにおきましょう。

それと知らずに、兄の方が、そっと抱いている妹の小さな胸は、見知らぬきびしい躾《しつけ》の世界へ入って行く怕《こわ》さでふるえているもの、と思いちがえたのも、これはまたむりのないことでございました。

藤助は、勧工場へ行ってから、週に一度か二度は、早朝か夜更け、かならず、松坂木綿にちくさの股引を穿《は》いた小僧姿を、揚箱の前で、きょろきょろとうろつかせたことでございました。

ところが、可愛い髷《まげ》をかたむけつつ、どこか子供らしくないつめたい面持で出て来るお良は、兄を見出しても、別段うれしそうでもなく、あまり口数もききません。その頃の規則で、一軒にあまり大勢抱えられないだけに一本立に仕立てるには、躾芸事は、他人目ではかれない程きびしいものでしたが、その苦しさは、お良の口からついぞ洩《も》れなかったのでございます。辛抱してくれよ、とは会うたびに藤助がささやくひとつぜりふでありましたが、そのたびに、ふん、とかすかな反抗をしめすつよい色を、勝気な眼もと口もとに掠《かす》めたお良の顔が目に見えるようでございます。

日清戦争がはじまる頃、お良は、銀杏返《いちょうがえ》しがよく似合い、友禅染の振袖に紫縮緬《むらさきちりめん》の羽織を着て、姐さんたちと、うちつれて朔日二十八日の御不動様、五日の水天宮、十日の金毘羅さま、と華やかな匂いをふきこぼし乍らお詣りする姿をわたくしも、ちょいちょい見うけたものでございます。格子戸つづきのこの裏通りの雰囲気が、頭のてっぺんからつま先まで、ふんわりと匂っているその姿は、もうとうていわたくしなどが心安だてに声をかけられないあでやかさでございました。烏森春本のおいく、分銅武蔵の小まん、野島家小はま、八幡家の八百吉、若松家のすず八、などの名妓の地位も、お良のりんとはった双の眸子《ひとみ》、抜けるような色のつややかさ、踊のさらいで見るひと際見事なさす手ひく手、稽古三味線の冴えた音色をもってすれば、つい眼の前のことのようでございました。

一方、藤助は、勧工場で、二階で囃《はや》し立てる楽隊の音を幾年間かきいて実直につとめましたけれど、ひと頃の珍しさがすたれると、だんだん店はさびれて行く一方で、盆と暮との売出しをいろいろ名目つけて毎月やっても、それはかえって客をあきさせるしまつになり、そろそろどこか外の店へ身の振方をつけねばならないところへ来ていたのでございます。それでも、二月に一度、三月に二度は、ちくちくためた金をそっと懐中にして、格子戸の表へ立ち、二階から流れ出る稽古三味線の音にいくどもためらいつつ、妹に会いに行き、半襟でも買いな、と掌へまるめ込んでやるのでした。一円、二円、と何も買わず何も食わずにためた給金の大半でございました。玉代が二時間三本、一本が十三銭五厘、祝儀が一円、という世の中でございましたから、一円と申しましても決して尠《すくな》い額ではありませんでしたが、お良は、にこりともせず受取って、すげなく兄をあしらって、ぷいと奥へひっこんでしまう——その冷淡さに、いったいどうして藤助は腹をたてないのか、噂をきくにつけても、わたくしは、じれったくてたまらなかったものでございます。

藤助は、通りの大弓場や達磨落《だるまおと》しをのぞいたこともなければ、鮨ひとつつまんだおぼえもなく、まして友達がいくらさそっても、仲の町の明るい大通りは見たこともありませんでした。団子坂の菊がどんな色か、奥山の見せ物に何があるか、また寄席の天井に張った水引の色とりどり、市村座にならんだのぼりの華やかさも、一向に藤助の興味を惹かなかったようでございました。「三十間堀に育ったくせにあいつよくよくのぼくねんじんにできあがってやがる」と同輩たちから罵られ、わたくしもまた、別の意味から、しばしば藤助を頭ごなしにやっつけたものでございます。わたくしはと申しますと、藤助とは反対に、親のなげきを尻眼にかけて、背中の筋彫りの不動明王が、湯屋で活《い》きづく藍色《あいいろ》を自慢の、鼻もちならない向不見《むこうみず》から、鳥森神社を皮切りの夏祭りの縁日に、向うはちまきで「東が白んで烏がカアと啼きゃ、すぐさま要《い》るよな房楊枝、歯磨き――」などと唄入りでどなっておったしまつでございまして、りちぎな店者のつとめなどばかばかしいという了簡でございましたから、藤助が世の中の愉《たの》しみに目をそむけて、礼もいわぬ妹に小遣いを呉れてやるのが、どうにもがまんならなかったのでございます。

　お良が、小よしと名乗ってお披露目し、たちまち姐さんたちをしのいで、めきめき売出し、そのうち要路の大官でも旦那にして自前《じまえ》になるのも、遠くあるまい、と噂される頃、兄の方は、勧工場がいよいよいけなくなり、仏店《ほとけだな》（当時、上野の寺を控えてならんでいた仏具屋）へでも奉公しようかと相談しかけて来たのをどなりつけたわたくしは、勧工場の主人が経営している陶器店へかけあって、道路いっぱいに並べたシケ物の火鉢や丼、茶碗の見世番にしてやったのでございます。

こうなると、兄と妹が、話をする折は、絶えてなくなりました。

時折、天賞堂や相模屋、壺屋、白牡丹、それらの店へ出入する妹の綺羅を張った仇姿を見受けて、思わず俯向《うつむ》いてしまう藤助を、わたくしは、「しっかりしろ、あんなおもちゃがなんでえ、おめえは兄きじゃねえか、びくびくするな」と背中をどやしつけてやったものでございました。小よしの方も、兄をみとめても、つんとして決して声をかけようとはいたしませんでした。つれがなくとも、口をきこうとしない小憎らしさに、わたくしの方が、思わず、こぶしをにぎって睨《にら》みつけたこともございました。

国民新聞の花柳だよりに、小よしが、浅野銀行の専務を旦那にもったと書かれてから、半年たたぬうちに、恰度横町を、お迎いお迎いという呼び声が流れるその夏のお盆の宵、突然、藤助は、抱えの吉喜家から、すぐ来てくれと呼ばれました。

のちになって、藤助は、わたくしに、この夜のことを、

「あんな辛い目は、一生一度でたくさんだ」と語って居りましたが……。

はじめての呼び出しに、なにごとであろうと不安な面持を俯向けて吉喜家へいそぐ藤助の行手には、新橋停車場を出た突当りの河岸にあたって、クラブ歯磨の大きな電燈装飾の広告塔が、糸のように細い新月のほのかな宵空に、色あざやかにきらめいて居りま

した。

そこここの格子戸からお座敷へ出て行く芸妓の仇姿が、夜目にもぱっとあでやかで、客待つ車夫の菅の一文字笠に襷《たすき》をかけた法被姿も、この横町になくてはならぬながめでございました。それに、今宵は、家毎に焚く迎火の烟《けむり》が、御神燈の灯とともに、しっとりとした情緒をかもし出して居りました。どこかの葭戸《よしど》越《ご》しに、さびた清元が、涼しい微風に送り出されてまいります。

「――こんばんは」

怯々《おずおず》と、迎火の烟をすかして、そっと檽子窓の内をうかがっていた藤助が、思いきって格子戸をあけますと、すぐに十三四のお酌が顔をのぞけました。

「母さん、小よし姐さんの兄さんですよ」

かん走ったお酌の声に、「お上り」と次の間からこたえがありました。

涼しげに風鈴の鳴る六畳で、おかみは、大方旦那のらしい黒絽の紋付をたたんで居りました。

藤助のかしこまった後を、若い妓が、細長い弓張提灯を持って、「行ってまいります」と、上り框《がまち》へとんと下りるのへ、おかみはかるく頷《うなず》いて、藤助へ向き直りました。

お酌が、姐さんの背へ、きちっきちっと切火をかけてやる風情も、この横町のものでございました。

「藤助さん、困ったことができてねえ」

こういう世界に見かける色を慾にすりかえた、上にえびすで、下に鬼の、煮ても焼いても食えない型とはまるっきり遠い、どこか寂しげな翳《かげ》のある品のいい顔立の人であったのを、わたくしもおぼえて居ります。むかしかたぎなつつましい穏かな人柄で、去年まで出ていたお座敷の評判も高く、若い妓からしたわれて居りました。

「日吉町（箱屋の事務所）の方でもすっかりつむじをまげてねえ」

と、おかみは、いいにくそうに、自分へでも呟《つぶや》くようなひくい声でした。

「お良が……何か……不始末をいたしましたのでしょうか」

「それがね、ちょっと、岡焼連中の悪口ぐらいではすまされない不義理をね」

――心意気。まだそれが尊ばれた時代でございました。しら場でがらがら狂声あげて炭坑節をどなる当今とは、およそ色も艶もちがって居りました。それだけに、不義理ということは、芸妓の最も恥とした――それをあの小よしがやったといいます……。

「まアね、内輪の人情では、惚れた以上はぬきさしならず行くところまで行っちまうのもむりもないと考えられるのだけど、それじゃこの世界に住んで行けない、それを承知でやったのだから、小よしもよほどの決心があっての上でしょう」

遠まわしにいって、藤助の膝前へ、渋茶を押しやる絞浴衣のおかみの姿が、藤助には、大の男よりも怕いものに見えたと申します。

小よしが、さる男爵の長男と逃げたときかされるや、藤助は、あっけにとられて口もきけませんでした。

どちらかといえば、胸算用の高い、格を上げることのみに打込んで、この齢の若さで芸のたしかを誇にしていた小よしが、せっかく旦那にした花柳界でも顔の売れた浅野銀行の専務をすてて、たかが部屋ずみの華族の道楽息子に夢中になるなんて、ちょっと考えられないことでございました。自前にしてもらえる日を明日にもひかえた矢先、どうせ引離されることは火を見るよりあきらかな恋に狂った小よしの心は、魔がさしたとでも申すよりほかに考え様はないようでございました。しかも、その相手が、若葉家の若い妓と、二世をちぎっていて、これが無類の美男であった為か、この土地で二人の仲を知らない者はなかったのでございます。おかみのいう通り、それを百も承知で横取りした以上、小よしの決意は、浮いたものでない筈だと察しられます。

「どうして、どんなきっかけでそうなったのか、今更詮議をしてみてもはじまらないけれど、若葉家の妓と小よしは別に仲がわるかったわけでもなし、そんな意味での仔細はないらしいのだけどね……」

途方にくれてこたえることばもなくうなだれた藤助を、ちらりと見やったおかみは、急に、声をあかるくして、

「でもね、幸い……、お前さんに来てもらったのは、実は小よしたちの居所が知れたか

らなんですよ」

　藤助は、これをきいてはっと顔をあげました。

「なにしろ、あんな気性の勝った子だから、わたしが行ったのじゃ埒《らち》があきそうもないし、うちの人をやれば、ひと騒動もめるにきまっているし、これは、まア、お前さんに、様子をうかがいかたがた、いちどわたしの気持もつたえてもらおうと思ってね」

　藤助は、おかみのやさしい眼を額にうけて、膝の両手をかたくにぎりしめると、ちいさく、へい、とこたえたことでございました。

　二時間ばかりのち、藤助は、藍染町のとあるさびしい途上に佇《たたず》んで居りました。眼の前には今はもうなくなりましたが、藍染川という小さな川が流れていて、むこうの草っ原の広い空地には、紺屋の干場がおぼろに浮いて居りました。

　どうやら団子坂の藪そばで一杯やったらしい職人が、みやげの蕎麦《そば》と青竹入りの汁をぶらさげ乍ら、ふらふらとやって来て、ふと藤助のしょんぼり川面を眺めている姿をみとめると、大げさにおどろいてみせ、「おい、ここは身投げの場所じゃねえぜ、いくら江戸紫の心意気といったって、手拭や股引じゃあるめえし、身体まで染める必要はねえやな。わるい了簡止して、けえったけえった」と肩をたたいて、またちどり足で上野の方へあるいて行ったと申します。藤助は、ほっと溜息をひとつついてから、重い足をふみ出して居りました。

やがて、さがしあてたかくれ家は、夜目にも古ぼけたちいさなしもたやでございました。

藤助の案内を乞う声に、破れ障子のかげからふらりとあらわれたのは、ひと目で例の華族の長男と知れました。派手な手拭浴衣がその蒼白い細面をひきたたせて、歌舞伎の若手女形《おやま》によく見うけられる、うすい肌がひやりとつめたそうな美しさだったそうでございます。

小よしがいるかどうか、店で客をあしらう腰のひくいたずね方をすると、相手は、当惑そうに眉をひそめて、今湯に行っている、とこたえたきり、上れともいってくれません。しばらく、二人のあいだに、気まずい無言の間《ま》がありました。

どことなく横柄なお屋敷そだちのとっつきにくさに、藤助は、どうにも上りかねて居りましたが、相手から眼をそらして、強いて自分の弱気を殺すと、「ごめんを蒙《こうむ》りまして、ちょっとお邪魔させて頂きます」と草履をぬいで居りました。

入った八畳は、いかにも若い男女のすまいらしいなまめかしさで、桐の簞笥《たんす》が一棹《さお》、更紗模様の掩《おお》いをかけた鏡台、いずれもこの世帯をもつためにととのえられたま新しさ。壁の隅の衣桁《いこう》には、不断着やら長襦袢《ながじゅばん》やら、お座敷着らしい裾模様のお召やら、緋羽二重のしごきやら、浅葱《あさぎ》ちりめんの帯揚やら、そのほか、だらりとした絹ものが乱雑にかけられ、その横に袋につつんだ三味線がかけられてあるのも、普通の家庭に見られない艶っぽいいろどりでございました。

男は、風鈴の鳴る濡縁ちかくにごろりと、あちら向きに寝ころんで、灰吹きを引寄せて居りました。きっちりと端近に坐った藤助は、今の自分の野暮な役目が、今更にみじめに感じられて、どうにも尻が落着くものではありません。そこへ、格子戸が、がらっとあいて、「ただいま」と小よしの声がいたしました。

銀杏返しの襟元の白さが、仰いだ藤助の眼にしみて、思わず、顔をそらせましたが、すっと前を通りすぎると、鼻さきへほんのり湯の香がただよい、いよいよ藤助は、坐り場所もない心地でございました。

小よしは、鏡台の前へ身をくねらせて横坐りになり、藤助に臀《しり》を向けると、そっけない声で、「いらっしゃい」と、それはもう、とりつく島もない不愛想な態度でございました。

そのまま肌をはだけ、櫛《くし》、簪《かんざし》、水刷毛、毛筋、などかたかた音たてて化粧にかかった小よしを、藤助は、まともに見ることもならず、しばらく俯向いて居りましたが、とうとう思いきって、

「実は、お前に相談があって来たんだが」

「母さんに会って来たの」

「うむ、さっき……」

「たのまれたの」

「たのまれたというより、お前、これはお前の——」

「不心得」

ぴしりぴしりと先手をうたれて、藤助は、さすがにむっとなりましたが、その時もうすでに、この場の引込みをはかる気持になっていたと申します。寝そべっている男の後姿が、無言の威圧でございましたろう。幼い時からのお店者としての処世の目が、藤助をこうも卑屈にしていたのでございます。

「しかし、ともかく、一度吉喜家へもどって、おかみさんに相談して、その……浅野の旦那の方も……お前……一応、なんとか……お詫びを——」

「いやです！」

「しかし、そ、それア……お前、特別目をかけて可愛がってもらった吉喜家に、あと足で砂をかけるような……」

「恩は恩、恋は思案のほか——」

いっそのんきな声でいってのけた小よしは、ふいに語調をかえるや、きり裂くように、「ひき離してみるがいい。死んでやる！」と、口走ったそうでございます。

藤助は、蒼褪《あおざ》めて、くちびるをかみしめました。男は、微動もいたしません。

小よしは、空解けの伊達巻《だてまき》を、きゅっとならして立ちあがると、

「あなた」

そう呼んで、さっさと二階へあがって行ってしまいました。むっくり起きあがった男も、藤助へ、一顧もくれず、小よしの後を追いました。

間もなく、重い腰をあげかけた時、二階から、「あんなぼくねんじん……」という小よしの言葉が、藤助の耳を刺したのでございます。かっとなった藤助は、顔色の変るのが自分でもわかり、ぎゅっと拳をにぎりしめましたが、梯子段《はしごだん》へ足をかける前に、肩が崩れて、力なく玄関へ下りていたのでございました。

が――、もとより、ままごとのような藍染町の生活が、それでことなく過ぎるわけはございません。

男の家は、たとい公卿出の貧乏華族とはいえ、その名門を買う商人はいくらでも居りました。次男とか三男とかいうのなら、まだ「人情」で話のつけようもありましたろうが、長男であってみれば、解決はひとつしかのこって居りません。大阪の中浜の商家から十万とまとまった持参金つきの娘がきまりました。そうなれば、小よしは意地でも男の身分とたたかう臍《ほぞ》をかためて、この契りを三世までもと、離れまいとする。幾度か、泪と口説と、義理と人情がからみ合った末、結局別れる時がまいりました。

やがて、万に近い金が二人を他人にしてから、小よしは、はじめて妊娠していることに気がつきましたが、もうあとの祭り。小よしは、ふたたび新橋へもどって来ましたものの、さすがに吉喜家には居れないで、信楽新道の露路裏の、わたくしの家の二階で、身二つになるまで外に顔も出せないみじめな身の上になったのでございます。

ところで、藤助は、こうなった妹を、とうとう一度も見舞ってやろうとはいたしませんでした。いや、妹のことを口にすることさえ一切さけて居りました。一度心をきめると、藤助は、自分に強い男でございました。

それにつけても、吉喜家のおかみの寛大さは、人の口にのぼらずにはいない立派なものでございました。八歳から手塩にかけて育てあげ、美貌と利発に身を入れて仕込んでから、やっと一本立にして立派な旦那もついたと思ったら、たちまち顔へ泥を塗られたのでございますから、たいていの家ならあまりのふみつけた恩知らずに、住替させてせめての腹癒せをするであろうものを、あれだけ新聞に大袈裟に書きたてられて世間をせばめた身で、また新橋へもどって来てはさぞかし肩身のせまい辛い思いをしているだろう、と毎日のように見舞って、気持をひきたててやり、身体に気をくばってやったおかみのやさしいふるまいは、並はしたのかたぎな女にできるわざではありませんでした。それのみならず、おかみは、手切金をそっくり小よしの名義で銀行へ預金してやったのでございます。……あのおかみは、江戸の人情をうけついだ数尠い一人でございました。

思えば、小よしも倖せ薄い女でございまして、やっと身二つになって、想う人にそっくりの女の児を生むと、十日目に、おかみの手をにぎって、譫言《うわごと》にも詫びをいいつつ、さびしく逝ったのでございました。

息を引取った枕元で、藤助はおかみの前へぴったり両手をつき、あらためて、恩を仇でかえした妹の不始末を詫びるとともに、生れた子は自分が育てるとちかったのでございました。また、手切金は、どうか吉喜家へおさめてくれるようにとねがいました。

もとより、おかみは、とんでもないと首を横にふり、この金は、小よしに来たものではなく、生れた娘に与えられたものだ、と声をつよめたのでございます。ようやく半々というところで折合をつけて、葬式費用はそっくりおかみが持つことにきまりました。

「自分の娘が男にすてられて、父無し子を生んだ……そんな気持なんですよ。藤助さん、子供に罪はない。わたしが育てたいのは山々ですが、それではお前さんの気がすむまいから……お渡しするけど、いつでも引取る心持でいることを忘れないで下さいね」

と、珠数《じゅず》をまさぐり乍ら、おかみにしんみり語られて、藤助は、思わずほろりと、借着の仙台平の上へ熱い泪を落したことでございました。

それから……それからが、藤助の本当の苦労がはじまったわけでございますが、わたくしもその頃、性根をあらためまして、今の料理屋へ養子に入り、商売に身をうちこみはじめましたので、藤助とはめったに顔を合す折もなくなり、顔を合せてもほんの二三分の立話をしてわかれるといった具合で——苦労していることはわかっても、くわしく見聞きするひまもなく、また藤助の方から頭を下げて来て、事情を打明け融通をたのむようなこともただの一度もございませんでしたので、いつの間にか月日がたって、今日にいたった次第でございます。

ただ、聞くともなしに耳に入る、小よしの子の澄江が、どうやら母親の気性そっくりらしいという噂だけで、わたくしは、はっきりと、藤助のやつ苦労しているな、と察していたのでございます。

一人前になった澄江が、どんなくらしをいたしましたか。そして、その子の和枝がどういう育ちかたをして、夜の女なんぞになったのか。そのことは、どなたか事情のくわしいお方におきき下さることと存じますが、わたくしといたしましては、くどいようでございますが、かさねて申上げておきます。藤助の一生は、人にうちあけられない大変な苦労をいたしましたことだけはたしかなのでございます。それというのも、藤助が、まるで仏さまのような人のいい男だったからでございます。このことをおぼえておいていただきたいと存じます。

作家某の話

私は、この事件を新聞で読んだ時、すぐ、善良の過剰ということを感じたよ。善良の過剰——これほど美しい過剰はこの世に存在しないだろう。しかし、やはりこれは一種の罪悪でもあることを、藤助さんが身をもって証明してくれたようだね。

藤助さんは、その善良さの故に、自分の妹や、その子や、そのまた娘のために、女房も貰わず、何ひとつ自分の趣味も持たずに文字通り黙々として働いた。たしかに、その善良さは見事なものだが、いったい善良さがますます立派になることが、彼の苦しみが募ってくる場合にしかあり得ないような——そんな善良さは、いっそ、罪悪だと、私は思う。

才智の力よりも、天性の善良さに負うところの、高貴にして崇高な行為、などという代物は、決して信用してはならないと、私は思うのだ。私たちの過去の無数の譬喩《ひゆ》が、善良さというものを、高貴とか崇高とかの抽象に抱き合せるように合理化したのは、一種の人間悲劇だ。

たしかに、人間の生涯において、誠実と単純さが、最高最善の方策であるような場合が、ほんの罕《まれ》にはあるものだ。しかし、そんな場合は、一生のうち、一度か二度でたくさんだ。

生涯を通じて誠実と単純さを持ちつづけるということは、この上ないおろかな生きかたじゃないか。

そうだ。私は、たしかに、この度の事件で、人間の奇怪な救われかたを見せつけられた。

もし、藤助さんが、和枝を殺さずに、自分を殺したのであったら、藤助さんの善良さは、さらに完璧だったろう。そして、そのおろかさはいっそ偉大だったのだ。

ところが、藤助さんは、自分を殺さずに、和枝を殺してしまった。善良の過剰が、罪悪であったことを証明するためにね——。


そう——私が、藤助さんと知り合いになったのは、妹の子の澄江が、小学校へ上った頃だったろう。私は、一高の学生だった。

その当時から、私はひどい酒のみで、毎夜のように、寮をぬけ出して、深夜の街中を徘徊していた。たいていは、本郷から神田にかけてのカフエをわたりあるいていたのだが、時には、銀座や浅草まで足をのばすこともあった。

なにしろ、銀座がすばらしい勢いでモダン化していた頃だ。ちょうど電燈が眩《まば》ゆくかがやき、電車が絶え間なく鈴の音をたてて行き交い出していた。

救世軍本営の赤い入口や巻莨《タバコ》工場の陰気な構えが、ひとつひとつ消えて行き、「松田」の紅と藍の市松硝子も時代の尖端から葬られ、板垣新道、金春、仲通り、信楽新道の夜の女にきそうて、街の角々には、カフエが出来た。

二十歳前後の白いエプロン姿の給仕女《ウェイトレス》が、ビールのカップをもって右往左往する。あちらの卓でもこちらの卓でも、世俗的伊達者《ダンディ・モダン》たちが、わざと瀆神的《とくしんてき》な面つきをして淫靡《いんび》なさざめきをアルハムブラやゴールド・フレークの香りとともにまきちらしている――

海の彼方の酒神を輸入したばかりで、猿真似の魔宴《サッパ》をひらいたというあんばいだったな。

　くれなゐに頰を染めながら
　　春の夜の銀座通りの空を行く雲

などと、与謝野寛が気どってうたったのもこの頃だし、カフエ・プランタンの天井の、白漆喰《しろしっくい》で塗られた鴨居には、荷風や小山内薫や左団次や猿之助の似顔が描かれていたっけ――。


　その頃のカフエといえば、新橋カフエ、カフエ・ライオン、ロシヤ・カフエ、カフエ・ナショナル、カフエ・パウリスタ、台湾喫茶店などだった。

　自動車は、輸入したばかりで、乗ることそのものが愉しみの時代だったのだ。羽織も木綿、着物も木綿、唐桟柄に小倉の帯、そんなお店の旦那は、はやらなくなり、カフエのみならず、加六、三勝などの狭い卓子《テーブル》で、髪を長くした文士騒客、画家、新聞記者、青いトルコ帽をかぶった新劇の俳優たちが、刹那的な復讐の趣味、アナーキズムの自然的興味、要するに文学的乱酔に陶然となっている風景が、次第に、世相を代表するものになって来ていたようだ。

　懐中乏しい高等学校の書生が、もとよりそんなカフエへ入れる筈もなく、横眼でにらみ乍ら、孤独《ソリテユード》と思索《エスプリ》に沈んだ詩人気どりで、銀座を漫歩しているうちに、ある黄昏《たそがれ》、ふるいつきたいような芸妓のあとを、なんとなく跟《つ》けて行ったものだ。

ところが、この芸妓が、意外にも、日吉町の露路角にある、小ぎたない鍋焼饂飩《なべやきうどん》ののれんを、ぬけるような白い手で、ついとはねて入って行った。私は、小おどりして、さっそくあとにつづいた。

芸妓は、親しげにあるじと話を交しているが、一向に土鍋を取ろうとはしない。

私は、この奇妙な対象を興味をもって眺めているうちに、このあるじは途方もない好人物だなと、直感した。芸妓が、駄菓子の袋を渡そうとすると、あるじは、まるで千金でも頂くような恐縮と感謝をしめした。

芸妓が出て行ったあとで、私が、小生意気なからかい方をすると、あるじは、生真面目な面持で、

「あんな姐さんがたが、忘れずにちょいちょい来て下さるので、もったいないと思って居ります」

と、こたえたものだった。

その時、こんな男にとって新橋芸妓と顔見知りだということは想像以上の光栄なんだろう、と思っただけだったが、あとになって事情をきいてみると、その言葉は、至極尤《もっと》もだった。

芸妓であった妹が、乳のみ児をのこして逝ってから、もう七八年もすぎている。それ

にも拘らず、同輩たちは、忘れずに、大きくなった子供に玩具やお菓子をとどけてくれるのであってみれば、こんなにほのぼのとした人情のゆたかな世界はない、といってい い。それというのも、兄である――このあるじの人柄が、芸妓たちを立ち寄らせる気持をおこさせるにちがいなかった。

いずれにしても、私は、一流芸妓の顔を眼近に眺めることのできるこの鍋焼饂飩にかようことにし、事実、せっせとかよったものだ。このあるじが藤助さんだったのだ。

何かのついでに、昼に寄ってみると、昼と夜をとりかえた場所だけに、藤助さんは、八官町の稲荷などで、女の子をあそばせながら日向ぼっこしていた。

藤助さんの顔は、眺めているうちに、だんだん、心を惹かれるなんともいえない柔和な味をもっていた。童心を失わない、というのとはすこしちがうが、これ程もって生れた善良な気質をすこしも損わずにおもてにただよわせている人は、実際珍しかった。それにひきかえて、澄江という少女は、どうも気に食わなかったな。わずか七つ八つの顔に、どうかすると大人もおよばぬ陰険な感情が掠めることがあった。私は、まだその頃、子供というものが、大人以上に嘘つきで、執念ぶかく、愛憎感がはげしい生きものだということがわからなかった。尤も、あの澄江のすました可憐な面立を眺めれば、どんな子供ぎらいの大人でも、心にかくした鋭い棘《とげ》など見ぬけやしなかったろう。

私は、八官町の稲荷で、男の子と喧嘩をしている澄江を目撃して、はじめて、――おや、と思った。男の子を、逆に泣かしているのだ。それも、こうすれば相手が泣く、それをのみこんでいじめている。泣く相手をにらむ澄江の眼眸に、一種ざんにんな快感がただようているのをみとめて、私は、ひやりとしたものだった。

私は、その時、はっきり、澄江の中に、おそろしい「女」を見出したものだった。男に対する女の技巧が、経験と年輪によってみがかれているのを眺めるのは、これはまた愉快なものだが、生れながらにそなわっている女の奸智がなまのままにテクニックを弄するのを見せつけられるぐらいイヤなものはないね。

また、こういうこともあったな。

夕方、私が、のれんをくぐって間もなく、もう四年生になっていた澄江が、かけこんでくると、いきなり藤助さんにむかい、子供らしくない叱責のけんまくで、

「お父ちゃん、お父ちゃんは、あたいのほんとうのお父ちゃんじゃないのね」

ぎょっとなったらしく、藤助さんは、咄嗟《とっさ》に返辞をかえさなかった。そればかりか、それとわかるくらいに顔色を変えてしまった。

「何故《なぜ》、嘘をついていたの」

「う、うそなんぞついてやしないが……」

藤助さんは、澄江のぎらぎらする眸子から顔をそらすと、意味もなく土鍋をとろうとして、三和土《たたき》へ取り落してしまった。

「あたいのほんとうのお父ちゃんじゃなけりゃ、嘘ついていたことになるじゃないの」

その表情、その口調、そのポーズは、大学生の私さえも、止めるきっかけが見出せない程はげしいものをあふれさせていた。憎らしいと思うよりも、おどろきの方が大きく、固唾《かたず》をのんで見まもっているよりほかはなかった。

藤助さんは、一二度、まるで哀願するような眼眸で、ちらっと澄江を見たが、その異様にけだものじみた眼光に射すくめられたまま、どうにも口がひらかない様子だった。

「あたいの、ほんとうの母ちゃんと父ちゃんは、どこにいるの」

澄江は、さらに高圧的に迫った。

藤助さんは、ますます困惑するばかりだった。

あくまで、否定する自信はない。いずれはわかることだ、と迷う気持は、ずっと以前からあったに相違ない。といって、いきなり、こういう調子で迫られると、それに対する防禦の態度もせりふも用意してない藤助さんとしては、咄嗟に、たくみに鋭鋒をかわすすべも余裕もなかったのだ。

澄江は、わっと哭《な》き出してしまった。

藤助さんが狼狽《あわ》てて、なだめようと肩へ手をかけると、烈しくふり離してしまった。

これを眺めて、私は、はじめて、この小娘を、力まかせになぐりつけたい憤激をおぼえたものだった。

やがて、やっと哭きやんでから擡《もた》げた澄江の双眸《そうぼう》に、名状しがたい強烈な憎悪の色があふれているのを見出した私は、思わず、藤助さんへ視線を走らせた。藤助さんは、これもまたなんともいえない悲哀の情を泛《うか》べて、両眼にうすい泪をにじみ出していた。私は、うそ寒い無常感が、背筋を走るのをおぼえずにはいられなかった。

だが、どうやら、それっきり、このことは澄江の口から追究されなかったようだ。表面にあらわれたものだけしか見まいとする藤助さんの単純で辛抱強い生きかたにとって、これは幸いであったかも知れぬ。口に出さないということが、澄江の性格のおそろしさであることまでは、藤助さんには見抜けなかったようだ。たとえ見ぬいていたとしても、藤助さんのような快楽や苦痛に対しておそろしく無表情な堪えかたをする人間は、他人に対してもまたおどろくべく寛大なものなのだ。

それから……考えてみると、私も、ずいぶん長い間、藤助さんの店へかよったものだ。いつの間にか、大学を卒業して、どうやら飜訳と創作で生活がなりたちはじめる頃まで、時に一月二月足が遠のくこともあったが、銀座へ出たついでには必ず、顔をのぞけていた。藤助さんの方は、文字通り十年一日のごとく、同じ表情、同じ態度で、私を迎えてくれた。大学の頃は、倒産状態の実家からの送金がとだえがちで、時には、十円、二十円と藤助さんから借りることもあったが、いくら延引しても催促されたことは一度もなかった。

時代もよく、人もよかったな。

私がどうやら文壇でささやか乍ら一応の地位を築いた頃、藤助さんは、十年間の鍋焼饂飩をたたんで、近所の錦絵や長唄、清元、常磐津《ときわず》の唄本を売っていた店がつぶれたあとをゆずり受け、今様の一品食堂をひらいた。それについて私も相談をうけたので、はじめて知ったのだが、澄江の母が某華族の長男と別れる時もらった手切金は、その時までそっくりそのまま澄江名義で預金され、手をつけられずにあったのだ。それを、食堂をひらくにあたって、つぎこんだわけなのだ。

しかし、この商売をやるにあたって、藤助さんの悩みは、別のところにあった。澄江に店を手つだわせる気持になれなかったのだ。澄江の気質は、ほぼ藤助さんにのみこめていたので、店へ出したために、母親の二の舞いをふむようなはめになっては、せっかく店が繁昌してもなんにもならぬ、と警戒したのだ。澄江の美貌は、すでに近隣の評判で、幾度か、亡くなった母親の昔馴染から、今はそれぞれ抱えの四五人ある連中から、ぜひにと懇望されていたくらいなのだ。

私は、相談うけた時、ふかい思案もせずに、「山ノ手のお屋敷へ小間使いに出して、みっちり躾をうけさせたらどうだろう」といってみた。あんな勝気な娘は、勝気だけを放しておくと必ず人生を過つ。だから、お屋敷の中から、いい意味での虚栄《ヴァニティ》を学びとらせれば、勝気は虚栄にささえられて、世俗のたたかいでは勝つのではなかろうか。と、ひどく文学青年的な甘い考え方をしたのだ。藤助さんは、すぐ賛成してしまった。娘になりかかった澄江は、女の奸智をなまに出す不作法を見せなくなっていたかわりに、なにごとに対しても、ひどく冷淡な少女になっていた。私は、それをなまけ者と、うっかり解釈していたのだ。

やがて、麹町のさるお屋敷へ奉公させることがきまって、藤助さんは、如何《いか》にも貴族出らしい癇《かん》の強そうな夫人を、この人なら澄江を立派に躾けて下さるだろう、と単純にのみこんでしまった。

澄江をお屋敷へのこして、戻って来た藤助さんは、留守番を引受けていた私へ、淋しそうな微笑をなげて、

「どうも、やはり、年でございましょうかね……、へんに気がぬけてしまいましてね。……ちょうど、三十年前の、妹と離れ離れになる時のことなど思い出しましてね」

と、いって、芯から肩の力がぬけたように上り框へ腰を下したものだった。

新しい商売の出発にあたって、そんな気の弱いことではなるまい、と私ははげましたが、その折なんとなく店がうまく行かないのではないかという予感がした。果して、この食堂は失敗だった。開店二月と経たぬうちに、筋向いに、手軽で安価なフランス料理と称するハイカラな西洋料理店があらわれ、とてもこれに太刀打は出来なかった。からっきし駄目だったわけではないが、毎月すこしずつきれ込むのをおぎなって行かねばな

らず、将来黒字になる見込みがたてば当分の我慢ともいえたが、とてもそれはおぼつかなかった。そこへ、三月も過ぎないうちに、澄江が、厳格すぎてつとまらぬという理由で、ひまをとってさっさと戻って来たのだ。あることないことお屋敷の悪口をきかされると、つい藤助さんもその気になって、お屋敷奉公のつらさを幾度も味わせるのもふびんだと、家へ置くことにした。ひとつには、商売の不振からでもあるが、家族のない孤独の侘しさが遽《にわか》に身にしみていたらしい。

　私は、藤助さんがなぜ女房を貰おうとしないのか、それが不審で、二三度すすめたことがあるが、とりたてて理由はないらしかったが、貰う気持もうごかなかったようだ。へんに侮辱的な解釈をした連中もいたようだが、私は、そんなことは信じなかった。色恋に眼をそむけ、夫婦というものの愉しみも葛藤も知らずに孤独で通す人生——そんな淋しい例外もあっていいのだ、と考えていた。藤助さんが妻帯しなかったのは、つまりただチャンスがなかっただけなのだ。誰かが、遮二無二押しつけたら、それはそれでまた、子供が生れ、孫が出来、別の人生がひらけたかも知れない。ただ、今になって、そういうことをいってもはじまらないだけの話だ。しかし、私は、今ふっと思うのだが……、藤助さんのような、人間社会の廻り舞台の奈落で、黙々とロクロを押した人生は、もちろん身後蕭条《しょうじょう》たるものだが、すくなくとも私の心の中でだけは、月日がたつにつれて、その姿が罪障の泥土から脱出した正しい使徒のごとくだんだん光りはじめるのではないか——というような気がしてならないのだが……。

ともかく、意地もあり、店を止してどうする目当もつかぬままに、二年三年と、藤助さんは、食堂をつづけた。澄江は、店を手つだうでもなく、手つだわないでもない中途半端で、ぶらぶらしていた。

藤助さんは、もし澄江が、店に精出してくれれば、繁昌するに相違ないことを知っていたのだ。日々になめらかな艶をおびて来る澄江の美貌は、充分その値うちがあったのだ。尤も、私は、彼女の美貌は、男たちの好色によってみがかれればみがかれる程値うちを高める性質のものだ、という危険を感じていたが……。

澄江の母を芸妓に仕上げた吉喜家という置家のおかみが、今は、吉喜家を人手に渡して鎌倉に住んでいたが、たまに銀座へ出て来ると、寄るたびに、澄江の器量を褒めそやして行った。

ある時、このおかみが、澄江を鏡台の前に据え、白粉下の花筏《はないかだ》を頸から胸まで塗りつけ、その上へ白粉を水刷毛で真白に塗りつぶし、牡丹刷毛やら頰紅やら口紅やら、思いきり丹念に化粧して、お座敷へ出る芸妓の装いを夢中で製作するさまを、つぶさに見物させられた私は、今更乍ら、美しく生れた女がどんなにすばらしい快楽を味うことができるかを、きもに銘じて感じたものだったな。同時に、今いった危険をおぼえずにはいられなかった。このおかみのみやげは、いつも反物か半襟か簪か指輪か、身をかざる高価なものにかぎられていたようだ。

この評判娘がいて、店がはやらぬわけはないのだ。藤助さんは、他人にも云われ、むろん自分で百も承知でい乍ら、澄江にありていに云えたものではない。最初それをさせまいと、わざわざお屋敷奉公させたのだから、今更、澄江が手つだわぬからといって、叱れた義理じゃないのだ。この藤助の気持を知ってか知らずか、澄江は、手つだうにしても、店へは絶対に顔を出さなかったようだ。

私は、澄江という娘が、その怠惰を癒すには、虚栄か恋愛か、そのどちらかの処方しかない典型的な女となっているのを、ようやく見ぬいていた。

こうしてなんとなく、一年ばかりすぎた頃、私が、日本橋の博文館の用事をすませて、銀座の方へぶらぶらあるいて行くと、むこうから、澄江が若い男と一緒につれ立ってやって来た。

彼女は、私を認めると、すぐ若い男に何かささやき、男はうなずいてくるりと踵《きびす》をかえし、彼女一人になって近づいて来た。

「どうしたんだい？　いやなまねをするね。私だって、そ知らん顔ですれちがうぐらいの枠は心得ているぜ」

「いいえ、そんなのじゃありません。……わたし、K――さんにおねがいがあるの」

澄江は、にこりともしないで云った。

私は、ちょうど空腹でもあったので、とある横町の蕎麦屋《そばや》へ入ることにした。しかし、澄江は、はこばれた蕎麦に手をつけようとせず、へんにしんとした面持で、しばらく無言をつづけていた。

二三度私にうながされて、はじめて、ひくい声で、ぽつりと、

「わたしね、表通りの、どこでもいいから、カフエにつとめたいの」

と、きり出したものだ。

「それはいかんな。第一、藤助さんが承知しないよ」

私は、即座に不賛成をとなえた。

「だから……だから、K——さんから、お父つぁんにたのんでもらいたいのよ」

「そんなこと、僕からはたのめないね。カフエにつとめるより、自分の店を手つだったらいいじゃないか。いやか」

「いや！」

澄江は、にべもなくしりぞけた。私は、そのつき刺すような鋭い口調に、むっと反感をおぼえた。

「いったい、そんなこと、誰にそそのかされたんだ」

「誰にもそそのかされるものですか。わたしひとりで決心したのよ」

「じゃ、どういう理由だい」

「理由なんかないわ」

「理由がないことがあるものか。自分の店にはろくな連中が来ないから、表通りのカフエで、当代各界の有名人たちとしゃべったり笑ったりしてみたい、というのも理由になるぜ。どうだ、図星だろう」

「ち、が、い、ま、す」と、一語々々区切って反抗をしめした澄江は、こんどは早口で、「うんとお金をかせぎたいのよ。お父つぁんのお店は、あのままじゃもうじきつぶれるわ。それをだまって、ぼんやりそばで見ていられないの」

私は、君が店へ顔を出して看板娘の名を高くすりゃ大繁昌だ、と云いかけたが、どうやら一度云い出したらどうでも我を通すこの娘の気質がわかっている以上、止めだてするだけ無駄だ、と思い直した。それで、返辞はわかってい乍《なが》らも、

「澄ちゃん、それは、本当に君一人の考えなんだろうね。誰かにそそのかされたんじゃないだろうな。たとえば、さっきの青年とか――」

「もういいわ。わたし、K――さんには、なんにもたのまない」

澄江は、つんとして立ちあがりかけた。

「待て待て――。君が食わなきゃ、この蕎麦、僕が食う」

結局、私が、藤助さんに話してやることになったのだ。

藤助さんは、これをきくと、私と同様、すぐ、誰にそそのかされたのだろう、と疑っ

た。いつか新聞へ澄江のことを書いた読売の記者か、それともしげしげと店へ来る京橋の経師屋の道楽息子か、もしかすれば、幼友達の女給からさそわれたのかも知れない。

どちらにしても、思いのままにさせるよりしかたがなかろう、と藤助さんと私の思案は、そこへ落ちた。

「云い出したがさいご、金輪際あとへひかない強情は、そっくり母親ゆずりでございますよ」

と、その時そう云って、藤助さんは、ふと妹を思い出す遠い眼つきをしたものだった。その表情を眺めた瞬間、私は、この男は一生いばらの冠をかむり十字架を背負う侮辱からのがれられないな、と冷たく直感したものだった。

澄江が思いかなって、ナンバア・マークつきのエプロンをつけた姿を、カフエ・ギリシャのキャッシ・レジスターホールの煖炉《だんろ》の傍にあらわしたのは、それから間もなく、そろそろ柳の芽もふく初春の一日だった。

カフエ・ギリシャは、三丁目の表通りにある一流のカフエだった。六間間口で、入口に、菱形にタイルを敷きつめ、上には大きくローマ字でカフエ・ギリシャと書いたのを、更紗模様などによくみられるモザイク化した土人の女がささえていた。夜ともなれば、カフエは紫、ギリシャは赤の電燈がつく。今のイルミネーションからくらべれば、安っぽいものだが、それでも当時はひどくハイカラに見えた。

一歩内へ入ると、三十坪ばかりの階下、階上に、それぞれダンディ・モダンを誇る「銀座享楽者」たちが、とりどりのポーズよろしく、おのおのがとっておきの艶聞年鑑《アナル・ギャラン》や恋愛新聞《ジュウルナル・ダムール》をとくとくと披露している。その間を、いずれどこかの坊っちゃんのアミにかかるのを待っているもんしろ蝶のように、白エプロンの女給がひらひらとんでいる。

長髪をかきあげかきあげ、われこそ生ける逆説というような面つきで、喋りまくっている評論家、憂愁《メランコリイ》について誰かに講義したくてたまらない様子をしめしている詩人、自分の笑い声のプレパラシオンにまで気をつかっている新劇俳優。細い女持のパイプを銜《くわ》えたドイツ帰りの哲学教授、何某伯爵夫人をパトロンにしているルパシカの美男画家。縁の広い天鵞絨《ビロード》のシャッポをかぶった、いずれハマあたりに巣食う不良青年。ラグラン仕立の外套をまとった某大臣の御曹司。黒い細い古代朱の縞のあるお召に、やはり濃い鼠色の、縫紋のある羽織、といったしぶいいでたちで、若い男を物色しているさる有名な造船王未亡人、そして新橋の芸妓連、等々だ……。

尤《もっと》も、カフエといっても、今のように、客のそばへ腰をかけてべたつく風習はなかったから、女給たちは、隅々にそれぞれかたまって、しきりに囁《ささや》いたりつつき合ったりして、お客の品さだめをやっていた。こうした中に、一人伏目勝に、つつましく煖炉の側に佇《たたず》んでいる澄江の美貌は、いちだんと目立った。

真綿を薄絹で包んだような肌の白さ、やわらかな長い睫毛《まつげ》、細く高く通った鼻筋、みがきあげた黒曜石の澄みきった瞳、彫られたようなかたちのいい唇……、そして姿態の美しさは、母が踊りで鍛えた身体をそっくりうけついで——と、こういう通俗小説の主人公《ヒロイン》にささげる低俗陳腐な形容こそ、この場合絶対に必要である程、澄江の、自分は美しいという自信に関して一歩も譲らぬ天性の娼婦たるの姿態は、満堂の紳士諸君の目をそばだたしめた。つまり、彼女は、虚栄の充足を得ようとして、今やはじめて、自分からいきいきした勤勉者になりつつあったのだ。

私は、めったにカフエ・ギリシャに行かなかったから、澄江が、どんな風にその空気に馴染み、媚態の技巧を身につけて行ったか、よく知らないが、ある宵、ふらりと入って、澄江の眼につかないテーブルへ陣取って観察しているうちに、なんともいえない不快な思いをさせられた。

澄江は、ひとつの卓子から、凝《じ》っと倦《あ》かずに瞶《みつ》める眼を意識すると、ある瞬間、ふいに、それに視線を合せる。そして、先ずさりげなく眼眸《まなざし》をそらすのは、相手の方だ。四十越した立派な口髭《くちひげ》をたくわえた紳士が、かすかな躊躇と狼狽《ろうばい》をみせて視線をはずす様子が、澄江には、面白くてたまらないらしかった。口もとに、かすかな冷笑が泛《うか》ぶのを、私は見のがさなかった。

いったい、つんとすましかえった慇懃《いんぎん》無礼なコケットと、女に媚《こ》びる紳士《オム・コケ》は、好一対だが、両者をならべると、男の方が、はるかに下品に見えるのは興味があるね。

澄江は、そのまま紳士を凝視している。ややあって、紳士が、こちらをちらりと見やる。すると、すかさず、澄江の口もとがほころびて、皓《しろ》い歯がきらりと光る。たちまち、紳士の相好は崩れていた。

——花柳界《デミ・モンデーヌ》の女の血。

私は、胸のうちではきすてたことだった。

ともあれ、澄江が、日々に美しくなって行くのが、私には、ひとつの驚異でもあった。実際、私は、女の美しさというものが、知性ある見解とは全く独立した存在であることを、澄江によって教えられた。

「女ハ己ヲ説《ヨロコ》ブ者ノ為ニ容《ヨソホ》フ、か。そういう了簡であんなに美しくなっているんじゃないんだ。あの娘は享楽の老練者《てだれ》どもの精気を吸って美しくなる天性の娼婦なんだ」と、私は、澄江を紹介しろといってむりやりに私をカフエ・ギリシャにお伴させた作家仲間の一人に憮然としてささやいたものだった。

一方、藤助さんの方は、さびれて行く食堂の始末をつけることに煩わされていた。

やっと売り渡しの約束が成立した日、偶然立ちよった私ともども、藤助さんが、感慨深げに、酉《とり》の市の熊手や大入提灯や、ゴマ札や明治情緒の石版刷の美人や、彼処此処《かしこここ》のいたんだ店内を眺めまわしているところへ、一人の老人が入って来た。

羽織袴《はかま》のその老人は、慇懃な物腰で、

「指貫澄江さまのお宅はこちらさまでございましょうかな」

と、たずねた。その言葉は、決して下町などできかれるものではなかった。

藤助さんが、奥の六畳へ招じ入れると、老人は格式ばった挨拶をあらためてやり、自分は神谷子爵の家令だ、と名乗った。

「先般、澄江さまの代理の方が三度ばかり見えられましてな」

藤助さんの面上を、はっとした暗い色が走ったようだった。

「代理と申しますと――」

「それが……こう申してはなんでございますが、あまり風采の宜敷《よろし》くない、ぶしつけなお人でございましてな」

「初耳でございます。てまえどもは一向そんなことがあったとは存じませんでしたが、それで、その男は、何かお屋敷に御迷惑になるような……」

「左様親子の対面を、晴れていたしたいと――」

「な、なんですって！」

藤助さんの声が、思わず上ずった。

「そんな莫迦《ばか》な……、とんでもねえ――」

藤助さんにしてみれば、顔が擡《あ》げられない思いだったろう。

三度目の訪問で、やっと、相手のこんたんを見抜いたが、黙ってその男に渡すのも、かえって此後つけ込む口実を与えてやるようなものだし、第一果してそれが澄江自身の意志かどうかもたしかめてみなければならぬ、と――そういった次第で、本日うかがったと、家令は、猜疑の色をひそめた眼つきを藤助さんに向けていたのだ。

「なにしろ、そのお方は、新聞記者の名刺を持参いたしたのでござりましてな」

「てまえの方じゃ、まるっきりおぼえのないことでございます。澄江が、人をつかってそんな大それた真似をしでかすとも考えられません。そりゃ屹度《きっと》、その新聞記者が、むかしの艶種《つやだね》しらべでもしているうちに、かぎつけてやった仕事に相違ございますまい。とんでもないことでございます」

恐喝をかくごでやって来たらしい老人は、予期に反した藤助さんの態度に、やっと胸をなで下した様子だった。

帰り際に、老人は、懐中からかなり厚い包紙をとり出して、藤助さんの膝の前へ差出した。

「これは、主人のほんの寸志でござりまして、澄江さまに、晴着のいちまいでも買ってやって欲しいと申されましてな」

「おからかいなすっちゃ困ります。相手をとりちがえなすっちゃ、こちらで迷惑いたします。もしこれが親心と仰言《おっしゃ》るのでございますなら、あらためてお断り申上げます。お屋敷とてまえどもの澄江とは、なんのかかわり合いもない他人でございます。どうぞこんな御心配は御無用になすって下さいまし。御主人様と澄江は、澄江が母親の腹にいた時、すっぱりと他人になって居りました」

こういう素朴な義理人情の土台に腰をすえた江戸っ子ぶりは、私のような田舎者を文句なく感服させる見事な呼吸だった。

老人が、なんといっても、藤助さんは、頑としてはねつけた。

その夜、私は、引きとめられるままに、藤助さんと、将棋をさした。しかし、藤助さんが心中の憂悶をまぎらわそうとつとめているのを見ている私の方としても、とてもやりきれたものではなかった。また、偶然かどうか、澄江は、十二時過ぎても戻って来なかったのだ。

柱時計が一時を報じた時、とうとう我慢ならなくなったか、藤助さんが立ちあがった。私も、あとに跟《つ》いて出た。

春すぎた夜更の空は、雲ひとつなく冴えわたり、銀座の夜も今時は、人影は絶えて、とある角で、酔漢が一人まんさんとよろめいているきりだった。お座敷がえりの芸妓をのせた人力車が、鈴を鳴らし乍ら、二三台馳せすぎて行く。満員の赤電車が走りすぎた後、大通りの商店は大戸を下し、ひとつひとつ電燈が消えて行く。並木の柳が街燈の光の下に、仄《ほの》かに若葉を銀色に浮き上らせて舗道へ影を這《は》わせていた……。

カフエ・ギリシャもすでに光を消して、しいんとなっていた。露路を曲って、トタンの海鼠板《なまこいた》に沿うて出入口に行ったが、ここも暗く、中に人影はないようだった。恰度《ちょうど》そこへ、風呂戻りの料理番らしい男が、ことことと下駄の音をたてて戻って来たのをつかまえて訊ねると、けげんそうに、澄江さんなら早退《はやび》けして宵のうちに帰った、という。

私たちは、ひと言も言葉を交さずに、むなしく店へもどって来た。

澄江が帰宅したのは、翌晩の十二時すぎだったそうだ。

その夜、二人のあいだにどういうやりとりがあったか、私には、手にとるようにわかるのだ。

澄江は、さすがにしきいが高く、顔を合せるのを避けて、黙ってこそこそと自分の居間へ入って、寝仕度をはじめたにちがいない。

そこへ、藤助さんが、無言で襖《ふすま》をひらく。寝衣になって、着物をたたんでいた澄江は、しおらしく肩を落して、「すみません」と詫びる。

おそらく、藤助さんは、外泊については一言もふれなかったろう。

「お前、鈴本という新聞記者を知っているのか」

澄江は、一瞬、沈黙の抵抗をしめしたのち、それが癖の、眉をしらじらとひらいて、膝を崩す。

「知っているわ」

「じゃ、鈴本が神谷のお屋敷へ行ったことも知っているんだな」

こたえはない。

「ばか野郎！」

と、思わず知らず怒鳴りつけ、その声の大きさがこだまになって藤助さんの胸にかえって来ていただろう。

すると、澄江が、本性あらわして、逆に食ってかかる。

「父親に会いたいというのがどこがいけないの。お母さんをすてた無情な男に会って、怨みの一言でも云ってやりたいわ」

「親じゃない。神谷は他人だ」

「誰がそんなことをきめたの」

「……」

「金で縁をきったというんでしょう。そんな勝手な相談ずくは、わたしの知ったことじゃないわ」

藤助さんは、唖然として澄江のひきつったヒステリックな形相を眺める。

「おっ母さんはそれを承知して泣き寝入りしたかも知れないけど、わたしはわたしの立場で、神谷に云ってやりたいことがあるわ。金さえ呉れちまったら他人だ、などと考える旧時代のふみつけたやり口などゆるせるものですか。ご時世がちがうわ。思い知らせてやるんだ」

「澄江、お前、鈴本にたきつけられたんだろう。お前には、世間のことは、まだなんにもわからんのだ。子でも子と名乗れない義理というものが世の中にはあるんだ」

「いやです。いや！　いや！　そんな古くさい義理で、一生日かげ者になってたまるもんか」

「澄江、お前は、このわしに恥をかかせたいのか」

「お父つぁんがなにも恥をかくことないじゃないの。子が親に会いたいというのがどこが恥なの。恥をかくのはあちらさまだわ」

「鈴本は、神谷へゆすりに行ったというじゃないか」

「相手は、すぐ金が目当だ、となんでも金で片がつくように思っているんだわ。それが、第一腹が立つじゃないの」

「お前は、おっ母さんが別れる時のことを何も知らないんじゃないか」

「それ、その、手切金とかを貰ったというんでしょう。……どこにあるのよ」

そこで、藤助さんは、ぐっとつまる。食堂にみなつぎ込んだのだ。そして、失ってしまっているのだ。

結果は、藤助さんの惨めな敗北となってつめたい一夜が明けた、というわけなのだ。

藤助さんは、以後、神谷と鈴本と澄江との間に、どういういきさつがあり、どんなけりがついたか、眼も耳もふさいですぎてしまった。たぶん、鈴本が多額の金をせしめ、澄江の手には入らなかったのではないかと思う。

そのことがきっかけとなって、澄江は、藤助さんを眼中に置かぬ放埒《ほうらつ》な行動をとるようになって来たのだ。それに対して、藤助さんは、一言も叱責をあびせなかったのではないかと思う。

やがて、澄江が、自分に夢中になってかよう幾人かの男のうちからえらんだのは、文壇の長老T氏だったのには、私にも意外だった。それまでに、澄江は鈴本某という新聞記者やそのほか若い男たちと遊びまわっていたらしいが、正式に、というのも変だが、公然とまわりをはばからない仲になったのはT氏がはじめてだった。もちろん、新聞や雑誌のゴシップに書きたてられた。T氏は、恰度その頃奥さんをうしなって寂寥をかこっていたのだ。読売新聞が、これをトップ記事であつかった折、T氏は、読んでいてこっちが照れるような歯の浮く甘い談話を発表したものだ。もちろん記者の筆がかなり談話を押しまげたにはちがいないが、それにしても、後輩としてやりきれたものではなかった。澄江は、純情可憐な小鳩にされてしまっていたんだからな。

しかし、T氏は、息子夫婦が二組も住むわが家へ澄江を入れるつもりは毛頭なかったようだし、周囲の事情からして、自分の方が家出して、同棲するということもゆるされなかったらしい。

そのうちに、新橋裏の泥溝臭い長屋にひっそくしていた藤助さんは、ある朝、台所で澄江がしきりにげえげえものを吐いているのを訝《いぶか》った。そのことを、私に告げた時の藤助さんの顔には、むしろ自嘲めいた侘しいあきらめの微笑がただようていた。

藤助さんは、澄江の相手が高名な小説家であることも知らなかった。私がはじめて、T氏だとうちあけても、T氏がどんな人か知らなかった。

腹が人目につくようになってから、澄江は、カフエをしりぞいた。T氏は、週一度ぐらいの割で、その長屋をおとずれるようになった。藤助さんが、ほぼ自分と同年配のT氏を、どんな気持で迎えたか……ある時、私は、そこでばったりT氏と顔を合せた。T氏は、私を見ると露骨に不機嫌な表情になり、ろくに口もきかなかった。いそいそとかよって来たところを後輩に見られた屈辱的な不快さもあったろうが、あるいは私と澄江との間をへんに誤解したのかも知れない。私の方も面白くないので、以後、足を遠のかせてしまった。

T氏が、澄江との一切のいきさつを小説に書いて発表した頃、女児が生れた。これが和枝なのだ。

その翌年、あの九月朔日が来た。——

その午《ひる》、藤助さんは、和枝を抱いて、上野公園へあそびに行っていた。ぐゎらぐゎらと来た刹那、和枝をかかえて地べたへつっ伏しになった。東照宮近く、石燈籠の並んだ磴道《とうどう》のわきの茶店でのことだった。杜《もり》の中へ逃げこみ乍ら、——こりゃ大変だ、ただでは済まないぞ、と考えたが、この天災は、想像以上の猛威をふるった。

澄江は、崩壊した家の下に敷かれ、焼野原と化した新橋の土地に骨となってしまった。

二日後、藤助さんは、和枝を背負って、わが家とおぼしい辺の焼跡に、茫然と彳んでいたのだ。

ただ、幸い、食堂を売った金が半分ばかりのこっていたし、澄江は金の点でこまかったとみえて、藤助さんには内緒で三千円ばかり預金していたので、当座は事かくことはなかったようだ。

その年の暮、銀座の焼跡にも二階建の仮普請がぼつぼつ出来かかったある日、私は、藤助さんにめぐりあって、はじめて澄江の死や内緒の預金のことなどをきかされたわけだった。

翌年、私はチャンスがあって、渡仏し、予定を延し延し、足かけ九年も、パリに滞在してしまったので、その月日が、私の脳裡から藤助さんをむかしの知己の一人に遠のかせてしまっていた。

その九年の間に、たった一度、あとからやって来たある画家から、藤助さんは銀座で露店をやっていると、きかされただけだった。

帰国してからも、めぐり会う機会がなく、とうとう今日まで過ぎてしまったのだが……。

しかし、私は、これだけは、断言できる。私が、これまで会った数多くの人々（外国人をふくめて）のうち、藤助さんぐらい、人の非をとがめず、うらまず、憎まず、時代の流れに黙々と身をまかせてなんの反抗もしめさなかったかなしい人間はいない。

その人が、七十余歳になって、たった一度、善良が過剰なるが故に犯した過失を裁かれるということに対して、私は、無性に腹が立つ。

裁くとは、いったいなんだろう。設定され、是認された平等という完全な正義の観念の明察によって、その罪を罰し得る、ということぐらい私だって知っているが、しかし、それは、その罪人が、たとえば彼が泥棒であれば、もし彼自身盗難に遭えば当然ひどく憤慨するにちがいない——その不正に対する怒りをあらためて認識させるために罰するのではないだろうか。

ところが、藤助さんの内奥には、そんな不正に対する怒りは爪の垢ほども存在しなかったのだ。ということは、藤助さんという人格が、不幸にも、そんな怒りを必要としないほど善良そのものであったのだ。

こういう善良な人格は、俗物なるが故に正しい精神という観念を自己の裡《うち》に定着しようと努力している私など作家から見れば、この上の愚劣はない。

しかし、善良そのものという存在が、いかに現代において稀有《けう》であるかは、誰でも認めざるを得まい。そうなのだ、藤助さんは、生涯ただの一度も自己の情熱に左右されたおぼえのない人なのだ。不正に対する憤怒も憎悪も、情熱から生れるものだ。藤助さんは、したがって、正義を知る人間がしばしば、自己の権利を守ると称して、情熱を、エネルギーを、自分の周囲にふりまわすようなことはしなかった。だから、藤助さんの人生には、勝つとか負けるとかの結果は生じなかったのだ。

藤助さんは、ただ、黙々として流されたのだ。こういう人に対して、神は、審判の下し様があるまい。

まして、法律が裁くなどというのは、僭上《せんじよう》の沙汰だ——と私は思う。

私に、敢えて云わせれば、藤助さんが和枝を殺したのは、神のずるい陥穽《かんせい》にひっかかったからだ。

ここで救霊予定の教義をもち出すのは、唐突かも知れぬが、すでに仮定された一個の人格が、そのまま善良の偶像化となりつつ、その生涯を今や終えようとする矢先、ふと、神の陥穽にひっかかったからといって、その行為を、一生一度の情熱の爆発とは、到底考えられないのだ。私は、この意味で、素朴な宿命論者なのだ。

藤助さんは、自分の苦しみの原因をのぞきたくて殺人を犯したのでは断じてない。もとより、みじんの怒りもなかったろうことは、さきにのべた。藤助さんは、もし、和枝の腹から生れる子がまた女であったら、第四番目の犠牲者になるだけだと考えて、生きていればいるだけ不幸になる和枝とその子に、永遠の安息を与えてやっただけなんだ。ない。

藤助さんは、おそらく、きわめて平静に、無言で、無表情で、和枝を刺したにちがいない。

神は、そのあまりの静かな行為を眺めて、陥穽が、まさしく、藤助さんの救いであったことをみとめたにちがいない。

私がなぜこんなキザないいかたをするかというと——それは、今でも私の脳裡に昨日のことのようにきざみついている一場面があるからなのだ。

そう——澄江が和枝を生んだ年の暮だった。黄昏《たそがれ》がふかまって、私が、何かの用事で浜松町のとある小路を通りかかった時、ちいさなカソリック教会から、「聖しこの夜」の斉唱が、オルガンの音とともに流れ出てきていた。

——ああ、今夜は降誕祭だったっけ。

と思い出し乍ら行きすぎようとしかけた私は、ふと、教会の木柵の前に佇んでいる人影をみとめて、——おや、と思った。

私は、声をかけようとしかけて、なぜか、ふっとためらわれて、そのまましのび足で行きすぎた。かなり遠ざかってふりかえってみると、その黒い姿は、依然として石像のように、そこを動くけはいもなかった。

私は、藤助さんが、もとより基督教《キリストきょう》の何たるかを知る筈もないことを知っていた。おそらく藤助さんは、道すがら、ふとその清らかなうた声になんとなくひきよせられて足をとめたのだ。そして、うた声がやんだ時、またとぼとぼとあるき出したに相違ない。ただそれだけのことだったろう。

しかし、神は、藤助さんが何分間かあのうた声に耳をすませて、心をしずめた姿に対して、つつましい祈禱をささげる信者に与えたであろう微笑をそっとなげかけたに相違ないのだ。

私は、あの時の藤助さんを思い泛べて、あの「クリストを信ずる者はすべてクリストである」というパウロの言葉が、クリストを知らない藤助さんにこそ与えられるべきだ、と思うのだ。

私は、検事たる君に希望するね。藤助さんは、執行猶予の判決を得て、刑務所のかわりに、養老院の日あたりのいい一室を与えられるべきではないか、と——。

藤助さんは、おそらく、そこで、ひと言も口をきかずに、ひっそりと、影のように幾年かをすごしたのち、おだやかに死んで行くことだろう。

やくざ者の話

みんなおれが悪いんです。

殺された和枝は、パン助なんかになるような女じゃなかったんです。おれのために、めちゃくちゃにされたんでさ。右を向いてろといえば、三年でも右を向いているやつだったんです。あいつは――。

藤助爺さんも、いい人です。あんないい人なんて世の中にいやしません。おれの恩人でもあるんです。

おれだって、戦争に負けなけりゃ、こんなやくざになんかなっちゃいなかったんだ。兵隊にとられるまでは、まじめなデパートの売子だったんです。愛嬌がよくて、親切で、みんなから、哲ちゃん哲ちゃんと、可愛がられたものでした。兵隊になってからは、ほかの奴らよりは、二倍も三倍も働きましたよ。だから、イの一番に上等兵になり、下士官候補でも先任だったんです。足かけ五年、満洲から中国中をかけずりまわって、無我夢中で、戦闘をやりました。こんどは死ぬぞと、かくごをきめたことも、五度や六度じゃありません。ところが、戦争が負けてみりゃ、なんのために、生命をすてて五年間も働いたんだかわけがわからなくなり、復員して来てみりゃ、東京は焼け野ッ原、三つの時からたった一人で育ててくれたお袋は焼け死んでしまっている。おれは、ぽかーんとしてしまったんです。隊からかついで来た衣服は、品川駅の前でボンヤリつっ立っているすきに、あっさり盗まれてしまったし、どうでもなりやがれ、という気になったんです。

おれが、藤助爺さんに会ったのは、その復員直後の廿一年の春でした。

あの頃、新橋《ばし》の駅前は、すげえ闇市で、あっちこっちからかついで来た食物や衣服が地べたにならび、そいつにたかる奴らで広場は黒山のようにうずまっていました。おれは、空腹をかかえて、何か食って行く方法でもころがっていやしないかと思い乍ら、ぶらぶらあるいているうちに、なんだか無性にむかっ腹が立って来て、じりじりしはじめたんです。十二か三ぐらいのチビが百円札をポンとなげ出して、芋羊羹を五六本つかんでいやがるかと思えば、焼け出されのくらしに疲れきったおかみさんが、一皿十円のおでんを背中におぶった栄養失調の赤ン坊にしゃぶらせている。アメリカの兵隊が、古道具屋の前にしゃがみこんで、内裏雛《だいりびな》をひねくっているとなりでは、淫売のようにごてごて厚化粧しやがった化猫じみた十八九の娘が、金切声をあげてハンペンを売っている。どれもこれも、おれの眼には、変てこらいな途方もねえ光景でした。

――ちきしょう、こうなりゃ、おれも、イチかバチか、泥棒でもなんでもやっつけてやろうか。

そういう了簡を起させるほど、あの闇市場は、なにか、こう、気違いじみた、やけくそのような、ものすごい活気があふれていやがったんです。

そのうち、おれは、ふと、一軒の屋台の暖簾《のれん》に、きみ玉とあったかい牛乳、と書かれてあるのを見て、ぐうっと腹が鳴って、金もないのに、ふらふらと首をつっこんでいました。

「いらっしゃい」

石油缶でつくったかまどにしゃがみこんでいたヨボヨボの爺さんが、立ってこっちを向いたとたん、おれは、――おや、どこかで見た爺さんだな、と思ったんですが、どうもすぐには思い出せませんでした。

「きみ玉ってなんだい」

「はい、これでございます」

爺さんは、台の隅の笊《ざる》に盛った茶黄色な餅のようなものをひとつかみして、庖丁で指程の大きさにさくさくときざみ出しました。

「これは、粟と糯米《もちごめ》でつくったものでございましてね。主食はうるそうございますので、きみ玉なんて名をつけてごまかして居ります」

そういいつつ、黄粉《きなこ》をばらりとふりかけた皿をさし出した時、おれははっと思い出したんです。

「お爺さん、あんたは、藤助さんじゃないのかい」

爺さんは、まぶたをしょぼしょぼさせておれをしげしげと見かえしましたが、一向に思い出せない様子なんで、

「ほら……お爺さん、銀座の露店でさ……、もう十五六年前だが、お爺さんは玩具屋を

やっていたろう。そのとなりで小間物店を出していた、おきんの息子の哲也だよ」

　と説明してやりますと、

「おう……、あの、哲坊——」

と、爺さんは、あっけにとられた顔つきになりました。

　おれが、手短かに、その後の自分の身の上を語るのを、爺さんは、いちいちうなずいてきいてくれました。おれは、その時、はじめて、自分を親身な気持で迎えてくれる日本人が一人いたことを知ったんです。実際、爺さんは、その時、おれを心からいたわってくれるやさしい眼つきをしました。おれは、その眼でじいっと瞶められると、何かこうまぶたが熱くなって、わざとしかめっ面をしたくらいです。

　おれが、頭をかき乍ら、実は、おけらなんだ、というと、爺さんは、にこにこして、麦飯の入った自分の弁当箱をさし出して、喰べろとすすめてくれたもんです。そればかりか、おれが宿なしと知ると、自分のバラックへ来て泊れとさそってくれました。

　藤助爺さんのバラックは、淀橋の柏木にある大きな屋敷の焼跡に、高いコンクリート塀へ、焼けトタンをよりかけてつくった吹けば飛ぶようなやつでした。それでも、おれにとっては、復員して来てから十日ぶりに、他人のあたたかい親切をうけて、とにもかくにも星の見えない屋根の下へ寝かせてもらえるので、このありがたさは実際、宿なしの無一文の浦島太郎になった人間でなけりゃわかりません。

バラックには、幼馴染の和枝がいました。お互いに顔を合せた時は、全然見知らぬ人間にひき合されたようでした。どうしても、むかしの俤《おもかげ》を思い出せなかったんですが、しかし、銀座の露店時代、爺さんの傍にキチンと坐って熱心に学校のおさらいをしていた姿は、はっきりとおぼえています。なにしろ、人通りのはげしいあの街の露店で顔を合せるんですから、一緒に遊ぶなんてことは一度もなかったんですが、時々、毀《こわ》れて売物にならなくなった玩具を、おれにくれたやさしいお姉ちゃん、というあたたかい印象は、大きくなってからも、おれの頭にこびりついていました。

こうして、めぐり会ってみると、こっちが、むかしの俤を見つけることはできないと同様、和枝の方も、おれがいつも泣きべそをかいていたあのチビだと爺さんから教えられても、なんだか羞《はずか》しそうに、おどおどするばかりでした。しかし、その内気な態度が、おれには、ほかほかした家庭の味というやつを思い出させてくれました。

だから、その夜は、おれは、子供のように何も考える間もなしに、ぐっすりとねむりこんでしまったんです。

ところが、翌日、爺さんが、二三日泊って行け、といいのこして出て行ったあとで、おれはいきなり、和枝にいどみかかったんです。おれは、和枝の胸や臀《しり》を眺めているうちに、やさしいお姉ちゃんというむかしの印象なんかどこかへふっとんでしまい、こっちが泥んこの目玉をギロつかせた狼ならそっちは白いプワプワした柔かそうなうさぎだとしか思えなくなったんです。おれは、たしかに、女のからだに飢えていました。むらむらっとなってから、――ええいっ、やっつけろ、と肚《はら》をきめるまでものの三分とかかりゃしませんでした。

おれが、うしろから抱きすくめると、首をねじまげた和枝の顔が、恐怖をいっぱいあふらせて、そいつがまた、中国で強姦したある百姓の女房の表情とそっくりだったんで、遽《にわか》に、おれのからだ中は、こう、なんともいえない力がぐうっとみなぎって来やがったんです。

バラックの様子も、あの中国の百姓小屋に似ていましたし、すぐ抵抗をやめて、眼をつぶってしまった和枝の恰好も、あの女房と同様でした。また、おれが、何かに追いたてられるように、女の下をはだかにして、押しひろげて、のしかかって、大いそぎでやっつけたのも、あの時と変りませんでした。

ちがっていたのは、和枝が処女だったことです。

おれは和枝をものにしてしまうと、もうこんな女なんかどうでもよくなり、急に、自分が今日からいよいよ真剣に食わなきゃならんのだ、とひしひしと感じました。

おれが、兵隊服をつけて出て行こうとすると、和枝は、はね起きて、おどおどし乍ら、

「帰ってくるんでしょう」

と、蚊の鳴くような哀れっぽい声でたずねました。

「帰ってくるさ」

おれは、笑ってみせて、さっさとバラックをあとにしました。

おれは、それっきり、そこへは帰らなかったんです。

それから、……そうです、色々なことをやりました。かつぎ屋はもちろんのこと、道路工夫、靴みがき、競馬場の掃除夫、カストリ密造やモヤシつくりの手伝い、横浜の風太郎、サンドイッチマン――。とどのつまり、やくざ仲間に落ちてしまったんですが、それも同じ仕事が三月もつづかないんで、だんだん気持が荒《すさ》んで行ったんです。自分では、その仕事をつづけるつもりが、次々としち面倒な故障や邪魔が入って、ひとつの場所にいられなくなり、まごまごしているとすぐシャリカネになりやがるんで、――どうせ、こうなりゃ……、と手取早い途《みち》をえらんでしまったんです。度胸と腕力さえありゃ、やくざぐらい食い易い世界はないんです。

そうやって、二年もすぎると、もう、二度とかたぎにもどれないほど、やくざの世界へ深入りしていました。

廿三年の夏のことでした。おれは、浜町の、とあるビルの地下室の鉄火場で、面白いほど勝ちまくったんです。

あの賭博《ブウ》というやつがなけりゃ、まだやくざの足を洗うチャンスはいくらもありますが、あいつの魅力にいっぺんとっ憑《つ》かれてしまうと、もうおしまいでさ。

幅三尺長さ六尺ぐらいの蒲団へ白い盆布を覆った盆茣蓙《ぼんござ》をとりかこんで、中盆と壺振を真中に、丁が左、半が右、十数人の張子がずらりとならんだ鉄火場の光景を、想像しただけでも、もう心臓がピリピリ震えやがって、どんな仕事をしていても、そわそわと落着きませんや。

丁側と半側が同じ金額になるや、中盆がするどい声をかける。壺振は、ぴったりと伏せた壺をつかんでいる。勝負！　ピーンと全神経が、そこへ集中している一瞬間は、なんともいえませんや。あれは、たしかに、敵にむかって、銃をかまえて、あわや引金をひこうとする息づまる緊張と似ています。おれという男には、あの一瞬間が、どうやらたったひとつの生甲斐になっていたんです。

おれが、丁半勝負で、ざっと五万ほど儲けるのを眺めていた貸元は、つづいて「天賽」がはじめられる前に、だいぶかせいだようだからひとつ胴親になったらどうだ、とすすめました。

おれは、すぐさま応じました。

「天賽」というのはなんだ、とおっしゃるんですか。

「天賽」というのは、胴親と賭客が勝負を争うばくちなんです。サイコロは五個、このサイコロは、他の賭博に使うのとはちがって、三面に白の目一個宛の目盛をして、他の三面には黒の目一個宛の目盛をしてあるやつをつかうんです。賭客は、黒か又は白に賭けます。黒目が多ければ、黒目に賭けた者が勝ち、胴親から賭金額に相当する金額を受取り、負けた者の賭金は全部胴親にとられます。そして、総黒、これを黒の天賽といって、胴親は、白に賭けた者の賭金をみんなとってしまい、黒に賭けた賭客には金を支払いません、総白の場合も同じです。

五回すぎないうちに、総黒と総白が二度も出ました。おれは、まるで雲の上にでも乗っかかっているような気分で、札たばをかきあつめたものです。おかげで、バタバタ落伍するやつが、あい次ぎました。

ところが、六回目になって、それまで、一度も張らずにだまって勝負を眺めていた渡吉という品川のやくざが、ふいに、五万円の札たばを、ぽんと賭けて来やがったんです。

「勝負！」

壺笊がさっとあげられると、黒目。渡吉の勝です。

渡吉は、二倍になった金を、またそのまま賭けました。そして、そいつは、たちまち、二十万円に増しました。

渡吉は、黙って、二十万円を賭けて来ました。

こうなると、一座は、しいんと静まりかえって、咳ばらいする奴もいやしません。

おれは、殺し合う敵と一騎打ちする武者ぶるいをおぼえて、一歩だってあとへひく気はなかったんです。

他の者は、おそれて手をひきました。

おれは黒。渡吉は白。

その時、おれは、渡吉の面《つら》が、冷たいうすら笑いさえ泛べて落ちつきはらっているのを、ちらっと眺めて、――何を、こん畜生！　と、猛然と闘志をわきたたせたもんです。

ところが、――

「勝負！」

と、鋭い掛声が、頭にびいんとひびいた刹那、おれは、突如、――しまった！　やられる！　と直感したんです。

その通りでした。

渡吉は、自分の前に築かれた四十万円の山を前にして腕を組むと、微笑しつづけ乍ら、

「哲ちゃん、やるのなら、貸そうか」

と、ぬかしやがったんです。

おれは、かっとなって、

「ごめんだ。しかし、あんたがうんというのなら、おれはおれの女房のからだを賭ける」

と、口走ってしまったんです。

「女房？　哲ちゃんに女房があるのか」

「あるとも。立派に仲人をたてて式を挙げた女房だ」

そうこたえ乍ら、おれは、咄嗟《とっさ》に、和枝のことを思い泛べていたんです。

「よかろう」

渡吉は、うなずきました。

勝負の結果は、おれの負でした。

おれが、柏木のバラックを二度目におとずれたのは、このためだったんです。

おれは、藤助爺さんにむかって、いきなり、和枝を女房にくれ、ときり出しました。

藤助爺さんは、おれの勢いこんだけんまくに押されて、ちょっと返辞もできずに、とまどったまま、和枝をふりかえりました。和枝は、うつ向いたまま、からだをかたくして居ります。その様子が、おれには、まるで、身売り娘のように見えて、イライラしました。

そこで、おれは、和枝にめぐり合った時にひと目惚れしちまったこと、あれから二年間、和枝と結婚することをたったひとつの目的にして、がむしゃらに働きつづけ、どうやら食うに心配のない金をためたこと、など出鱈目《でたらめ》をやっきになってしゃべりたてました。

藤助爺さんは、黙ってきいていたのち、何やらあらたまった顔つきになって、

「哲さん、あんたは和枝を本当の女房にして下さるんだろうね。戸籍にちゃんと入れ

て」

と、念をおしました。

おれは、内心ぎくりとし乍ら、

「お爺さん、おれは独身者《ひとりもん》だぜ。疑わしいのなら、おれのところへ来てみてくれ」

と、慍《おこ》った口調でいうと、爺さんは、あわてて、

「いや、つまらぬことをきいて、すまなかった。気を悪くしないで下さいよ。年上の和枝をもらって下さるおこころざしにお礼のいい様もありません。それじゃ、和枝をよろしくおたのみ申します」

と、両手をついてていねいに頭をさげられると、さすがのおれも、良心がチクリと痛んだが、強いてそいつをおし殺して、何食わぬ顔をしていました。

それから二日後に、おれは、約束の場所へ、和枝をつれて行き、渡吉に渡すと、その足で、神戸へすっ飛んでいったんです。おそらく、和枝は、渡吉から、事情をきいて、びっくりし乍らも、泣く泣くあきらめて、素直に渡吉に身をまかせたにちがいありません。あいつは、反抗したり、わめいたり、狂ったりするような女じゃありませんでした。

おれが、神戸でたよって行った兵隊時代の仲間は、密輸の親玉になっていました。

おれは、こいつは自分にお誂《あつら》えむきだと、こっちからたのんで、密輸船にのりこんだのです。天神丸という百二十トンの貨物船で、綿糸、薬品、マッチ、電球用のタングス

テン、天草《てんぐさ》、自動車の部品などつめこんで神戸を出て、台湾にむかいました。取引相手は、上海の商人で、中国招商局に属する商船天烈号という船が、ペニシリン、布地、プラスティック製品など数十梱を積んで上海から台湾に向い、高雄で落合って品物を交換する仕組になっていました。そして、予定通りに、交換完了して、天神丸は、日本に帰って来たんですが、ところが、どっこい——瀬戸内海の小豆島大角鼻沖東南五海里の附近で、海上保安隊のパトロール・ボートに停船命令をうけちまった。

天神丸は、小豆島の草壁港近くに一日ひそんでいて、海上保安隊の警戒がゆるんだとの情報に接して、神戸にむかっていたので、かなり油断がありました。生憎《あいにく》東南の風が強く、船はエンジンの故障があり、すこし左へ傾いたまま十ノット程度の速力で走っていたんです。そこへパトロール・ボートが出現しやがったんで、不意に速力をあげたところ、そいつが運のつきでした。天神丸は吃水が浅い弱点があり、少しの風でもローリングして船体を傾けるくせがあったのです。しかも、コースは、風を右舷から真横にうける〝東四分の一南〟であったので、速力をあげた途端に、突風風速二十米近くの横風をくらって、一瞬、ぐらっと六十度も傾き物凄い衝撃とともに、暗礁に乗りあげてしまったんです。

——二億円以上の大密輸団一網打尽、というあの天神丸事件は、商売柄、よくご存じの筈だと思いますがね——。

おれは、たった一度の冒険とひきかえに一年八箇月の刑を頂戴しちまったんです。おとなしく刑をつとめあげて、長野の刑務所を出た折は、もう世の中はひっくりかえって、不況のどん底に落ちていて、おれはまた、復員の時と変らぬ浦島太郎の身になっていました。根性がよごれているだけに、前の時のように途方にくれることはなかったんですが、その代りに、まともな職について働く気なんぞまるっきり起りゃしません。東京へ舞い戻ったおれは、デンスケ賭博の仲間《ダチコウ》になってみたり、淫売《かりや》屋の用心棒になってみたり、愚連隊《てんこ》とテキ屋のジャズ（喧嘩）を仲裁して兄貴面をふかせてみたり、盗品売買のずやとぐるになって、みみっちい儲けをたくらんだり、パン助のひもになっておとしまえをまきあげたり……その日その日の風まかせにくらしはじめました。

おれは、たしかに、何か、こう、パッパッパッと火花の散るような強烈な刺戟がなけりゃ、さっぱり、生きているのが物足らなくなっていたようです。そうです、自分で、やくざなんて、人間の屑の中の屑だと思っています。しかし、やくざの中に、おれのこの神経をピリピリさせるやつがあるんです。おれは、自分で自分を、そう悪党とは思っちゃいません。しかし、もう、なんだか知らねえが、面倒くせえことは、いやなんです。ひょいとそう思ったら、そうしてしまうんです。それだけなんです。もう、誰も信用してやしません。ただ、こうやって、自分一人生きて行きゃ、それでいいんです。

ただ、あの藤助爺さんと和枝に対してだけは、心底から申訳ないと思って居ります。

ああいう人間が、もっと世の中にたくさんいたら――、いや、たくさんいればいるほど、おれみたいなやくざにさんざんだまされて、可哀そうな目に遭うだけですかね。どうもよくわかりませんや。

和枝とめぐり会ったのは、今年の四月でした。もう十二時をとっくにまわった時刻、人影もなくなった銀座の尾張町を、三越側からＰ・Ｘの方へ渡って来たおれは、地下鉄の入口のところに一人しょんぼり立っている女を見つけて、――今夜は、このパン助と寝るかと、思いついて、近よって行ったんです。何気なくこっちをふりかえった女の方が、先にびっくりした声をあげました。

――和枝だ、とみとめるや、おれは、思わず逃げ出そうと足をひきかけましたが、泣き笑いするような弱々しい和枝の表情を眺めると、それはできませんでした。

おれは、咄嗟になんといっていいかわからず、ただ、つっけんどんな口調で、

「行こう」

と、うながしました。

和枝も、それっきりだまってついて来ました。

有楽町の駅まで、お互いに無言であるきつづけ、切符売場で、

「どこなんだ、住所《やさ》は？」

と訊ねると、和枝は、うつ向いて、

「きまってないの」

と、小声でこたえました。

「じゃ、藤助爺さんは？」

「下落合のアパートにいるんだけど、わたし、十日にいっぺんも帰らないの」

「そうか……じゃ——」

おれは、すぐ、渋谷にある自分の下宿先《かりやさ》へつれて行くことにきめました。省線に乗って、あらためて、和枝を眺めましたが、どこかまだ素人《ねす》らしいところをのこしていて、この商売をはじめてまだ日が浅いんだな、と思いました。あとになって、もうこうなってから一年以上になることがわかりましたが、それでまだ素人らしいというのは、よくよく善良なやつなんだな、と可哀そうになったものでした。

和枝は、そこへ着くまで、ずうっとうつ向いて、一言もしゃべろうとしませんでした。部屋へあがって、おれが、あらためて、「あの時はすまなかった」と頭を下げると、返辞をせず、顔をそむけて、泪《なみだ》ぐんでいました。

「あれから、渡吉と、どうなったんだ」

床について、いやにつめたいからだを抱きよせ乍ら、それを訊ねると、

「きかないで……、わたしがこんなになったのをみれば、たいがい想像がつくでしょう」

といって、いきなり、わっと泣いて、しがみついて来ました。

それでも、夜明けまでに、ぽつりぽつりと話すのをきいてみると、おれは、自分の仕打をたなにあげて、こんな善良な女を、よくもまアどいつもこいつも、もみくちゃにしやがった、と義憤をおぼえないじゃいられませんでした。殊に、渡吉のために、十人ばかりの新興成金が月一回ひらく秘密クラブとやらで、たあ公（与太者）と性戯をやらされた事実をうちあけられると、おれは、真剣に、渡吉を刺すことを考えたものでした。

それから、週に一二度、和枝は、この部屋へたずねて来るようになりました。おれは午まで寝ているので、和枝が来るのはたいてい朝のうちでした。掃除や洗濯をしてくれたり、花瓶を買って来て花をかざったり、食器をすこしずつ揃《そろ》えたりするのが、いかにもうれしそうでした。

鼻唄をうたい乍ら、せっせと掃除している姿を、ぼんやり眺めているうちに、おれも、ふと、家庭の愉《たの》しさというやつの中で落着いてみたいと考えないわけじゃなかったんです。しかし、それはその時だけの殊勝な気持で、和枝が去ってしまえば、けろりと忘れていたんです。

ところが、拳銃《ハジキ》の密売のことで大宮市へ四五日出かけて行って戻ってみると、和枝の置手紙があり、「妊娠しました」と、たったそれだけ書いてあったんです。

おれは、舌打ちして、便箋をひき裂きました。パン助が妊娠《ごらんがむ》することは稀《まれ》にはありますが、それを当人だって、誰の子とはっきりいえたものじゃありませんや。

尤も、和枝は、おれとめぐり会って以来、おれが金をやるので、もう四月あまり、どうやら客をとっていない様子でした。だから、ひょっとすると、本当におれの子をはらんじゃったかな、と思わないでもなかったんです。

しかし、今生れたって、責任なんてもてやしません。おれは、和枝がやって来たら、堕胎《おろ》してしまえ、と頭からどなりつけてやろう、と待っていたんですが、妙なことに、それっきり姿を見せません。

一週間もあらわれないと、さすが気になって、おれは、ふと藤助爺さんのいる下落合のアパートをたずねてみようかな、という気になりました。

いつの間にか、情愛というやつがおれのどこかにしのびこんでいたんだと思います。たしかにおれは、和枝に対してだけは、情婦《すけ》のあつかいをするつもりはありませんでした。あの世界に流れこんで来た女どもは、口から出まかせのすけとん（嘘）で完全武装しやがった女狐ばかりですが、和枝だけは、おれにむかって爪の垢ほども嘘をつかなかったんです。といって、和枝がどれだけおれに惚れていたか、そいつはうたがわしいものですが――。

そのアパートをたずねて行ってみると、和枝一人、蒼い顔をして寝ていました。悪阻《つわり》がひどくて起きあがれないのだ、といいます。

「生む気か」

と、訊ねると、じいっとおれの顔を瞶めていた和枝は、みるみる泪を泛べたかと思うや、いきなり夜具を顔へひきあげて、はげしくすすり哭《な》き出したんです。

おれのような男にとって、女の泪ぐらい苦手なものはありません。

そのままそうやって哭きつづける女を、しばらく眺めていたおれは、久しぶりに、なんだか、こう、つうんと鼻さきにつきあげてくるしめっぽい気分になって、なにか沁々《しみじみ》した言葉でもつぶやきたくなっていました。

ふと、気がついて、爺さんはどうしたんだ、と訊ねると、和枝は、ようやく顔をのぞけて、

「築地の料理屋へ、むかしの幼友達をたずねて行ったわ。……お爺ちゃんね、わたしが、こんな商売していること、ちっとも知らないのよ。わたし、アメリカさんの家にアマになったといってあるの。だから、なんにも知らん顔をしていてね」

「妊娠していることを知っているのか」

「それは——どうかしら……やっぱり気がついているんじゃないかしら。顔にも口にも出さないけど——」

「そいじゃ、お前、爺さんは、もしかすれば、肚ん中で、お前が毛色の変った赤ン坊を生むんじゃないか、と心配しているかも知れないぜ」

「まさか……そこまでは疑ってはいないでしょうけど、……もし疑っていても、生れてみればわかることだもの——」

と、さびしげに笑う、その顔を眺めていると、つい、ふらふらと、

「よし、こんどこそおれが一緒になってやる」といいたくなるので、——こいつはいけねえ、と自分を要心しました。

それに、流石《さすが》に、後めたくて、爺さんに顔を合せる気になれず、長居は無用だ、といくらかの金を和枝に渡すと、あわてて立ちあがりました。

アパートを出た時、藤助爺さんがむこうからとぼとぼと戻って来るのを見つけて、おれは、いそいで、反対側の家の塀際へ身をかわしました。

やや猫背を出して、ポキリポキリと枯木を折るようなあるきぶりで近づいて来る爺さんの姿を、やりすごしながら、おれは、なんども、それへ声をかけようかと思ったか知れません。

その時、おれが爺さんの前に出て、一時の殊勝さにもせよ、心から詫びて、こんどこそ和枝を女房にする、と誓っていたら、あんなことにはならなかったと後悔して居ります。

しかし、その時は、よもや、爺さんが和枝を殺そうなんて、夢にも考えなかったんです。おれという男がいなけりゃ決してあんなことにはなりませんでした。

藤助爺さんには罪はありません。そうですとも、藤助爺さんは決して悪くないんです。おれです。このおれです、犯人は――。

どうぞ、あの人のいい爺さんをゆるしてやってもらえませんかね。おねがいします。そのかわりに、おれが罰を受けます。本当です。おれは、心の底から、悪いことをした、と思っているんだ……。

藪の中

芥川龍之介

一つの殺人に七つの異なる証言。真相不明を「藪の中」というのは、この短篇が起源である。事件の解決は読者の手にゆだねられるのか⁉

芥川龍之介　あくたがわりゅうのすけ

明治二十五年（一八九二）～昭和二年（一九二七）

東京生れ。東京帝国大学英文科卒業。第3次、第4次「新思潮」同人。同誌上に発表した「鼻」が夏目漱石に認められ、文壇での地位を確立。歴史に材をとった多くの短篇を描いた。文体は理知的で技巧的とされる。三十五歳で田端の自宅にて自殺した。

「藪の中」は大正十一年（一九二二）「新潮」に発表された。

検非違使《けびいし》に問われたる木樵《きこ》りの物語

　さようでございます。あの死骸《しがい》を見つけたのは、わたしに違いございません。わたしは今朝《けさ》いつもの通り、裏山の杉を伐《き》りに参りました。すると山陰の藪《やぶ》の中に、あの死骸があったのでございます。あった処《ところ》でございますか？　それは山科《やましな》の駅路からは、四、五町ほど隔たっておりましょう。竹の中に痩《や》せ杉の交った、人気《ひとけ》のない所でございます。

　死骸は縹《はなだ》の水干《すいかん》に、都ふうのさび烏帽子《えぼし》をかぶったまま、仰向《あおむ》けに倒れておりました。なにしろ一刀《ひとかたな》とは申すものの、胸もとの突き傷でございますから、死骸のまわりの竹の落葉は、蘇芳《すおう》に滲《し》みたようでございます。いえ、血はもう流れてはおりません。傷口も乾いておったようでございます。おまけにそこには、馬蠅《うまばえ》が一匹、わたしの足音も聞えないように、べったり食いついておりましたっけ。

　太刀《たち》か何かは見えなかったか？　いえ、何もございません。ただその側の杉の根がたに、縄《なわ》が一筋落ちておりました。それから、――そうそう、縄のほかにも櫛《くし》が一つございました。死骸のまわりにあったものは、この二つぎりでございます。が、草や竹の落葉は、一面に踏み荒らされておりましたから、きっとあの男は殺される前に、よほど手痛い働きでも致したのに違いございません。何、馬はいなかったか？　あそこは一体馬なぞには、はいれない所でございます。なにしろ馬の通う路《みち》とは、藪一つ隔たっておりますから。

検非違使に問われたる旅法師の物語

あの死骸の男には、確かに昨日遇《きのうあ》っております。昨日の、――さあ、午頃《ひる》でございましょう。場所は関山《せきやま》から山科《やましな》へ、参ろうという途中でございます。あの男は馬に乗った女といっしょに、関山の方へ歩いて参りました。女は牟子《むし》を垂れておりましたから、顔はわたしにはわかりません。見えたのはただ萩重《はぎがさ》ねらしい、衣《きぬ》の色ばかりでございます。馬は月毛の、――確か法師髪の馬のようでございました。丈《たけ》でございますか？　丈は四寸《よき》もございましたか？――なにしろ沙門《しやもん》の事でございますから、その辺ははっきり存じません。男は、――いえ、太刀も帯びておれば、弓矢も携えておりました。ことに黒い塗り箙《えびら》へ、二十あまり征矢《そや》をさしたのは、ただ今でもはっきり覚えております。

あの男がかようになろうとは、夢にも思わずにおりましたが、真《まこと》に人間の命なぞは、如露《によろ》亦如電《やくによでん》に違いございません。やれやれ、なんとも申しようのない、気の毒なことを致しました。

検非違使に問われたる放免の物語

わたしが搦《から》め取った男でございますか？　これは確かに多襄丸《たじょうまる》という、名高い盗人でございます。もっともわたしが搦め取った時には、馬から落ちたのでございましょう、粟田口《あわたぐち》の石橋の上に、うんうん呻《うな》っておりました。時刻でございますか？　時刻は昨夜の初更《しょこう》頃でございます。いつぞやわたしが捉《とら》え損じた時にも、やはりこの紺の水干《すいかん》に、打出しの太刀を佩《は》いておりました。ただ今はそのほかにも御覧の通り、弓矢の類《たぐい》さえ携えております。さようでございますか？　あの死骸の男が持っていたのも、——では人殺しを働いたのは、この多襄丸に違いございません。革《かわ》を巻いた弓、黒塗りの箙《えびら》、鷹《たか》の羽の征矢《そや》が十七本、——これは皆、あの男が持っていたものでございましょう。はい。馬もおっしゃる通り、法師髪の月毛でございます。その畜生に落されるとは、何かの因縁に違いございません。それは石橋の少し先に、長い端綱《はづな》を引いたまま、路ばたの青芒《あおすすき》を食っておりました。

この多襄丸というやつは、洛中《らくちゅう》に徘徊《はいかい》する盗人の中でも、女好きのやつでございます。昨年の秋鳥部寺《とりべでら》の賓頭盧《びんずる》の後ろの山に、物詣《ものもう》でに来たらしい女房が一人、女の童《めのわらわ》といっしょに殺されていたのは、こいつの仕業だとか申しておりました。その月毛に乗っていた女も、こいつがあの男を殺したとなれば、どこへどうしたかわかりません。差し出がましゅうございますが、それも御詮議《ごせんぎ》下さいまし。

検非違使に問われたる嫗《おうな》の物語

はい、あの死骸は手前の娘が、片附《かたづ》いた男でございます。が、都のものではございません。若狭《わかさ》の国府の侍でございます。名は金沢《かなざわ》の武弘《たけひろ》、年は二十六歳でございました。いえ、優しい気立でございますから、遺恨なぞ受けるはずはございません。

娘でございますか？　娘の名は真砂《まさご》、年は十九歳でございます。これは男にも劣らぬくらい、勝ち気の女でございますが、まだ一度も武弘のほかには、男を持った事はございません。顔は色の浅黒い、左の眼尻《めじり》に黒子《ほくろ》のある、小さい瓜実顔《うりざねがお》でございます。

武弘は昨日《きのう》娘といっしょに、若狭へ立ったのでございますが、こんな事になりますとは、なんという因果でございましょう。しかし娘はどうなりましたやら、壻《むこ》のことはあきらめましても、これだけは心配でなりません。どうかこの姥《うば》が一生のお願いでございますから、たとい草木を分けましても、娘の行方をお尋ねくださいまし。何に致せ憎いのは、その多襄丸とか何とか申す、盗人のやつでございます。壻ばかりか、娘までも

……（跡は泣き入りて言葉なし）

多襄丸の白状

あの男を殺したのはわたしです。しかし女は殺しはしません。ではどこへ行ったのか？　それはわたしにもわからないのです。まあ、お待ちなさい。いくら拷問《ごうもん》にかけられても、知らない事は申されますまい。その上わたしもこうなれば、卑怯《ひきょう》な隠し立てはしないつもりです。

わたしは昨日の午《ひる》少し過ぎ、あの夫婦に出会いました。その時風の吹いた拍子に、牟《む》子《し》の垂絹《たれぎぬ》が上がったものですから、ちらりと女の顔が見えたのです。ちらりと、――見えたと思う瞬間には、もう見えなくなったのですが、一つにはそのためもあったのでしょう、わたしにはあの女の顔が、女菩薩《にょぼさつ》のように見えたのです。わたしはその咄嗟《とっさ》の間に、たとい男は殺しても、女は奪おうと決心しました。

なに、男を殺すなぞは、あなたがたの思っているように、たいしたことではありません。どうせ女を奪うとなれば、必ず、男は殺されるのです。ただわたしは殺す時に、腰の太刀《たち》を使うのですが、あなたがたは太刀は使わない、ただ権力で殺す、金で殺す、どうかするとお為ごかしの言葉だけでも殺すでしょう。なるほど血は流れない、男は立派に生きている、――しかしそれでも殺したのです。罪の深さを考えてみれば、あなたが悪いか、わたしが悪いか、どちらが悪いかわかりません。(皮肉なる微笑)

しかし男を殺さずとも、女を奪う事ができれば、別に不足はないわけです。いや、その時の心もちでは、できるだけ男を殺さずに、女を奪おうと決心したのです。が、あの山科《やましな》の駅路では、とてもそんな事はできません。そこでわたしは山の中へ、あの夫婦をつれこむ工夫をしました。

これも造作《ぞうさ》はありません。わたしはあの夫婦と途《みち》づれになると、向うの山には古塚《ふるづか》がある、この古塚を発《あば》いてみたら、鏡や太刀が沢山出た、わたしは誰《だれ》も知らないように、山の陰の藪の中へ、そういう物を埋《うず》めてある、もし望み手があるならば、どれでも安い値に売り渡したい、――という話をしたのです。男はいつかわたしの話に、だんだん心を動かし始めました。それから、――どうです。欲というものは恐しいではありませんか? それから半時もたたないうちに、あの夫婦はわたしといっしょに、山路《やまみち》へ馬を向けていたのです。

わたしは藪の前へ来ると、宝はこの中に埋めてある、見に来てくれと言いました。男は欲に渇《かわ》いていますから、異存のあるはずはありません。が、女は馬も下りずに、待っていると言うのです。またあの藪の茂っているのを見ては、そう言うのも無理はありますまい。わたしはこれも実を言えば、思う壺《つぼ》にはまったのですから、女一人を残したまま、男と藪の中へはいりました。

　藪は少時《しばらく》の間は竹ばかりです。が、半町ほど行った処《ところ》に、やや開いた杉むらがある、――わたしの仕事を仕遂げるのには、これほど都合の好《い》い場所はありません。わたしは藪を押し分けながら、宝は杉の下に埋めてあると、もっともらしい嘘《うそ》をつきました。男はわたしにそう言われると、もう痩《や》せ杉が透いて見える方へ、一生懸命に進んで行きます。そのうちに竹が疎《まば》らになると、何本も杉が並んでいる、――わたしはそこへ来るが早いか、いきなり相手を組み伏せました。男も太刀《たち》を佩《は》いているだけに、力は相当にあったようですが、不意を打たれてはたまりません。たちまち一本の杉の根がたへ、括《くく》りつけられてしまいました。縄《なわ》ですか？　縄は盗人のありがたさに、いつ塀《へい》を越えるかわかりませんから、ちゃんと腰につけていたのです。もちろん声を出させないためにも、竹の落葉を頬張《ほおば》らせれば、ほかに面倒はありません。

　わたしは男を片附けてしまうと、今度はまた女の所へ、男が急病を起したらしいから、見に来てくれと言いに行きました。これも図星に当ったのは、申し上げるまでもありますまい。女は市女笠《いちめがさ》を脱いだまま、わたしに手をとられながら、藪の奥へはいって来ました。ところがそこへ来て見ると、男は杉の根に縛られている、――女はそれを一目見るなり、いつの間《ま》に懐《ふところ》から出していたか、きらりと小刀《さすが》を引き抜きました。わたしはまだ今までに、あのくらい気性の烈《はげ》しい女は、一人も見た事がありません。もしその時でも油断していたらば、一突きに脾腹《ひばら》を突かれたでしょう。いや、それは身を躱《かわ》したところが、無二無三《むにむざん》に斬りたてられるうちには、どんな怪我《けが》も仕兼ねなかったのです。が、わたしも多襄丸《たじようまる》ですから、どうにかこうにか太刀も抜かずに、とうとう小刀《さすが》を打ち落しました。いくら気の勝った女でも、得物がなければ仕方がありません。わたしはとうとう思い通り、男の命は取らずとも、女を手に入れることができたのです。

男の命は取らずとも、――そうです。わたしはその上にも、男を殺すつもりはなかったのです。ところが泣き伏した女を後《あと》に、藪の外へ逃げようとすると、女は突然わたしの腕へ、気違いのように縋《すが》りつきました。しかも切れ切れに叫ぶのを聞けば、あなたが死ぬか夫が死ぬか、どちらか一人死んでくれ、二人の男に恥を見せるのは、死ぬよりもつらいと言うのです。いや、その内どちらにしろ、生き残った男につれ添いたい、――そうも喘《あえ》ぎ喘《あえ》ぎ言うのです。わたしはその時猛然と、男を殺したい気になりました。(陰鬱《いんうつ》なる興奮)

こんな事を申し上げると、きっとわたしはあなた方より残酷な人間に見えるでしょう。しかしそれはあなたがたが、あの女の顔を見ないからです。ことにその一瞬間の、燃えるような瞳《ひとみ》を見ないからです。わたしは女と眼を合せた時、たとい神鳴《かみなり》に打ち殺されても、この女を妻にしたいと思いました。妻にしたい、――わたしの念頭にあったのは、ただこういう一事だけです。これはあなたがたの思うように、卑しい色欲ではありません。もしその時色欲のほかに、何も望みがなかったとすれば、わたしは女を蹴倒《けたお》しても、きっと逃げてしまったでしょう。男もそうすればわたしの太刀《たち》に、血を塗る事にはならなかったのです。が、薄暗い藪の中に、じっと女の顔を見た刹那《せつな》、わたしは男を殺さない限り、ここは去るまいと覚悟しました。

しかし男を殺すにしても、卑怯《ひきょう》な殺し方はしたくありません。わたしは男の縄を解いた上、太刀打ちをしろと言いました。(杉の根がたに落ちていたのは、その時捨て忘れた縄なのです)男は血相を変えたまま、太い太刀を引き抜きました。と思うと口もきかずに、憤然とわたしへ飛びかかりました。——その太刀打ちがどうなったかは、申し上げるまでもありますまい。わたしの太刀は二十三合目に、相手の胸を貫きました。二十三合目に、——どうかそれを忘れずにください。わたしは今でもこのことだけは、感心だと思っているのです。わたしと二十合斬り結んだものは、天下にあの男一人だけですから。(快活なる微笑)

わたしは男が倒れると同時に、血に染まった刀を下げたなり、女の方を振り返りました。すると、——どうです、あの女はどこにもいないではありませんか？　わたしは女がどちらへ逃げたか、杉むらの間を探《さが》してみました。が、竹の落ち葉の上には、それらしい跡も残っていません。また耳を澄ませてみても、聞えるのはただ男の喉《のど》に、断末魔の音がするだけです。

事によるとあの女は、わたしが太刀打ちを始めるが早いか、人の助けでも呼ぶために、藪をくぐって逃げたのかもしれない。――わたしはそう考えると、今度はわたしの命ですから、太刀や弓矢を奪ったなり、すぐにまたもとの山路《やまみち》へ出ました。そこにはまだ女の馬が、静かに草を食っています。その後《ご》の事は申し上げるだけ、無用の口数に過ぎますまい。ただ、都へはいる前に、太刀だけはもう手放していました。――わたしの白状はこれだけです。どうせ一度は樗《おうち》の梢《こずえ》に、懸《か》ける首と思っていますから、どうか極刑《ごくけい》に遇《あ》わせてください。（昂然《こうぜん》たる態度）

清水寺に来《き》れる女の懺悔《ざんげ》

――その紺の水干《すいかん》を着た男は、わたしを手ごめにしてしまうと、縛られた夫を眺《なが》めながら、嘲《あざけ》るように笑いました。夫はどんなに無念だったでしょう。が、いくら身悶《みもだ》えをしても、体中にかかった縄目は、一層ひしひしと食い入るだけです。わたしは思わず夫の側へ、転ぶように走り寄りました。いえ、走り寄ろうとしたのです。しかし男は咄嗟《とっさ》の間《あいだ》に、わたしをそこへ蹴倒しました。ちょうどその途端です。わたしは夫の眼の中に、なんとも言いようのない輝きが、宿っているのを覚《さと》りました。なんとも言いようのない、――わたしはあの眼を思い出すと、今でも身震いが出ずにはいられません。口さえ一言《いちごん》も利けない夫は、その刹那《せつな》の眼の中に、一切の心を伝えたのです。しかしそこに閃《ひらめ》いていたのは、怒《いか》りでもなければ悲しみでもない、――ただわたしを蔑《さげす》んだ、冷たい光だったではありませんか？　わたしは男に蹴《け》られたよりも、その眼の色に打たれたように、我知らず何か叫んだぎり、とうとう気を失ってしまいました。

その内にやっと気がついてみると、あの紺の水干の男は、もうどこかへ行っていました。跡にはただ杉の根がたに、夫が縛られているだけです。わたしは竹の落葉の上に、やっと体を起したなり、夫の顔を見守りました。が、夫の眼の色は、少しもさっきと変りません。やはり冷たい蔑みの底に、憎しみの色を見せているのです。恥ずかしさ、悲しさ、腹立たしさ、――その時わたしの心の中《うち》は、なんと言えば好《よ》いかわかりません。わたしはよろよろ立ち上がりながら、夫の側へ近寄りました。

「あなた。もうこうなった上は、あなたとごいっしょにはおられません。わたしはひと思いに死ぬ覚悟です。しかし、――あなたもお死になすって下さい。あなたはわたしの恥を御覧になりました。わたしはこのままあなた一人、お残し申すわけには参りません」

わたしは一生懸命に、これだけのことを言いました。それでも夫は忌まわしそうに、わたしを見つめているばかりなのです。わたしは裂けそうな胸を抑《おさ》えながら、夫の太刀を探しました。が、あの盗人に奪われたのでしょう、太刀はもちろん弓矢さえも、藪の中には見当りません。しかし幸い小刀《さすが》だけは、わたしの足もとに落ちているのです。わたしはその小刀を振り上げると、もう一度夫にこう言いました。

「ではお命をいただかせてください。わたしもすぐにお供します」

夫はこの言葉を聞いた時、やっと脣《くちびる》を動かしました。もちろん口には笹《ささ》の落葉が、いっぱいにつまっていますから、声は少しも聞えません。が、わたしはそれを見ると、たちまちその言葉を覚りました。夫はわたしを蔑んだまま、「殺せ」と一言《ひとこと》言ったのです。わたしはほとんど、夢うつつのうちに、夫の縹《はなだ》の水干の胸へ、ずぶりと小刀を刺し通しました。

わたしはまたこの時も、気を失ってしまったのでしょう。やっとあたりを見まわした時には、夫はもう縛られたまま、とうに息が絶えていました。その蒼《あお》ざめた顔の上には、竹に交った杉むらの空から、西日が一すじ落ちているのです。わたしは泣き声を吞みながら、死骸の縄を解き捨てました。そうして、――そうしてわたしがどうなったか？　それだけはもうわたしには、申し上げる力もありません。とにかくわたしはどうしても、死に切る力がなかったのです。小刀を喉《のど》に突き立てたり、山の裾《すそ》の池へ身を投げたり、いろいろな事もしてみましたが、死に切れずにこうしている限り、これも自慢にはなりますまい。（寂しき微笑）わたしのように腑甲斐《ふがい》ないものは、大慈大悲の観世音菩薩《かんぜおんぼさつ》も、お見放しなすったものかも知れません。しかし夫を殺したわたしは、盗人の手ごめに遇《あ》

ったわたしは、一体どうすれば好《よ》いのでしょう？　一体わたしは、――わたしは、――（突然烈《はげ》しき歔欷《すすりなき》）

巫女《みこ》の口を借りたる死霊の物語

――盗人は妻を手ごめにすると、そこへ腰を下したまま、いろいろ妻を慰めだした。おれはもちろん口は利《き》けない。体も杉の根に縛られている。が、おれはその間《あいだ》に、何度も妻へ目くばせをした。この男の言う事を真《ま》に受けるな、何を言っても嘘《うそ》と思え、――おれはそんな意味を伝えたいと思った。しかし妻は悄然《しょうぜん》と笹の落葉に坐《すわ》ったなり、じっと膝《ひざ》へ目をやっている。それがどうも盗人の言葉に、聞き入っているように見えるではないか？　おれは妬《ねたま》しさに身悶《みもだ》えをした。が、盗人はそれからそれへと、巧妙に話を進めている。一度でも肌身《はだみ》を汚したとなれば、夫との仲も折り合うまい。そんな夫に連れ添っているより、自分の妻になる気はないか？　自分はいとしいと思えばこそ、大それた真似も働いたのだ、――盗人はとうとう大胆にも、そういう話さえ持ち出した。

盗人にこう言われると、妻はうっとりと顔を擡《もた》げた。おれはまだあの時ほど、美しい妻を見た事がない。しかしその美しい妻は、現在縛られたおれを前に、なんと盗人に返事をしたか？　おれは中有《ちゅうう》に迷っていても、妻の返事を思い出すごとに、嗔恚《しんい》に燃えな

かったためしはない。妻は確かにこう言った、――「ではどこへでもつれて行ってください」(長き沈黙)

妻の罪はそれだけではない。それだけならばこの闇《やみ》の中に、いまほどおれも苦しみはしまい。しかし妻は夢のように、盗人に手をとられながら、藪の外へ行こうとすると、たちまち顔色を失ったなり、杉の根のおれを指さした。「あの人を殺してください。わたしはあの人が生きていては、あなたといっしょにはいられません」――妻は気が狂ったように、何度もこう叫び立てた。「あの人を殺して下さい」――この言葉は嵐のように、今でも遠い闇の底へ、まっ逆様《さかさま》におれを吹き落とそうとする。一度でもこのくらい憎むべき言葉が、人間の口を出た事があろうか? 一度でもこのくらい呪《のろ》わしい言葉が、人間の耳に触れた事があろうか? 一度でもこのくらい、――(突然迸《ほとばし》るごとき嘲《ちょう》笑《しょう》)その言葉を聞いた時は、盗人さえ色を失ってしまった。「あの人を殺して下さい」――妻はそう叫びながら、盗人の腕に縋《すが》っている。盗人はじっと妻を見たまま、殺すとも殺さぬとも返事をしない。――と思うか思わない内に、妻は竹の落葉の上へ、ただ一蹴りに蹴倒された、(再び、迸しるごとき嘲笑)盗人は静かに両腕を組むと、おれの姿へ眼をやった。「あの女はどうするつもりだ? 殺すか、それとも助けてやるか? 返事はただ頷《うなず》けば好《よ》い。殺すか?」――おれはこの言葉だけでも、盗人の罪は赦《ゆる》してやりたい。(再び、長き沈黙)

妻はおれがためらう内に、何か一声叫ぶが早いか、たちまち藪の奥へ走り出した。盗人も咄嗟《とっさ》に飛びかかったが、これは袖《そで》さえ捉《とら》えなかったらしい。おれはただ幻のように、そういう景色をながめていた。

盗人は妻が逃げ去った後《のち》、太刀《たち》や弓矢を取り上げると、一箇所だけおれの縄を切った。「今度はおれの身の上だ」――おれは盗人が藪の外へ、姿を隠してしまう時に、こう呟《つぶや》いたのを覚えている。その跡はどこも静かだった。いや、まだ誰かの泣く声がする。おれは縄を解きながら、じっと耳を澄ませてみた。が、その声も気がついてみれば、おれ自身の泣いている声だったではないか？　（三たび、長き沈黙）

おれはやっと杉の根から、疲れ果てた体を起した。おれの前には妻が落した、小刀《さすが》が一つ光っている。おれはそれを手にとると、一突きにおれの胸へ刺した。何か腥《なまぐさ》い塊がおれの口へこみ上げてくる。が、苦しみは少しもない。ただ胸が冷たくなると、一層あたりがしんとしてしまった。ああ、なんという静かさだろう。この山陰の藪の空には、小鳥一羽囀《さえず》りに来ない。ただ杉や竹の杪《うら》に、寂しい日影が漂っている。日影が、――それもしだいに薄れてくる。――もう杉や竹も見えない。おれはそこに倒れたまま、深い静かさに包まれている。

その時誰か忍び足に、おれのそばへ来たものがある。おれはそちらを見ようとした。が、おれのまわりには、いつか薄闇が立ちこめている。誰か、――その誰かは見えない手に、そっと胸の小刀を抜いた。同時におれの口の中には、もう一度血潮が溢《あふ》れてくる。おれはそれぎり永久に、中有の闇へ沈んでしまった。……

解　説

山前　譲

日本において、ミステリーが推理小説と同義語として用いられるようになり、一般的になったのは、一九五〇年代後半、昭和三十年代に入ってからである。かつてない推理小説ブームを迎え、女性を中心に読者層を大きく拡げていった時代だった。推理小説、あるいはそれ以前の探偵小説という呼称よりも、ミステリーに新鮮な響きがあったのだろう。いまではすっかりミステリーのほうがポピュラーになっている。

ただ、ミステリー（mystery）という英単語自体は、単純に推理小説と訳されるものではない。神秘的、不思議、不可思議、謎、秘密といった意味がある。不可能犯罪がミステリーであるのと同じように、幽霊もミステリーであり、ネス湖のネッシーや未確認飛行物体（ＵＦＯ）もミステリーなのだ。謎めいたことに強くそそられる人間心理をもっとも表しているのが、ミステリーだと言えるだろう。

だから、ミステリーをテーマとした小説は、推理小説や探偵小説だけには限らない。この社会や人間という存在には、さまざまなミステリーが蠢《うごめ》いている。人類がこの地球に誕生した頃は、なにもかもがミステリーであったに違いない。人類の文化はミステリーとの遭遇と、そこへの大いなる興味から形成されてきた一面もある。本書『文豪のミステリー小説』には九編が収録されているが、あまた名作を発表した作家たちもまた、ミステリーには大いにそそられていたのだ。

夏目漱石「琴のそら音」(「七人」一九〇五・五)、大佛次郎「手首」(「改造」一九二九・九　初出タイトルは「怪談　手首」)、岡本綺堂「白髪鬼」(「文藝倶樂部」一九二八・八)の三編は怪談めいている。

怪異妖異譚は物語の大きなルーツだろう。遠い昔、人間はごく普通の自然現象にも、訳が分からず、畏《おそ》れおののいたに違いない。人工的な明かりのまったくない世界では、得体の知れぬ怪しいものに、恐怖を覚えることが多々あっただろう。そうした経験は、民話や説話としてたくさん残されている。日本ではやがて怪談というジャンルが形成され、今ではホラーとも言われて多くの読者を楽しませているのだ。

日露戦争中に書かれた「琴のそら音」は、ユーモラスな語り口のなかに、日常と非日常が微妙に交叉している。島田荘司『漱石と倫敦《ロンドン》ミイラ殺人事件』ほか、何度も推理小説の主人公になったことのある夏目漱石自身の作品に、ミステリーと銘打たれたものはもちろんないのだが、「琴のそら音」のほか、「趣味の遺伝」や「倫敦塔」といった作品に、幻想と怪奇の味わいが織り込まれている。

「手首」と「白髪鬼」は、その題の通り、手首と白髪に取り憑かれた男の物語で、まるで実話ででもあるかのように、怪現象が語られていく。

　大佛次郎は、ちょっと意外かもしれないが、日本の探偵小説史にその名を残している。大正末期、ちょうど鞍馬天狗のシリーズを書き始めたころに、ゴーグ（ジョン・ゴフ）の『夜の恐怖』を翻訳しているほか、「秘密探偵雑誌」や「探偵文藝」といった探偵雑誌に、別名義で探偵小説を発表していたらしいのだ。この他、紀田順一郎・東雅夫編『日本怪奇小説傑作集』（創元推理文庫）に収録されている「銀簪《ぎんかんざし》」など、怪奇小説との縁も薄くはない。

　岡本綺堂と探偵小説の縁については、今さら言うまでもないだろう。一九一七（大正六）年に第一作が発表された半七のシリーズは、日本ならではの探偵小説である捕物帳の嚆矢《こうし》とされている。さらに、『探偵夜話』や『青蛙堂鬼談』などに、探偵小説や怪奇小説を数多く発表した。

「琴のそら音」、「手首」、「白髪鬼」の三作は、たしかにいずれも怪異な現象を語っているが、恐怖をことさら強調しているわけではない。根底にあるのはやはり、不思議な出来事への興味なのだ。日常ではありそうもない物語で、ミステリーの世界を作り出している。

　その不思議な出来事を、なんとか合理的に解決しようとするのが、探偵小説や推理小説と言い換えられるミステリーだ。

人間は、未知なるものに畏れおののき、恐怖を覚えているばかりではなかった。ミステリーを解き明かしたいという意欲も持っていた。謎解きへの興味もまた、古くから記されている。推理の楽しさはやがて、恐怖小説や犯罪小説と合流し、エドガー・アラン・ポーの「モルグ街の殺人」（一八四一）によって、推理小説という一本の流れになった。

港町のエキゾチシズムもほのかに漂う山本周五郎「出来ていた青」（「犯罪公論」一九三三・六）は、いろいろな証言と証拠から真犯人が突き止められている。探偵小説についての興味深い考察で始まる大岡昇平「真昼の歩行者」（「小説新潮」一九五五・九）は、思いもよらぬ犯罪を暴き出していく。いずれも冒頭の謎によって読者をミステリーへと誘っている。

山本周五郎の探偵小説としては、終戦直後に覆面作家というペンネームで発表された「寝ぼけ署長」のシリーズが有名だが、『樅《もみ》ノ木は残った』や『五瓣《ごべん》の椿』でのミステリー的要素もよく指摘されている。創作活動の初期には探偵小説もよく書いていたようで、『山本周五郎探偵小説全集』（全六巻別巻一　作品社刊）によってようやくその全貌が明らかになった。

大岡昇平は一九七八（昭和五十三）年、『事件』で日本推理作家協会賞を受賞している。映像化も話題を呼んだ法廷推理だ。小学生時代からの推理小説ファンで、戦争中、捕虜収容所でもアイリッシュの『幻の女』などを読んでいたという。自身の最初の推理小説は一九五〇年に発表した「お艶殺し」で、『夜の触手』や『歌と死と空』といった長編もある。

理化学トリックの用いられた幸田露伴「あやしやな」（「都の花」一八八九・十）は、日本探偵小説史の最初期に書かれた貴重な短編である。

日本に探偵小説の概念を広めたのは、「都新聞」の主筆などを経て「万朝報《よろずちょうほう》」を創刊した黒岩涙香《るいこう》だった。それは一八八〇年代の後半、明治二十年前後のことである。ガボリオなどの長編を読みやすく翻案したものが、新聞の連載小説として好評を博し、探偵小説の最初のブームが訪れている。

日本人による最初の創作は、一八八八（明治二十一）年六月に刊行された須藤南翠《なんすい》『殺人犯』とされているが、謎解きの興味は薄い。涙香も、一八八九年九月、唯一の創作探偵小説である「無惨」を発表している。それは論理的推理の楽しみを十分に満足させるものだった。「あやしやな」はその「無惨」にわずかに遅れての発表であり、いかに先駆的な探偵小説であったかが分かるだろう。

次女である幸田文と江戸川乱歩の対談によれば、露伴は戦前の探偵小説界の中心にあった雑誌「新青年」の愛読者で、小栗虫太郎『黒死館殺人事件』を評価していた。また、家庭内での紛失騒ぎのときに家族と推理に興じていたらしい。「あやしやな」はデビュー作「露団々」と同じ年の発表だから、よほど探偵小説に惹かれていたようだ。

探偵小説、推理小説、そしてミステリーと呼称が変わっても、その根底にあるのはやはり不思議な出来事への興味である。そして、謎がいかに解決されるかである。

しかし、数学の方程式の解を求めるときのように、何事もきちんと答えが出せるわけではない。とりわけ謎に満ちているのは人間の心だろう。精神分析や心理分析の研究が重ねられても、結局のところ、人間心理を完全に解き明かすことは、まだできていないのではないだろうか。自分自身の心ですら、分からないことが多いのではないだろうか。

久米正雄「嫌疑」(「中央公論」一九一四・六)、柴田錬三郎「イエスの裔」(「三田文学」一九五一・十二)、芥川龍之介「藪の中」(「新潮」一九二二・一)の三編は、そんな人間心理によって作り出されたミステリーを描いている。

旧制高校の寮に放火したのは、本当に彼であったのか。善良な老人が、なぜ銀座の夜の女を殺してしまったのか。藪の中の死の真相はいったいどこにあるのか。安易には結論を出せない、まさしくミステリーがそこにある。犯罪の謎を理詰めで解くようなわけにはいかない。名探偵が鮮やかに真犯人を名指しするようにはいかない。唯一の解決があるわけでもないのだ。答えは読者それぞれの心にある。

私小説こそ真の純文学であると主張した久米正雄と探偵小説とはまったく縁がなさそ

うだが、長編『冷火』（一九二四）はまぎれもなく探偵小説で、ルパンと思しき人物が登場している。

剣豪小説で知られる柴田錬三郎は、推理小説も書いていて、ユニークな構成と謎解きの妙が味わえる連作『幽霊紳士』が有名だ。また、年少者向けにシャーロック・ホームズ物を翻訳し、「名探偵登場」ほかそのシリーズの贋作も書いている。

芥川龍之介は、谷崎潤一郎や佐藤春夫とともに、大正期の探偵小説を語るのに欠かせない作家である。怪奇小説にも関心があり、あまり知られていない西洋の作品まで漁っていたという。ミステリーに人間の本質を見出していたのだろうか。

味わいもさまざまな九編の作品が、色とりどりの不思議を描いている。人間がこの地球に存在しつづけるかぎり、ミステリーは書き継がれていくに違いない。

本書は収録にあたり、次の本を底本としました。旧字旧かなは新字、新かなに改めました。

「琴のそら音」　岩波文庫　倫敦塔・幻影の盾 他五篇　一九九〇年四月（改版）
「手　首」　平凡社　現代大衆文學全集 第二十九巻 大佛次郎集　一九三〇年八月
「白髪鬼」　光文社時代小説文庫　白髪鬼 新装版　二〇〇六年六月
「出来ていた青」　新潮文庫　花匂う　一九八三年四月
「真昼の歩行者」　集英社文庫　最初の目撃者　一九八二年二月
「あやしやな」　岩波書店　露伴全集 第一巻　一九五二年十月
「嫌　疑」　新潮文庫　学生時代　一九六八年七月（改版）
「イエスの裔」　集英社　柴田錬三郎選集 第15巻 初期短篇集　一九九〇年五月
「藪の中」　集英社文庫　地獄変　一九九一年三月

写真提供／日本近代文学館

〈読者の皆様へ〉

本書には「気違い」、「片端者」、「明き盲」、「訥《ども》り」などの身体・精神障害者に対する差別語、差別表現があります。これらは差別を拡大・助長させる言葉・表現で、現在では使用すべきではありません。しかし、各作品が発表された時代には、社会全体として、人権や差別に関する認識が薄かったため、このような語句や表現が一般的に使われておりました。また、このような時代に生きた著者も、こうした社会一般の風潮から免れることができず、差別を意識することもなく、このような表現をされたものと思います。著者がいずれも故人のため、作品を改変することは著作権上の問題があり、底本のままといたしました。読者の皆様におかれましては、このような事情をご賢察の上、お読みくださるようお願いいたします。

（編集部）

集英社文庫

文豪《ぶんごう》のミステリー小説《しょうせつ》

2008年2月25日　第1刷
2020年1月21日　第3刷

定価はカバーに表示してあります。

編　者　山前《やままえ》　譲《ゆずる》

発行者　徳永　真

発行所　株式会社　集英社
東京都千代田区一ツ橋2-5-10　〒101-8050
電話　【編集部】03-3230-6095
【読者係】03-3230-6080
【販売部】03-3230-6393(書店専用)

印　刷　株式会社 廣済堂

製　本　株式会社 廣済堂

フォーマットデザイン　アリヤマデザインストア　　マークデザイン　居山浩二

ISBN978-4-08-746271-5 C0193